夢の公爵と
最初で最後の舞踏会

ソフィア・ウィリアムズ 作

琴葉かいら 訳

ハーレクイン・ヒストリカル・スペシャル

東京・ロンドン・トロント・パリ・ニューヨーク・アムステルダム
ハンブルク・ストックホルム・ミラノ・シドニー・マドリッド・ワルシャワ
ブダペスト・リオデジャネイロ・ルクセンブルク・フリブール・ムンバイ

WHEN CINDERELLA MET THE DUKE

by Sophia Williams

Published by Harlequin Japan,
a Division of K.K. HarperCollins Japan, 2025

ソフィア・ウィリアムズ

ロンドン在住。物心ついた頃からリージェンシー・ロマンスを愛読し、今はハーレクインで執筆できることをとても嬉しく思っている。子供たちを追いかけまわしているときや、執筆している（あるいは書くふりをして、実際はインターネットでヒーローのモデルや華やかなリージェンシーのドレスを検索している）とき以外は、読書、テニス、ワインを楽しんでいる。

主要登場人物

アンナ・ブレイク……………………家庭教師。
レディ・ダーウェント……………アンナの名づけ親。
レディ・マリア・スワンリー……アンナの親友。伯爵令嬢。
クラレンス……………………………マリアの婚約者。牧師補。
レディ・セフラネラ…………………マリアの大おば。
レディ・パントニー…………………アンナの雇い主。
サー・ローレンス……………………レディ・パントニーの夫。
モーカム………………………………パントニー家の執事。
ミセス・クラーク……………………パントニー家の家政婦。
エルシー………………………………パントニー家の子守。
ブルーム伯爵…………………………アンナの祖父。故人。
ジェームズ……………………………アムスコット公爵。
アムスコット公爵未亡人……………ジェームズの母親。
シビラ…………………………………ジェームズのいちばん上の妹。
ラムリー………………………………アムスコット公爵家の執事。
レディ・キャサリン・レインズフォード……ジェームズの花嫁候補。

1

一八一七年十一月、ロンドン
ミス・アンナ・ブレイク

「これが良い考えとはあまり思えないのだけど」ミス・アンナ・ブレイクは目の前の鏡に映った自分をまじまじと見ながら言った。これほどすてきなドレスをまた着る機会も、社交界の舞踏会に参加する次の機会もあるかどうかわからないため、これが良い考えであってほしくはあるのだけれど……。

「何言ってるの。あなたには最後に一度、楽しい夜を過ごす資格があるわ」アンナの名づけ親であるレディ・ダーウェントが舞踏会用ドレスの薄織物のオーバードレスを引っ張って位置を調整し、淑女らしくかすかに鼻を鳴らしたあと、指輪のはまった指でそっと両目の下を拭った。「断言するわ、あなたはお伽話《とぎばなし》から抜け出してきたみたいよ。本当にきれい。お母様が見たら誇らしく思ったでしょう」

「ありがとう、でも……」アンナはもう一度言いかけた。母なら間違いなく、これほど大胆に人を欺く策略を勧めたりしなかっただろう。母はアンナの父と駆け落ちしたときに人を欺き、その後アンナの子供時代の間、その駆け落ちが生んだ損害を修復しようとしてきたがうまくいかなかった。そこで、アンナにできるだけ品格ある人生を送らせることに力を注いだ。だが、今夜の計画に品格はない。

「あなた、びくびくしすぎよ」アンナの親友であるレディ・マリア・スワンリーが言った。「もし誰かにばれても……まあ、ばれる心配はないと思うけど、悪事を働いたと責められるのは私なのよ」

「うーん」アンナは言った。

バースにある厳格な神学校に入学して以来、十年近くレディ・マリアと親しくつき合ってきたアンナは、マリアの計画自体は非常に楽しいものだったとしても、少なくとも自分にとっては最悪の結末になるのが常だと知っていた。

裕福な伯爵の娘であるレディ・マリアはいつも叱られずにすんだ。それとは対照的に、アンナは馬丁の娘だ。伯爵の孫娘でもあり、社交界で恐れられる女性の一人で亡き母の親友、レディ・ダーウェントの援助を受けている身でもある。だが神学校の女校長ミス・コートホープから見れば、アンナは馬丁の娘にすぎず、マリアより徹底的に罰してもいい生徒だった。そのためアンナがいたずらに、たいていはマリアとともに関わるたびに、その後ミス・コートホープに全力で怒りをぶつけられてきた。

それに、ミス・コートホープのお仕置きはいたずらを楽しんだことへのささやかな罰と見なせても、上流社会の人々をだますとなると話が別だ。キリスト教の入門書を三回どおり書き写させられたり、ダンスの先生に謝罪の手紙を書かされたりするよりはるかに重大な結果が待っていてもおかしくない。

「もしレディ・パントニーに知られたらどうするの？　もし私が明日の朝起きられなかったら？」アンナは翌朝からパントニー家で家庭教師として働くことになっている。「それに、もしあなたのご両親にばれたら？」なぜこんな話に乗ってしまったのだろう？　いや、理由はわかっている。マリアとレディ・ダーウェントの提案には非常に説得力があり、正直に言うと、最初はアンナも大喜びで説得され、この策略が実行に近づいた今になって疑いを抱き始めたのだ。

「これが両親にばれるなら、私と愛《いと》しのクラレンスとの婚約もばれるはずだから、二人はそのことで頭がいっぱいになるはずよ」マリアは言った。

アンナはうなずいた。その点は間違いない。マリアが愛するクラレンスは財力が非常に乏しい牧師補であり、彼女の両親は娘の未来の夫としてアムスコット公爵に狙いを定めていた。

アンナは友人が分別ある選択をしているとは思えなかった。今のマリアにはクラレンスが完璧に見えているかもしれないが、いつか状況が厳しくなったらどうなるだろう？　クラレンスはもちろん聖職者なので、ほかの男性よりも高い道徳心を持っていることは期待はできるが、もし彼がアンナの父や祖父のような男性なら、人生の障害を前にしたときに愛情を保てなくなるだろう。

アンナの母が十八歳で父親の馬丁の一人と恋に落ち、その後身ごもって彼と駆け落ちしたとき、父親、つまりアンナの祖父は母を勘当し、二度と会わないと言いわたした。それから数年後に祖父は亡くなった。そして母の宝石を売って得たお金が底をつくと、父はアメリカ大陸で新生活を築くべく一人で旅立ち、それ以来妻と娘を顧みることはなかった。母を亡くしたアンナが父に手紙を書くと、六カ月後に極めて短く、さほど心のこもっていない返信が届いた。結婚した当初に母が父に読み書きを教えていたし、アンナも父の筆跡を知っていたため、その手紙を父が自分で書いたのは確かであり、そこに書かれているのが父の気持ちだと考えるしかなかった。父はカナダで一緒に暮らそうと提案することも、何らかの形での援助を申し出ることもなかった。

アンナは自分の人生に関わりのある女性たち、すなわち母の友人と、その後はレディ・ダーウェントのおかげで極貧に陥らずにすんだが、男性は頼れる存在ではないと思うようになった。レディ・ダーウェントもその信念を裏づけるように、ことあるごとに、未亡人になって最高に幸せだとアンナに言っていた。

「それに、今のところ」マリアがアンナの思考を遮った。「私が舞踏会に行くわけにはいかないの」

今夜、アムスコット公爵未亡人が今シーズン最初の大規模な舞踏会を開催することになっていて、レディ・ダーウェントによると、そこに息子である公爵が出席して花嫁探しをすることは周知の事実らしい。マリアはその家柄、美貌、持参金の多さから、彼の有力な花嫁候補とされている。両親がロンドンを離れなくてはならなくなり、今夜のマリアのお目付役がレディ・ダーウェントに任されると、マリアはいつもながら大きな説得力をもってアンナが自分の代わりに参加するべきだと提案した。

マリアはアンナが着るドレス、舞踏会で会う人々、ダンス、食事、これほど優れているうえまったく害のないなりすましに参加することの楽しさについて熱弁を振るった。レディ・ダーウェントはすぐさまマリアの提案に同調し、アンナはいつのまにか二人が言うことのほぼすべてに同意していた。けれど、今は……。

「レディ・パントニーにはばれないわ」レディ・ダーウェントがきっぱりと言った。「今みたいなドレスを着たあなたは、シェイクスピア作品に出てくる妖精の女王みたいだもの。バイロン卿《きょう》だってあなたのことをとても叙情的に表現すると思うわ。でも普通の服装だと……」非難がましく顔をしかめる。「家庭教師らしい装いをしてももちろんあなたはきれいだけど、まるで別人に見えるはずよ。そこを結びつける人がいるとは思えない。それに私たちは真夜中には帰るから、明日疲れきっているということもないわ」

「これは幸運が重なったチャンスなの」マリアが言った。「もしこれが私の初めての舞踏会でなければ、もし私が喪に服すために何年間も田舎に閉じ込められていたせいでロンドンに知り合いが皆無でなければ……」マリアは身内に不幸が続いていた。「もし両親が街を離れることになって、レディ・ダーウェントに私を預けることにならなければ……」マリアの祖母が病気になり、その看病のためにマリアの母親は大急ぎで夫を伴って母親のもとへ向かった。

「こんなことはできなかった。両親が帰ってくるころにはクラレンスと私は正式に婚約しているだろうから、この先は誰も私を、金持ちの夫を探す若い淑女として舞踏会に出席させることはできなくなる。だから、何もかもが完璧というわけ」

マリアはアンナにほほ笑みかけた。

「あなた、きれいよ。そのドレスがものすごく似合っているわ。あなたも今夜いい人を見つけて、仕事ではなく結婚をすることになるかもしれないわね」

アンナは友人に向かって呆《あき》れた顔をしてみせた。

「私は家庭教師になれれば満足よ」心からそう思っているわけではないが、一人の男性に自分を守ってもらおうとした挙げ句、相手が興味を失ったときに捨てられるよりはましだ。それに、パントニー家に職を得られたことがかなりの幸運なのは間違いない。

「ふん」レディ・ダーウェントはアンナの自立願望を快く思ってはいなかった。一度ならずアンナに付き添い《コンパニオン》として自分と一緒に暮らすことを提案していたが、彼女がコンパニオンを必要としている様子はまったくなかった。「行きましょう。アンナ、舞踏会を少しも見逃してはいけないわ」

「マリア、あなたがこの先気が変わったらどうするの？」アンナはそれを心配していた。「私があなたのふりをしてこの舞踏会に出席したあと、どうやって社交界で自分の居場所を確保するの？」

「疑う人は私が黙らせるから大丈夫よ」レディ・ダーウェントが言った。「マリア、もしこの先あなたの気が変わって、将来性の乏しい貧乏な牧師補とはやっぱり結婚できない、舞踏会に自分の居場所が欲しいと思ったとしても、疑いの目を向けてくる人に私が、あなた目が悪くなったんじゃないの、アムスコット舞踏会であなたが会ったレディ・マリアはこの人よと言えば、誰も私に楯突《たてつ》いてこないわ」

確かにアンナを含め、レディ・ダーウェントに異論を唱える人はほとんどいない。

アンナは再び鏡に映る自分のほうを向いた。このドレスは大好きだ。舞踏会でこれを見せびらかさないのは実にもったいない。参加した回数は少ないが、パーティも大好きだ。ダンスも大好き。しかもロンドンの輝ける上流階級の大物たちが一堂に会するのだから、ぜひとも彼らに会ってみたかったし、その催しを目撃し、そこに参加したかった。

アンナは背筋を伸ばし、鏡に映る二人のコンパニオンに笑いかけてから振り返った。

「二人の言うとおりね」アンナは言った。このすばらしいチャンスをつかみ、明日からの新たな、おそらく非常に退屈な生活を始める前にめいっぱい楽しむのだ。

「大がかりな仮装をしているんだと思えば、すごく楽しいはずよ」マリアが言った。「ほかの誰も知らない大きな秘密。ダンスを踊るのも楽しいでしょうしね」

「ありがとう、マリア」アンナは言った。

「いいえ」マリアはアンナを抱きしめた。「お礼を言うのは私のほう。とにかく楽しんできて」

「最後にもう一度確認するけど、本当にこれでいいのね？」アンナは再びたずねた。

「これでいいのよ」レディ・ダーウェントはすでに立ち上がり、ドアへと歩いていた。「悪いことなんて何も起こるはずがないんだから」

2

アムスコット公爵、ジェームズ

「今のところ、これで全員ね」アムスコット公爵未亡人はそう結論づけ、息子のアムスコット公爵ジェームズの花嫁候補をリスト化した紙片を角を揃えて折りたたんだあと、書き物机を離れてジェームズがいる向かい側のソファへやってきた。

ジェームズは片方の眉を上げた。「そのリストの内容を僕に見せる気?」

「見せるかもしれないし、見せないかもしれないわ」母は紙片をジェームズの鼻先で振ったあと、さっと引っ込めて手提げ袋《レティキュール》の中にしまった。

ジェームズは笑った。結婚すること自体は少しも笑えないが、母はたいていどんなときでもジェームズから笑みを引き出すことができる。ここ数年で母があれほどの経験をしてきたことを思えば、それはすごいことだった。母はまずは夫を、次にジェームズの兄である息子二人を亡くしていた。

「まじめな話をすると」母は言った。「リストについてはもちろんあなたと話し合うつもりだけど、その前にあなたが先入観なくいろんな若い淑女と出会うのがいちばんいいのではないかと思っているの。あなたは幸いお金のために結婚する必要がないから、どんな女性とも愛のための結婚ができるわ。もちろん家柄が良いことは前提だけど」

ジェームズは全身に走った寒けを母に見抜かれないよう、つかのま膝に視線を落とした。

愛のための結婚はしたくない。

誰かを深く愛したせいで、その女性の身に何かが起こったときに打ちひしがれたくない。母が夫と上の息子二人の喪失を嘆き、ジェームズと妹たちも同じ思いをしたときのように。

それに、こちらのほうがより重要なのだが、ジェームズもほかの誰かに深く愛されたくなかった。自分が死んだときに誰かが打ちのめされるのがいやだからだ。自分が若死にする可能性が極めて高そうに思えるせいで、恐怖と諦めの間を行ったり来たりしている。医者はジェームズの父と兄たちの早世の理由を特定できなかったが、三人とも病状が似ていたため、その病気が家族性のものである可能性は否定できない。それが母と妹たちにもたらす痛みを思うだけでもつらいのに、自分を深く愛する誰かと結婚することを選び、その女性にまで喪失の痛みを負わせることはあまりに恐ろしく思えた。

「ジェームズ？」

「はい、母上。何と……すばらしい計画なんだ」ジェームズは母に自分の気持ちを言えなかった。母が幸せなふりをこれほどうまくやってのけていることを思えば、母をこれ以上悲しませられない。母と同様、自分も何食わぬ顔を保たなくてはならない。

それに、ジェームズの感情は入り乱れていた。というのも、相続人は確かに作る必要があるからだ。現在のジェームズの相続人はカナダに住む遠い親戚で、その男性がジェームズの死後、望みどおりの形で母と妹たちの面倒を見てくれるかどうかは確かめようがない。新たな公爵になるのは、赤ん坊だろうと大人だろうとジェームズの息子のほうがはるかに望ましかった。

それに家族の将来の保証だけでなく、相続人すなわちジェームズの息子の存在は当然ながら、ジェームズが死んだあとの家族の悲嘆も和らげてくれるだろう。妻のもとには愛する子供が残るし、母はすでにジェームズのいちばん上の妹の幼い娘二人を祖母として溺愛している。

　ジェームズは顔を上げて母と目を合わせ、できる限り心を込めてほほ笑んだ。

「では、そういうことで」母はソファから立ち上がった。「今夜できるだけ大勢の女性と会って、もし気に入った人がいれば、その若い淑女と交流を始めるといいわ。気に入った人がいなければ、私が作ったリストに戻りましょう」

　ジェームズも立ち上がった。「いいね」困ったことになった。

「急ぎましょう。もうすぐ第一陣のお客さんが到着するわ」母は気取った様子で腕を差し出した。

　二人は今年のロンドンの社交シーズン最初の大規模な舞踏会を開くことになっていて、母は社交界の面々がこぞって参加すると予想した。母の読みはほぼ正解だった。裕福な公爵は個人の性質に関係なく、つねに人気がある。三十歳近くで未婚であればなおさらだ。

　ジェームズは母の高飛車な仕草に笑い、母の腕を取りながら、そのつもりはないがもしそれを自分に許した場合、愛することのできる相手に今夜出会う可能性はどれくらいあるのか、それともリストに載っている誰かと結婚することで満足するべきなのかと考えた。

　結婚はしなくてはならない。

　それに、恋愛結婚は望んでいなくても、花嫁は母に押しつけられるのではなく自分で選びたい。例えば話をしていて楽しい相手がいいが、母や妹たちのように人の意見を聞き入れない相手と一生暮らすことは選ばないだろう。

　舞踏室に入ると、母の声がジェームズの物思いに割り込んできた。「アムスコット。私がした装飾の話をしていたんだけど」母は特定のテーマに基づいて装飾したこの部屋を今まで見せようとしなかった。

どうしてもジェームズを驚かせたいからだと言っていたが、もしかすると、度を越した高額出費に難癖をつけられたくなかっただけなのかもしれない。実際には、ジェームズは母が再び何かに興味を持つようになったことが嬉《うれ》しかったため、喜んで母を甘やかしていた。母は死別が続いたあと、無気力に苛《さいな》まれていたのだ。

「ごめん。母上が飾りつけたこの部屋に見とれてしまって」それは確かに見事なものだったし、多額の費用がかかっているのは間違いなかった。アムスコット邸の舞踏室は異国情緒ある果樹園へと変貌していた。オレンジとレモンの木がたくさん、おそらくイギリス全土の温室にある分を合計した以上に設置されていて、室内にははっきりと柑橘《かんきつ》の香りが漂っていた。それに、あそこにあるのは……パイナップルの木だろうか？

「みんなをあっと言わせたかったたし、きっとそうなるはずよ。それに私たちの舞踏会の匂いは、ほかの誰が開く舞踏会よりも優れているわ」母が悦に入った様子を見せたので、ジェームズはまた笑った。

「ほてった体が一つの部屋につめ込まれていると、耐えがたい状態になるものだから」

「すばらしい配慮だ」

「実は、ここにある木がどれほど匂いを発するものかわかっていなかったの」母は白状した。「でも今は、視覚的なデザインと嗅覚的な流行の両方を提供できそうで本当に良かったと思っているわ」

第一陣の客の到着が告げられたため、二人の会話はそこで打ち切られ、ジェームズはめかし込んだ男性たち、宝石をまとった夫人たち、彼女たちが保護者を務め、公爵に気に入られたくて必死な社交界デビューしたての女性たち、時には自分の友人たちへの挨拶で忙しくなった。

「レディ・ダーウェントとレディ・マリア・スワンリーです」従僕がそう告げると、ジェームズの母と同じくらい威厳ある雰囲気を漂わせた長身の女性が、銀色のきらめくドレスを着た小柄な若い女性を伴って颯爽《さっそう》と部屋へ入ってきた。

「こんばんは」レディ・ダーウェントはジェームズの母に向かってごく浅く膝を曲げ、その態度は相手に大きな親切をしてやっていると言わんばかりで、母はごく薄いほほ笑みでそれに応えた。ジェームズは明日、レディ・ダーウェントとどんな口論をしたのか母にたずねてみようと思った。二人の女性の間に敵意があるのは一目瞭然だし、母の話はいつでも面白いのだ。「レディ・マリアは今夜、私が預かっているの。親愛なるレディ・スワンリーがマッシー子爵夫人の病床に呼ばれたものだから」

「おばあ様がご病気になられたのはとても残念ね」ジェームズの母がレディ・マリアに話しかけた。

「ありがとうございます。そのうちすっかり回復するといいのですが」レディ・マリアの声が音楽のようで、澄んでいて温かな調子だったため、とても耳心地が良く、ジェームズはとっさに彼女をまじまじと見た。

髪は明るい茶色で、豊かで艶があり、目は緑色、肌は透き通っていて、目鼻立ちは左右対称、胸元が深く切れ込み、ウエスト位置の高いドレスがよく似合っている。確かに魅力的だが、彼女が母が作っていた花嫁候補リストに載っているのかどうかをぼんやり考え始めると、こんなことをしても意味はないと思った。彼女はとても感じの良い女性かもしれないが、ここには感じが良くて魅力的な女性はいくらでもいて、自分がほかの女性ではなくこの女性を選ぶ理由は思いつかなかった。

むしろ、恋愛感情をもとに選択しないとなると、どうやって花嫁を選ぶのだろう？　妹たちに、どの若い淑女なら仲良くできそうかたずねたほうが良いのかもしれない。

「息子のアムスコット公爵です」母がそう言うと、レディ・マリアはジェームズのほうを向いてにっこりした。

ああ、何と、その笑顔は極上だった。歯並びの良い完璧な歯が見え、顔いっぱいに広がり、こちらもつられそうになる、口の左側だけにすてきなえくぼができる美しい笑顔だ。ジェームズはそのことを全身で感じ、どぎまぎするほどだった。

「お会いできて嬉しいです」レディ・マリアの笑顔に反応し、ジェームズの口はほとんどひとりでにほころんで満面の笑みが浮かんだ。

レディ・マリアは膝を曲げて指を二本伸ばし、ほとんど笑いだしそうな顔でほほ笑みながら目をきらめかせた。何がそんなにおかしいのかジェームズにはわからなかったが、それを知りたいと思った。それどころか、彼女のすべてを知りたいという実に奇妙な感情を抱いた。だが彼女について今わかっているのは、小柄で感じが良く、音楽のような声で話し、笑顔がとても魅力的で、レディ・ダーウェントに連れてこられたことだけなのだから、それは馬鹿げた感情だった。

ジェームズは軽く身を乗り出し、周囲の騒がしい話し声のせいでほかの誰にも聞こえにくいことに安心して、レディ・マリアの耳元で彼女だけに聞こえるよう言った。

「何か冗談をおっしゃりたいのかな？」そう言いながらほほ笑み、レディ・マリアを責めているのではなくからかっているだけであることが伝わるようにした。普段はよく知らないデビューしたての女性にこんな話し方をすることはないが、それを言うなら、デビューしたての女性はふつう、大きな楽しい秘密を持っているような態度をとらない。それに、最後にこれほど強く相手のことを知りたいと思ったのがいつか、そもそもそんな気持ちになったことがあるのかも思い出せなかった。

「違うんです、公爵様」相変わらず陽気な笑みを浮かべたまま、レディ・マリアは続けた。「ただ、この場に圧倒されてしまっただけだと思いますわ」その言葉が本当とは思えなかった。彼女には少しも圧倒された様子がなかった。

レディ・マリアは室内を見回したあと、ジェームズに視線を戻した。

「ここにある植物はすてきですね。本当にすごいわ。私、レモンやオレンジの木を本の表紙以外で見たのは初めてです」

「確かにすごい」ジェームズは同意した。「とある最高権威筋によると、この装飾だけでなく匂いによって、今夜の舞踏会は今シーズンでも有数の成功を収めるだろうとのことです」

「その権威筋のご意見は正しいと思いますわ」レディ・マリアは大まじめに言った。「どんな舞踏会も匂いで評価されるものです。しかも冬には実をつけなくなる木を利用している点が特に賢明で、これはほかの主催者にはまねできないでしょう」

「そのことは思いつかなかったな。このデザインは母がしたものなんです。あなたも母も、僕より鋭い目を持っているのでしょうね」

「ありがとうございます。もちろん私は舞踏室の匂いに詳しいことでよく褒められるんですのよ」

レディ・マリアはきらめく目でジェームズを見上げて言い、ジェームズは笑った。

次の瞬間、思わずこう言っていた。「最初のダンスを踊っていただけますか?」

質問し終えてから、その言葉の重大さに気づいた。今まで会ったことのない、おそらく初めて舞踏会に参加しているであろう若い淑女に最初のダンスを申し込むのは、特別な関心があることの表れと受け取られる。その後レディ・マリアとさらに親しくなりたいと思わなかった場合は、極めて慎重に物事を運ばなくてはならない。自分のためを考えれば、彼女だけにそれ以上の特別な関心を向けているように見えないよう気をつけなくてはならない。一方、レディ・マリアのことを思えば、彼女に無礼を働いたように見られてもいけない。

けれど、なぜだかそんなことはどうでもよかった。またもレディ・マリアのことをもっと知らなくてはならないという、あの奇妙な感情に駆られていた。

「もちろん、レディ・マリアはお誘いをお受けしますわ」レディ・ダーウェントがジェームズの言葉を耳にしたらしく、自分が保護者を務める娘が裕福な未婚の公爵にダンスを申し込まれたときの優秀なお目付役らしく、その要求が受け入れられるよう全力を尽くした。それどころか、ジェームズの見間違いでなければ、レディ・ダーウェントはレディ・マリアを小さく、だがかなり力強く突いていた。

感心したことに、レディ・マリアは突かれたことを意に介さず、レディ・ダーウェントのほうを見ることすらせず言った。「喜んでお受けします」

「アムスコット」母の口調は鋭かった。母もジェームズがダンスを申し込んだのを聞いていたようだが、レディ・ダーウェントほどそれを喜んではいなかった。「私の親友のモンタギュー伯爵夫人とその娘さんのレディ・ヘレナ・モンタギューがいらっしゃったわよ」

紹介が続く中、ジェームズはレディ・マリアが周囲で渦巻く人の群れにのみ込まれるまで彼女を目で追っていた。いったん彼女の姿を見失うと、どんなに探しても見つからなかった。そして数分後、母がまたもジェームズの上の空な態度に苦言を呈したとき、自分がレディ・マリアを見つけようと必死になっていることに気づいた。

もちろん、彼女があれほど小柄でなければもっと簡単に見つかっていただろう。

ジェームズはこれまで背の高い女性に惹《ひ》かれると思っていたが、今ではそれが大間違いだったことがわかった。

何ということだろう。二十九歳にもなって、初めての社交シーズンでのぼせ上がったまぬけ男のようなふるまいをしている。一度見ただけの美しい笑顔に心惹かれてしまった。

つい一時間前、女性と結婚について自分が何を考えていたのかも思い出せなかった。これほど魅力的な女性を見つけたくなかったのは確かだが、その理由がよくわからなかった。そもそも、惹かれることと愛することは同じではない。

「アムスコット」母の声の鋭さはステーキを切れそうな域に達していた。ジェームズは今目の前で紹介されている相手にもっと集中する必要があった。母は献身的な母親で、寛大な心を持つ女性だが、注意散漫には良い顔をしない。

やがて出迎えが終わり、最初のダンスの時間がやってきた。

ジェームズは舞踏室を横切り、レディ・ダーウェントと一緒にいるレディ・マリアのもとへ向かいながら、心拍数が上がるのを感じ、やれやれという思いで実際に首を振りそうになった。何しろ、レディ・マリアに感じている魅力は想像の産物かもしれないのだ。彼女を再び見たら、大きな勘違いをしていたことに気づくかもしれない。

そのとき、ほかの人々の頭越しに彼女の姿が見えた。レディ・マリアはほかのデビューしたての女性たちと一緒にいて、別の若い淑女が言った何かに笑っていた。次に彼女が何か言う番になると、その小さな集まりの全員が笑った。社交界の礼儀どおりの忍び笑いではなく、肩を震わせるほどの大笑いだ。彼女たちを見ているだけでジェームズはほほ笑まずにいられず、彼女がどんな冗談を言ったのか知りたくてたまらない自分に気づいた。レディ・マリアがほかの女性たちに笑いかけているのを見ると、自分が少しも勘違いをしていないのがわかった。彼女はとてつもなく魅力的だった。

それから三十秒後には、ジェームズはレディ・マリアとレディ・ダーウェントの前に立ち、両足のかかとを揃《そろ》え、二人の淑女に向かっておじぎをしていた。

レディ・ダーウェントは当然ながら満面の笑みを浮かべていた。ジェームズには、自分が個人として結婚市場でとりわけ魅力的な花婿候補だというううぬぼれはなかった。それは女性の好みによるだろう。だが財産に恵まれた未婚の公爵がつねに大多数の若い淑女とそのお目付役にとって魅力的であることはわかっていて、レディ・ダーウェントも例外ではないようだった。

レディ・マリアもほほ笑んでいたが、ジェームズと出会ったときやほかの若い淑女と笑っていたときほど満面の笑顔ではなかった。ジェームズは彼女がこのダンスを承諾したのを後悔していないことを願った。デビューしたての淑女には珍しい、公爵との結婚を望まないタイプなのかもしれない。

困ったことだ。この数分間でジェームズは少なくとも五回は結婚のことを考えている。これまで数多《あまた》の男たちがしてきたように、一人の女性のかわいい顔に理性を失ってしまったかのようだ。さらに困ったことに、そんなことはどうでもいいと感じ、むしろ本能に従ってこの若い淑女を熱心に口説くことに極めて乗り気だった。

レディ・マリアの指先が軽く腕に触れると、自分の妄想だとわかっていながらも、二人が初めて触れ合ったこの瞬間が極めて重大で、その接触が何らかの形で自分に焼き印を押したような気がした。これが、これから何度もあるこうした触れ合いの一回目になるという、実に奇妙な感覚があった。とんでもないことだ。ジェームズが今までこれほど夢見がちだったことはない。

「最近ロンドンに来られたのですか？」客の群れの間を縫ってダンスフロアへと進みながら、ジェームズはたずねた。

「ええ」レディ・マリアはうなずいた。「今までは田舎にいました。私はロンドンが大好きで、この一、二週間は名づけ親を説得して、彼女はそうでもないかもしれないけれど私には興味深い場所を案内してもらうことを楽しんでいます」

ジェームズは笑ったあと、質問した。「名づけ親の方と一緒に過ごしているということ？」

「ええ。その……ええ、レディ・ダーウェントのことですけど。母が少し前に祖母のもとに呼ばれたものですから」

「ああ、なるほど。お母様はごく最近、街を離れたのだと思っていた」

「ええと……違います。そこまで最近ではありません。あなたがお思いになっているほど最近では。公爵様は一年中ロンドンにお住まいですか？」

二人がまだ互いを知らないことを思えば妙な話だが、〝公爵様〟という呼び方は、レディ・マリアの口から出ると堅苦しすぎるように聞こえた。

ジェームズと呼んでほしいと言いたい気持ちを抑え、自分もマリアとだけ呼べればいいのにと思いながら、ジェームズは言った。「僕は最近、公爵の地位を継いだばかりでね。社交シーズンはロンドンで、一年の残りの時期は田舎で過ごすことになりそうだ」自分は本当にかなり柔軟で、もし将来の妻……

になってくれることを望む人がロンドンでずっと暮らしたい、あるいは田舎でずっと暮らしたいと言うならどちらでも従うつもりだ、妻のそばにいられさえすればいいと言いたくなるという、常軌を逸した衝動を感じた。本当に正気を失ってしまったようだ。レディ・マリアのことは知らない。何を……という次元ですらなく、何一つとして知らない。

それに、愛のための結婚は望んでいない。望んでいるのだろうか？　いや、望んでいない。これは明らかに愛ではない。彼女ならすばらしい人生の伴侶になれそうだという強い予感があるだけだ。

ジェームズが〝どこに住みたいですか？〟〝何歳ですか？〟そしてもちろん、〝僕と結婚してくれませんか？〟など、答えを知りたい何千もの質問のうち一つを投げかけようと口を開いた瞬間、レディ・マリアが言った。「それはお気の毒に。何かを相続するのに、良い理由はありえませんから」

「そうなんだ」ジェームズは同意した。「兄の死には僕たち全員がひどいショックを受けたが、当然ながら、とりわけ母が」何を言っているのだろう。この話は今まで誰にもしたことがないのに、こうして赤の他人に打ち明けようとしている。彼女のことをまだ何も知らないのに。本当に、何かとても奇妙なことが自分の身に起こっている。

「本当にお気の毒に思います。お気持ちはわかります。私の家族にも不幸があったので。そういう家族は多いと思いますけど」レディ・マリアはそこで言葉を切り、意識的に話題を変えようとするかのようにあたりを見回して言った。「私、この舞踏会を本当に楽しんでいるんです」

彼女が空気を軽くしてくれたことに感謝し、ジェームズはほほ笑んだ。「僕もだ。あなたはこれが初めての舞踏会?」レディ・マリアの社交界デビュー後にすぐ彼女と出会えるなんて、自分はとんでもなく幸運だく幸運に違いない。だがそう考えたとたん、ジェームズは驚いた。レディ・マリアは一般的なデビューしたての淑女よりも年上に見える。それは実にすばらしいことだ。考えてみると、妻にするなら最も若くしてデビューした女性たちよりは少し年上のほうがいい。そのほうが伴侶として、友人としてのバランスが良いはずだ。もちろん、恋人としてではない。

「ええ、私……」レディ・マリアがまたもためらうのを感じた。なぜ言葉を慎重に選んでいるように見えるのだろう？　何か隠し事があるのか、それとも、ただ初めての舞踏会で緊張しているだけなのか？

ジェームズは彼女にききたいことがたくさんあった。彼女をもっとよく知る必要があった。「家族が長い間喪に服していたので、今まで社交界デビューができなかったんです」なるほど。そのことが彼女のためらいの理由なのかもしれない。

「そういうことですか。お気の毒に」誰の喪に服していたのかをたずねたかったが、レディ・マリアを動揺させたくはなかった。

二人の会話はしばらくとぎれた。楽団が演奏を始め、最初のダンスであるカドリールを踊る人々が持ち場につき始めたのだ。

「私、謝らなくては」ダンスの冒頭で二人が組むと、レディ・マリアは言った。「ダンスを踊るのが久しぶりなので、ステップをいくつか忘れているかもしれないんです」

「僕には驚くほど達者に見えるけど」ジェームズはそう言いながら、これがワルツだったらレディ・マリアに近づけるし、ダンスの間ずっと彼女と話ができるのにと思った。「僕のほうこそあらかじめ謝っておこう。あなたの爪先を踏むかもしれない」

レディ・マリアは首を横に振った。「大げさでなく、ステップを数えながらでないと踊れないんです。でないと、このアンサンブル全体を台なしにする危険があるから。こんなふうに」そう言うと、声に出して数を数え始め、その間ずっと穏やかにほほ笑んで目をきらめかせ、まっすぐ前を見ていた。

ジェームズが笑いを押し殺したまま、二人はパートナーになったり別れたりし、やがてレディ・マリアは最後に一度、肩越しにジェームズに向かって、〝一、二〟と言いながら優雅に回った。今レディ・ダーウェントがレディ・マリアの声を聞いたら何を言うかはわからないが、ジェームズの母なら顔をしかめるのは確かだ。母は人前で礼儀正しくふるまうことにこだわりがある。一方ジェームズは、初めての正式なダンス中に礼儀を破って笑う淑女をこれまでずっと待っていたのだと今気づいた。

カドリールを踊る利点は、つかのま交差するほかの淑女たちに完全に注意を向けながらも、きっちり拍子に合わせているのにとても優雅なレディ・マリアのダンスを観察するチャンスが存分にあることだ。

全員で動き回る間に出会うほかの紳士たちにもレディ・マリアはどこまでも礼儀正しかったが、自分と話すときほど目を輝かせていないような気がする……そうであってほしいとジェームズは思った。

ジェームズがレディ・マリアのほうを見ていると時々彼女もこちらを見て、二人の視線がぶつかった。カドリールの中で元のパートナーと組むときに、これほど大きな期待とつかのまの喜びを感じたことがあっただろうかとジェームズは思った。

ダンスが終わると、ジェームズは実に気乗りしないながらも言った。「レディ・ダーウェントのもとへあなたをお送りしよう」

「まあ、ありがとう。でも私、次のダンスも予約が入っているので」

「ああ、そうか、それは予想できて当然だった」当然でないのは、ほかの誰かがレディ・マリアと踊りたがっていることを思うと、軽い……いや、強烈ないらだちを感じることだ。ジェームズ自身も別の女性と踊ろうとしているのに。しかも、レディ・マリアのことはほとんど知らないのに。

「むしろあなたがそうさせたのですよ。アムスコット公爵に最初のダンスに誘われたとわかれば、ほかの若い男性たちの間で絶大な人気が出るもの」

「彼らはあなたと踊りたいのであって、単に僕のパートナーと踊りたいわけではないはずだ」ほかの男性を惹きつけた理由が、単に公爵と踊ったという社会的名声だけではないとジェームズは確信していた。レディ・マリアはただほほ笑むだけで、世界中を足元にひれ伏させられるだろう。

レディ・マリアがほほ笑みかけた。ジェームズは彼女の笑顔を愛していた。「そう言っていただけるなんて、とてもお優しいのね」

ジェームズはほほ笑み返したあと、こう言わずにはいられなかった。「あとで僕とワルツを踊ってくれませんか?」

「ダンスカードにはあと一つ空きがあります」レディ・マリアは言った。「それがワルツだったはず」

そう言うと、またもあのえくぼが現れた。

一つの舞踏会で同じ女性と二度踊るのは、相手に極めて真剣な思いがあると宣言するも同然で、その舞踏会を自分が主催していればなおさらだった。ジェームズは一瞬だけ、その重大な宣言を自分がシーズン最初の舞踏会でしようとしている事実を母と上流社会の面々がどう思うか考えた。次の瞬間、そんなことは少しも重要ではないと感じた。ジェームズにとって重要なのは、レディ・マリアをもっとよく知ることだけだった。

「晩餐《ばんさん》も一緒に行っていただけますか?」ジェームズは誘った。

「光栄です」レディ・マリアは言い、目も眩《くら》むような笑顔をまた見せたあと、ジェームズの目には熱心すぎるように見える若い子爵に連れ去られた。

レディ・マリアとのダンスが飛ぶように過ぎたとしたら、晩餐までの残りのダンスはひどくゆっくりと過ぎたが、ダンスの動きの中でレディ・マリアとつかのまパートナーになったときだけは別だった。

その状況になるたびに、ジェームズの心は馬鹿馬鹿しいほど浮き立った。今までの人生でこれほどの高揚感を味わったことはないと思うほどだった。手がさっと触れ合うたびに、笑顔や短い言葉を交わすたびに、天からの贈り物をもらった気がした。そして互いから離れなくてはならなくなるたびに、あまりにとつぜん奪われた気がした。

ついに晩餐の開始が告げられた。

ジェームズは魔法でもかけられたのかと思うくらいじれったさを募らせながら、そのあと晩餐が控えている最後のダンスが終わるのを待っていた。ダンスの間中、レディ・マリアの居場所に目を光らせることをやめられなかった。実際のところ、恋に取りつかれた若者のようなふるまいをしていた。

今踊っていた若い淑女を母親のもとへ返し、大げさにダンスのお礼を言ったあと、母親に娘を晩餐へエスコートするよう強いられる前に、最後にレディ・マリアを見かけた場所へ向かった。

ジェームズが到着したとき、彼女は三、四人の若者に加え、三、四人の大人の紳士にも囲まれていて、そのうち二人はジェームズの親しい友人だった。

「レディ・マリア」ジェームズは声をかけながら二人の男性の間に割り込んだ。

「公爵様」レディ・マリアはほほ笑みかけ、ジェームズは最後に彼女に笑顔を向けられてから少なくとも三十分は経《た》っていたことに気づいた。すでにこの最新の笑顔のぬくもりに浸り始めている。笑顔の一つ一つが、自分だけに贈られた特別な贈り物のように感じられた。

ジェームズは自分の思考が急にひどく詩的になっていることに内心で片眉を上げながら、彼女に向かって腕を差し出した。

「ありがとう」レディ・マリアがその腕を取ると、あろうことかその感触にジェームズは身震いしそうになった。彼女が男性の一団を笑顔で見回したあと、二人はほかのすべての客とともに晩餐室へ向かって歩きだした。

「母が晩餐室をどんなふうに装飾しているのかを見るのが楽しみだ」二人で歩きながら、ジェームズは言った。「僕はまだ見ていなくて。晩餐室までこのテーマが続いているのかどうかも知らないんだ」何だこれは。自分が公爵で運が良かった。もしこの程度の会話しか提供できないのなら、レディ・マリアが自分の爵位に惹かれることを願うしかない。

「舞踏室と同じくらい印象的で美しいに違いないわ。匂いもすばらしいかどうか確かめるのが楽しみです」

今までの人生でこれほど喋《しゃべ》るのに苦労したことはないが、二人で晩餐室へ入ると、ジェームズがこれ以上言葉を探す必要はなくなった。

これは……驚いた。母が手加減しなかったのは間違いない。

ジェームズとレディ・マリアは二人ともしばらくその場に立ちつくし、目を見張っていた。

最初に喋れるようになったのはレディ・マリアだった。「これは……印象的だわ」彼女は言った。「そして、上品」

ジェームズは今も口が利けないままうなずいた。〝上品〟がこれを表すのにふさわしい言葉には思えなかったが。

「すてきな緑色」レディ・マリアは言い張った。

「とても……植物的。舞踏室と同じくらい」

「これは……青林檎《あおりんご》色だね」ジェームズは言った。

「ピンクはフクシアのよう。これも植物的だわ」

「確かに」

　晩餐室には鮮やかなピンクと緑の縞模様《しまもよう》の長い絹地が吊《つ》され、その色彩テーマはテーブルにも皿にも、床にも続いていた。それは本当に、強い片頭痛を起こさせる代物だった。

　そのうえ縞模様の布はあまりに幅が広く、あまりにそこらじゅうにあるため、一部の人々の服を覆い隠していた。

「私は好きだわ」レディ・マリアは今や衝撃から完全に立ち直り、きっぱりと言った。「きっとここから縞模様の流行が始まるでしょう」

「そうならないことを心から願うよ。あなたを縞模様のテーブルに案内して、縞模様の皿で選《よ》りすぐりの食べ物をお持ちしてもいいだろうか？」ジェームズは言った。

「すばらしいわ。あなたが縞模様の食べ物を選んでくださらなければ、当然ながら私はあなたにがっかりするでしょう。それに、お皿に合うように食べ物を選んでくださると信じているわ」

　ジェームズは笑った。「仰せのとおりに」

　レディ・マリアを席に着かせ、ビュッフェテーブルの前へ行くと、自分がジレンマに陥っていることに気づいた。恋にうつつを抜かす若者のごとくレディ・マリアのもとへ飛んで帰りたいが、彼女を感心させたくもある。でも、食べ物の選び方で感心させるというのか？　本当に？　僕はいったい何になろうとしているんだ？

　皿に合う食べ物をできるだけ急いで選ぶのは生まれて初めての経験だったが、ジェームズは全力を尽くし、すぐにレディ・マリアのもとへ戻った。席に着くと肩が軽くなり、顔いっぱいに笑みが広がって、とにかく強い幸福感を感じた。彼女のことを何も知らないのだから、どうしようもなく馬鹿げている。この晩餐が終わるころには、二人の気が少しも合わないことが判明しているかもしれないのだ。

「本当に感動しています」レディ・マリアが言った。「あなたがこの難題を乗り切ってくれるとは思っていなかったの。特に、関係ない色の食べ物をハムとアスパラガスで隠してピンクと緑の縞模様を維持しながらも、私の食事を単調にしすぎていない点がすばらしいわ」彼女の口調の真剣さと目に浮かぶ笑いの対比が愛らしかった。

ジェームズは彼女にほほ笑みかけ、笑い声をあげながら、二人の気が合わないことが判明するはずがないと確信した。

もちろん、友人として、伴侶としてだ。愛が関わることはない。

3

アンナ

「お気づきのとおり」公爵は金言を授けるかのように身を乗り出した。「皿に合わせて食べ物を縞模様《しまもよう》にして出すことは、想像しうる中で最大の難題の一つだ。例えば、かつて竜退治の騎士に課された難題よりもずっと」

アンナは笑ったあとうなずき、できるだけ深刻な態度を装って言った。「おっしゃるとおりだと思います。そのような騎士に褒美として自分の娘との結婚を与えない古代の王はいないでしょう」アンナは大いに楽しんでいた。魅力的な男性とこんなふうに会話をすることなど今までの人生で一度もなかった。唯一の例外が神学校での最後の年に音楽教師と交わした会話だが、それをラテン語の教師に立ち聞きされたためにアンナは厳しい罰を受け、音楽教師はお咎《とが》めなしだった。それはひどく不公平に思えたが、当然ながら男性と女性を縛る基準はまったく別なのだ。

マリアとレディ・ダーウェントがこの舞踏会に参加するよう説得してくれて本当に良かったとアンナは思った。誰かに迷惑をかける危険はなさそうだし、本当に楽しい時間を過ごしていた。

「僕がそのような騎士であれば、縞模様の食べ物を所望するほど目の利く乙女との結婚を心から光栄に思うだろう」公爵はアンナの目をまっすぐ見つめ、口元を軽くほころばせて言った。アンナは心臓が大きく跳ねるのを感じ、ごくりと唾をのんだ。

アンナと公爵はすぐそばに座っていて、彼のあごひげがすでに生え始めている部分のかすかな黒ずみと、目の濃い青色、波打つ黒っぽい髪の豊かさが目に留まった。肩幅が広く、その肩に自分の問題を預けた人は世界中から守られるだろうという実におかしな感想を抱いた。公爵がいずれ結婚する幸運な若い女性のことを思うと、一瞬、心からの切望の波が押し寄せるのを感じた。

だが当然ながら、彼もほかの男性たちと同じに違いない。優しさと思いやりと頼もしさを備えている……それらが失われるまでは。

けれど今この瞬間、彼が稀少《きしょう》な、本当に頼りになる男性だと想像するのは簡単だ。公爵を初めて見た瞬間から、アンナは彼にそんな印象を抱いていた。自分と名づけ親が行っているなりすましの大胆さに今にも笑いだしそうになり、一緒にいることにこれほどすぐに居心地の良さを感じたのだから、彼には真実を打ち明けてもいいのではないかと一瞬だけ馬鹿げたことを思った。

二人は今も何も言わず、互いの目を見つめていた。こんなことをしていてはいけない。目を逸《そ》らし、二人の間に感じられるこの……緊張感を断ち切るための何か軽い言葉を見つけなくてはならない。

「君に質問したいことがたくさんあるんだ」公爵が言った。

「そうなの？」アンナの声は甲高く響いた。

「たくさん。できれば……」公爵は一瞬言葉を切り、自分を嘲笑《あざわら》うかのようにその笑顔に苦みが走った。「その質問を全部できるくらい、君をよく知る機会を持てればと思っている」

アンナはまたも唾をのみ込んだ。上流階級の男性と出会う経験は今までしてこなかったが、たとえ公爵がアンナのことを何も知らなくても、彼の口説き文句には真剣さがあると感じずにはいられなかった。アンナをよく知ることに心から興味がありそうだと。

いや、違う。公爵はレディ・マリア・スワンリーをよく知ることに興味があるのだ。持参金の額が莫大《ばくだい》であることはマリアから聞いているし、なおかつ伯爵の娘である彼女のもとにはいくらでも求婚者が現れるはずで、その中には公爵も含まれるだろう。だからこそ、マリアはこの舞踏会に参加したくないと言ったのだ。このような事態を予見していたから。

アンナが今するべきなのは話題を変え、軽めの事柄について話し、口説き文句に反応しないことだろう。でも……。

「私もあなたに質問があるわ」誘惑に抗《あらが》えず、アンナは言った。でも……質問とは何なのだろう？

公爵について知りたいことはたくさんあるが、どの質問も今すればひどくぶしつけに聞こえるはずだ。

「お好きにどうぞ」公爵の笑顔は今まで以上に、何というか……親密になっていた。まるでアンナにしか見せない表情であるかのように。「質問をお互いに交換するといいかもしれない」彼のその言い方に、アンナは体の内も外も本格的に熱くなるのを感じた。公爵は今にも、二人で何か別のものを交換しようと言いだしそうに見えた。「質問ゲームはどうだろう。次の質問……良識ある質問を思いつかなかったほうが負け」

「勝者のご褒美は？」アンナは思わずたずねていた。

「それは勝者が選ぶということでどうだい？」

「もちろん私が勝たせてもらうわ」アンナは公爵の目を見つめ、わざとらしく唇をすぼめた。公爵相手にこんなふうに会話するべきでないのはわかっていたし、何か後ろめたさのようなものを感じていた。しかもアンナは挑戦を受けなければ気がすまない性格で、もちろんここにいるのもそれが理由の一つだった。マリアがアンナに自分の身代わりになるという挑戦を突きつけたことから、このごっこ遊びが始まったのだ。

「準備ができたらいつでもどうぞ。レディファーストだ」

「少し考えさせて」これまで出会った誰よりも興味深く、ハンサムな男性とこれほど近くに座っていては、理性的に考えることはとても難しかった。「あなたが舞踏室を装飾するなら、どんなふうに飾る？あなた一人で。誰にも任せずに」

少し退屈な質問だったため、自分でもあまり満足していなかったが、何も思いつかないよりはましだった。

「良い質問だね。自分では考えたことのない質問だ。僕の答えに君はがっかりするかもしれない。僕なら簡素さを目指すだろうね」

アンナは悲しげな表情を作って首を横に振った。「本当にがっかりだわ。それでは答えになっていないもの」

「確かに。失礼した。もっと良い答えを考えてみるよ。僕が好きなのは青色だ」

「さっきよりも良いわ」アンナは認めた。「でも、どんな青色？」

「中間的な青色だ。夏の日の空のような、でももう少し暗い」

「とてもすてきな色ね。縞模様は？」

「縞模様はない」公爵は再びアンナの目を見つめ、首を横に振った。「さっきの答えを変えないと。たった今、いちばん好きな色は緑色だと気づいた。君の目のような緑色だ」

アンナは笑うことにした。「馬鹿げたことをおっしゃるのね、公爵様」

「僕の名前はジェームズだ。それに、確かに僕は馬鹿げたことを言っているかもしれない。でも同時に……そうではないんだ」公爵はとつぜん真顔になり、アンナは息が苦しくなった。「ほかにも今とても気に入っている色がある」彼は続けた。「銀色だ。君のドレスの銀色」彼の視線が一瞬だけ下へ、アンナの胸元へ落ちたあと、アンナの顔に戻ってきた。

アンナはまたもせっぱつまって〝まあ！〟と言いそうになったあと、気を取り直して言った。「緑色と銀色の縞模様を使うの？」

「縞模様を使う気はない。それよりも舞踏室全体を君の目の緑色で、晩餐《ばんさん》室を銀色のスパンコールで装飾したい」

「緑色は少し単調に感じられない？」アンナは胃の中のざわめきに屈するまいとした。

「全然。人生の残りの日々を君の目の色を見て過ごせるなら、心が休まると思う」

「今、扇があれば、あなたの手の甲をぴしゃりとたたくのに」アンナは厳しさを装って公爵に言った。「ご存じのとおり、私は舞踏室の装飾の話をしていたの。でもこの話題はもう尽きたようだから、次に行ったほうが良さそうね」

「僕がこれ以上、君の美しい目のことで無礼を働く前に？」

「そのとおり」

「それなら、今度は僕が質問する番だったはずだな」公爵は言った。

「私の質問に対するあなたの答えのお粗末さを思えば、それを許していいのかどうかわからないけど。でも、心を広く持って聞いてあげるわ」

公爵が笑うと、どこか厳格なハンサムさが少年っぽい生意気さへ変わり、アンナは急に自分がこの夜を、この晩餐を、そして彼の笑顔を生涯忘れないことを確信した。

「ありがとう」公爵は言った。「ご親切に」

アンナは笑った。

「質問はたくさんあるんだ」彼は続けた。「選ぶのが難しい。まずは小さな質問から始めよう。さっきとは違う性質の。君のいちばん好きな食べ物は？

僕が選んだ食べ物は気に入ってもらえたかい？」

「気に入ったわ」アンナは自分が一口しか食べていないことに気づいた。喋《しやべ》るのに忙しかったのだ。

「好きな食べ物はたくさんあるの。いちばんを選ぶのは難しいわ」

「それではだめだ」公爵は首を横に振った。「君はさっきの質問への僕の答えと同じくらい、この質問にお粗末な答えを返そうとしている」

「心から謝罪いたしますわ」

「この質問にきちんと答えてくれれば、謝罪を受け入れてあげよう」

「とてもお優しいのね、公爵様」

「ジェームズだ」

アンナはいちばん好きな食べ物を決めることに専念し、アスパラガスと鶏肉《とりにく》と答えると、公爵――アンナは本当に、彼をジェームズと呼ぶことはできなかった――は自分の好物も教えてくれた。ステーキという実にありふれた答えだったが、彼はアスパラガスもおいしいと認めた。

やがて質問ゲームは引き分けになり、その後も二人の会話はおいしい料理を頬張るときだけ中断しながらも、やはりくだらないけれど最高に楽しい雰囲気のまま晩餐が終わるまで続いた。

食事が終わるのをこれほど残念に思ったことがあったかどうか、アンナには思い出せなかった。ただ、まだワルツという楽しみが残っている。だが理由はわからないながらも、公爵はレディ・マリアの家柄や人脈ではなくアンナ自身を好きなのかもしれないという予感があり、もしそうならワルツを踊るのは彼を傷つけることになるのではないかと心配になってきた。その可能性はある……一方で、公爵が本当にアンナと一緒にいることを楽しんでいるなら、二度と会えなくなればどのみち悲しむだろうし、それならあと一度ダンスを踊ったところでたいした違いはないような気もした。ダンスよりも会話をし、互いを知ることのほうが、相手との距離を縮める行為のはずだ。

次のダンスのパートナーであるミスター・マーシュにアンナを引き渡すとき、公爵はアンナの手の上に深くおじぎをした。「ワルツが楽しみです」そう言うと、顔を上げてアンナにあの親密な笑顔を向けた。

アンナは大きな期待とともに公爵とのダンスを待つことになりそうだった。

アンナがミスター・マーシュとともにダンスフロアへ向かっていると、名づけ親と目が合った。レディ・ダーウェントは実に芝居がかった調子で目をくるりと動かし、眉をぴくりと上げた。

「ダンスの前に名づけ親と少し話してもよろしいかしら?」アンナはミスター・マーシュにたずねた。

「もちろんです」

「公爵ははっきりと関心を示していたわね」アンナがそばに来るや否や、レディ・ダーウェントはささやき声で言った。「どこからどう見ても、あなたとの結婚を望んでいるようだわ」

「まさか」

「いいえ、私はそう思うわ」

「でも、私が公爵と結婚できるはずがないわ。家庭教師になるんだから」

「何言ってるの。あなたのおじい様はブルーム伯爵なのだし、レディ・パントニーもわかってくださるわよ」

「でも、私は公爵に嘘《うそ》をついたわ。私が公爵の花嫁にふさわしくないことは言うまでもなく。つまり、どっちにしてもありえないということ。でももしそういう事情がなくても、私は結婚できないわ」アンナは結婚制度にいっさい興味がない。男性が女性を大事にしてくれると思えない以上、家庭教師になったほうがいいはずなのだ。そうすれば、少なくともある程度は自立できるし、雇い主以外の誰かに依存することもない。

レディ・ダーウェントは眉をひそめ、しばらく遠くを見つめたあと言った。「考えてみれば、今のところはあなたの言うとおりでしょうね。さあ、ミスター・マーシュと踊りに行きなさい。感じの良い方だわ」

「ありがとう。真夜中に帰らなきゃいけないことを忘れないでね」明日は遅刻するわけにいかない。

「もちろん。それまではこの夕べを楽しんで」

ミスター・マーシュはとても感じの良い人で、アンナは公爵とのダンスだけでなく、今夜のダンスのすべてをめいっぱい楽しもうと決めた。生涯において幸運にも参加できる舞踏会はこれだけかもしれないのだから。だが正直に言うと、長身ゆえ目につきやすいこともあって公爵の居場所を意識せずにいるのは難しく、彼と踊るワルツへの期待に胸を躍らせずにいるのも難しかった。

アンナはミスター・マーシュとのダンスと感じの良い会話を楽しみ、ダンスが終わるころには彼と離れることを残念にすら感じていた。

だが公爵との二度目のダンスが待っているのだから、そこまで残念なわけではない。

アンナは神学校時代にワルツを習っていたし、今日の昼間はレディ・ダーウェントがピアノフォルテでお粗末なワルツを弾き、マリアが紳士役としてアンナをリードし、レディ・ダーウェントの舞踏室の中を回ってワルツの練習をさせてくれた。マリアがしょっちゅう自分がリードしなくてはならないことを忘れるため、練習はうまくいかなかったものの、アンナは今夜の務めを果たせる程度にはダンスの基礎を正確に覚えている自信があった。さっきレディ・ダーウェントがほかの人々に聞こえるよう声に出してワルツを踊ることを許可してくれた。ワルツを踊る準備は万端だとアンナは確信していた。

だが胸の中で心臓がこれほど強く打つこと、公爵に触れられることへの期待で正常な思考ができなくなることは計算に入れていなかった。

「このダンスを楽しみにしていたんだ」公爵はアンナに腕を回しながら言った。

アンナは正常に聞こえる声を出す自信も、理性的に聞こえる言葉を思いつく自信もなかったため、ほほ笑むだけで何も言わなかった。ワルツが会話ほど二人の距離を縮めはしないと思うとは、何と純朴だったのだろう?

アンナの五感が公爵に支配された。公爵は香りすら良かった。彼の香りを形容するには、〝男らしい〟という言葉しか思いつかない。快い種類の男らしさだ。公爵は触り心地も良かった。長身と肩幅の広さ、アンナを抱く腕の明白な力強さは安心感と、やはり並外れた男らしさを感じさせた。とにかく硬いのだ。それからもちろん、顔を上げて彼の顔を見ると容姿も良かった。力強い目鼻立ちとあごの輪郭も、真顔だと険しい雰囲気のハンサムだがほほ笑むと快い生意気さのあるハンサムになるところも……。そして、完璧にフィットする夜会服に包まれた体の美しさも。

すべてが、ただただすばらしかった。アンナはこの瞬間、自分は世界で最も幸運な女性だと感じた。

だが公爵との出会いからは何も生まれない以上、最も不運な女性でもある。これは一夜限りのことなのだ。それでも、今夜のことをいつまでも覚えているだろう。そのせいで自分がだめになってしまうくらいに。

これは一夜限りのことなのだから、感傷的になってはいけない。このダンスの一分一秒を、そして今夜の残りを楽しまなくてはならない。

そこでアンナは公爵に満面の笑みを向け、彼の腕に身を預けた。アンナの手は彼の大きな手の中にすっぽり収まり、彼にその手を握られたときは喜びで震えそうになった。だがそれも、反対側の手がウエストに軽く置かれたとき、二人がターンしたときに彼の太腿と胸の硬さを感じたときにはかなわなかった。ダンスの間中、二人の体が触れ合って一緒に動くさまは、その親密さのせいで恥ずべきことのように感じられそうなほどだった。

やがて公爵に導かれてターンしながら彼の顔を見上げたとき、アンナがすでにこの経験に夢中になっている気でいたのならそれは間違いだったと気づいた。本当に夢中にさせられたのは、世界に自分たち二人しかいないかのように、唇に薄く浮かべたほほ笑みでアンナに何らかの約束をするかのように、アンナの奥深くを見通してそこにあるものを心から賞賛するかのように、公爵がアンナを見たときだった。

自分が空想に浸っていることはわかっていた。笑顔一つからその男性が何を考えているかを知ることは難しい。公爵はただレディ・ダーウェントがアンナの髪に留めるために調達してくれた花を気に入っただけかもしれない。それは本当にすてきな花だったから。あるいはワルツを愛していて、自分が踊る相手にはいつもこんな笑顔を向けているのかもしれない。

考えていても疲れるだけで何の役にも立たないため、アンナは思考を中断し、ダンスを楽しむことに専念した。

どのくらいかはわからないがしばらく経《た》つと、アンナか公爵のどちらかが、自分たちがほかの人々に押されていることに気づいた。アンナがあたりを見回すと、ダンスはすでに終わっていた。アンナは今も公爵のたくましい腕に抱かれていて、彼がまだ少しも放す気がなさそうなのを見て心からありがたく思った。

信じがたいことだが今夜の短い時間のうちに、まだ彼のことをほとんど知らないにもかかわらず、公爵が自分にとって極めて重要な存在になったような気がしていた。

「今のダンスは……すばらしかった」公爵は今なおアンナを放そうとしないまま言った。

「ええ。本当にありがとう」アンナは急に自分の素性を明かしたいという正気とは思えない欲求に駆られたが、それはできなかった。この秘密の半分は自分のものではないし、そのうえ公爵がほかの誰かに話したり、誰かに会話を聞かれたりすれば、とても恐ろしい事態が起こるかもしれないのだ。

「外のバルコニーを散歩するのはどうかな？」公爵はなおもアンナに回した腕の力をゆるめずにたずね

た。自分もいまだ彼にしがみついていることにアンナは気づいた。

「次のダンスの約束があったと思うの」

「次のダンスはすぐには始まらないし、もし君がめまいを感じるのであれば、お相手の紳士は君との約束をなかったことにしてくれると思うが？」

「確かに、何だかめまいを感じるわ」アンナは同調した。それはあながち嘘ではなかった。これほど親密に、これほど長い時間、公爵のような男性の腕に抱かれていれば、どんな女性もふらふらするだろう。

「では、今すぐ新鮮な空気を吸いに行かないと」

髪粉を振り、前世紀の化粧をした年配の男性に、二人の会話は遮られた。「レディ・マリアの次のダンスの相手は私だと思うのですが」

公爵とアンナは互いから少し離れ、腕を下ろした。まるで二人だけの小さな宇宙にいて、そこへほかの誰かが入ってきたような気がした。

「サー・リチャード。残念ながら、レディ・マリアはここから失礼しなくてはならないようだ」公爵は急に高飛車になり、その男性を威嚇するように言った。「気分が悪くて、新鮮な空気を吸いに行かなくてはならないので」

「新鮮な空気を吸いに行くなら、私が喜んでお伴《とも》いたしますよ」

「とてもお優しいお言葉ですが、私は名づけ親のもとへ戻ったほうが良さそうです」アンナは言った。いくら母がこの世界の生まれだろうと、いくら社交界のあらゆる面において女性が持たない権利を男性が持っていようと、自分が次にとる行動について二人の男性が言い争っていれば口を挟まずにいられなかった。

「もちろんだ」公爵はすぐさま言った。「僕がそこまでお連れしよう」化粧の下で顔を紫色にしているサー・リチャードに向かってうなずき、アンナを連れて彼から離れる方向へと進んだ。「すぐにレディ・ダーウェントのもとへ戻るかい？　それとも、まずは新鮮な空気を吸うほうが良さそう？」

まっすぐ名づけ親のもとへ戻るべきなのはわかっていた。自分が公爵と外へ出れば、大きな醜聞になるのではないだろうか？　だが誰もアンナの素性を知らないのだし、ここにいる人々とこのような場で再び会うことはないはずだ。アンナとマリアの外見はまったく違うため、このあとアンナをマリアに結びつける人はいないだろうし、そもそもマリアは結婚するのだ。アンナの明日からの雇い主も、可能性は低いがもしアンナを見かけていたとしても、このようなドレス姿のあとで家庭教師の服装をしたアンナを見ても同一人物だとは思わないだろう。それにアンナはあと少しだけでも、公爵とこっそり時間を過ごしたくてたまらなかった。

「考えてみると」アンナは公爵に言った。「今は新鮮な空気を吸うのが良さそうな気がするわ」

公爵について人ごみの中を進みながら、アンナはつかのま特別な気分を味わうこと、公爵を事実上独り占めするこの数分間を楽しむことを自分に許した。公爵が結婚を申し込む女性は何と幸運なのだろう。

一瞬、マリアのことを考えた。アムスコット公爵を足元にひざまずかせるチャンスがあるのに、なぜ牧師補のクラレンスと結婚できるのだろう？　公爵と恋に落ちるのは実にたやすいことなのに。

だがもちろん、マリアはすでに恋に落ちていて、アンナは彼女の勇敢さを称《たた》えざるをえなかった。クラレンスのように困窮した相手と結婚する勇気のある若い淑女はほとんどいない。もちろん、アンナの母はそれ以上に勇敢だった。父親の第二馬丁と結婚したのだから。アンナはマリアの決断が正しいことを願った。アンナの両親の場合、社会的地位の違いと駆け落ちによる母の境遇の変化が夫婦関係の重荷となり、やがて父が出ていくことになった。

「何か真剣に考え事をしているようだけど」家の裏手のテラスへ続く長いガラス戸の外へ出ると、公爵が言った。「気乗りしないようだったら、無理に散歩しなくてもいいんだよ。僕は喜んでレディ・ダーウェントのもとへ送っていくから」

「いいえ、まさか、私は乗り気よ。その……あなたに今も散歩する気があればだけど」

「僕も乗り気だ」公爵は言い、アンナは笑顔になった。

二人でテラスを歩いていると、公爵が言った。

「我が家には幸運にも、すばらしい薔薇園《ばらえん》があるんだ。この階段の下に」前方を指さす。「その中を歩いてみようか？ 今夜は月が出ていて空が晴れているから、よく見えるはずだ」

「ぜひとも行ってみたいわ、ありがとう」

アンナが公爵の腕を取り、二人で引き続き階段へ向かって歩いていると、公爵が言った。「今気づいたのだけど、質問ゲームをしているときに君のいちばん好きな花が何かをきき忘れるなんて、僕には怖いくらい先見の明がなかった」

「幸い、薔薇は好きな花の中に入っているわ」

「僕もだ」公爵は言った。「何と嬉《うれ》しい偶然だろう」

アンナは笑った。今は感覚が研ぎ澄まされたかのようで、些細《ささい》な冗談にも笑えた。

「階段に気をつけて」公爵が指示した。「かなりでこぼこしているから、昼間でもお客さんが踏み外すことがあるんだ。君の腕をもう少し強く支えさせてほしい」

腕を強く支えられるのは大歓迎だった。むしろ公爵に強く支えられること以上に、今この瞬間に望むことはなかった。

「ありがとう」アンナは少し息を切らして言った。

公爵の脇にぴたりとくっついて階段を下りるのは

最高に楽しかった。公爵がこれほどしっかり自分を支える必要があるとは思えなかったが、文句をつける気はさらさらなかった。この夜を楽しむと決めていたし、公爵の近くにいることはその楽しみを強めるばかりなのだから。

階段を無事に下りると、公爵はアンナを左へ引っ張った。ぼんやりした灯《あか》りの下、アンナはアーチ道を通って壁に囲まれた庭へ、そして薔薇の茂みが非常に規則正しく配列された場所へ向かった。

「本当にきれいだわ」アンナは言った。「私、庭師の仕事ぶりを見るのが大好きなの。植物の植えつけと栽培に込められた愛情と気遣いを見るのが」

「わかるよ。ただ我が家の庭師長のアリスは腕は確かだがとても気難しい人間で、仕事に愛情を注いでいることを誰かに見破られると激怒するんだ」

アンナは笑った。「この植えつけに愛がないなんてとうてい信じられないわ。ここにある薔薇を見て。すばらしいわ。本当にきれい」

「ふうむ」公爵は薔薇を見ておらず、アンナを見ていた。「君もとてもきれいだ」彼はどこまでも真剣な口調で言った。「君の笑顔は……完璧だ」

アンナは彼の言葉を体の芯で感じ、急に感情がこみ上げてきてごくりと唾をのんだ。いつかは社交界に身を置くよう教育されてきて、今は二十二歳、世間を知るのにじゅうぶんな年齢だが、男性が遊びのためだけに女性にこのような言葉をかけるものなのかどうかは見当もつかなかった。だがレディ・マリアは高貴な若い淑女で、レディ・ダーウェントがお目付役を務めているし、公爵がいるのは自宅だ。彼がアンナにつけ込むようなことをするとは思えない。したがって、彼が心から言葉どおりのことを思っている可能性はある。少なくとも、今この瞬間は。

今こそ自分の素性を公爵に明かすべきなのだろう。身元を偽ってここにいることを、アンナはひどく後ろめたく思い始めていた。でもだめだ、そのことについてはすでによく考えたし、それはできないのだ。これはアンナが勝手に明かせる秘密ではない。明かせばマリアを裏切ることになる。

「座らないか?」公爵がたずねた。「あそこの隅にベンチがあって、とりわけきれいな薔薇の眺めを楽しめるんだ」

「すてきだわ」アンナはすまして答えた。公爵がアンナを口説ける相手だと思わずにすむような何かを言わなくては。そのうえでこの会話を楽しむ。そして、ここから出ていくのだ。

アンナは腰を下ろし、息をのんだ。薄いドレス越しに石が肌にひどく冷たく感じられた。

「申し訳ない」公爵がすぐさま言った。「気遣いが足りなかった。僕の上着で君を温めさせてほしい」

「いえ、そんな……まあ!」

公爵はすぐさま上着を脱いでアンナの肩に掛けた。彼の衣服に、再び彼の香りに、そしてついさっきまで衣服に触れていた彼の体のぬくもりに包まれるのは、最高にすばらしい感覚だった。

「構わない?」公爵はアンナの肩に回そうとするかのように片腕を上げた。アンナは断るべきだとわかっていたが、その理由がうまく思い出せなかった。何しろ、肩に手を回した紳士が全員キスをしてくると決まってはいないのだ。

そこでアンナは公爵にほほ笑みかけ、彼もほほ笑み返し、アンナを引き寄せた。

今は世界に自分たちしかいない気がしているのではなく、実際に二人きりであるため、この状態はワルツよりも親密に感じられた。

次に何が起こるのかアンナにはわからなかったが、公爵のことをほとんど知らないのに自分が彼を信頼していることには気づいていた。アンナが男性について直接的な経験から知っているのは、男性は信頼できないということだけなので、よく知らない男性を信頼するのは馬鹿げていた。

「子供のころはどこに住んでいたんだい？」公爵はたずねた。「ロンドンのような場所？　それとも、全然違う場所？」

「サマセット州。ロンドンとは大違いの場所よ」アンナはグロスターシャー州で育ったが、マリアの家族の家はバースのすぐ近くだ。親友の家に招かれて滞在したことが三度あるため、サマセットのことはそれなりに知っていた。

「ああ、そうだ、ロンドンの名所を訪ねるのを楽しんでいると言っていたね。明日の予定は？」

「明日は、ええと……たぶん……」明日のことに言及され、アンナは急に喉に何かがつかえるのを感じた。明日はこの人生を自分のものだと思い込むのをいっさいやめてパントニー家へ移ったあと、翌日から本格的に仕事を始めることになっている。

「実は……」公爵はアンナの肩に腕を回したまま、ベンチの上で少し姿勢を変え、アンナと向かい合った。「実は、明日お宅を訪ねたいと思っているんだ」

「えっ！」それはまずい。なりすましがこのような形で失敗するとは予想していなかったが、これは間違いなく失敗へ向かっている。

公爵は最高に刺激的な目でアンナを見ていて、いや、見つめていて、アンナは唾をのむことしかできなかった。

「ハイド・パークで一緒に馬車に乗りたい」公爵がアンナに回していないほうの手を上げ、一本の指でごく優しく頬の丸みをなぞると、アンナは息が止まりそうになった。「リッチモンド・パークにも連れていきたい」彼が少し近づいてきた。アンナは呼吸の仕方を思い出せなかった。「僕の地所も案内したい」さらに少し近づく。「それから、君の名づけ親のお手伝いをして、君が見たいロンドンの名所はどこへでも案内したい」

公爵は片腕でアンナをさらに少し引き寄せ、空いている手を動かしてアンナの巻き毛の中に差し入れ、うなじを包み込んだ。

「そして……」公爵の声は今や低くかすれ、彼が発する一語一語にアンナは身を震わせた。「君といろんなことをしたい。今日出会ったばかりなのはわかっているけど、僕は……」言葉を切ったあと続ける。「申し訳ない。先を急ぎすぎた。まずは」公爵はアンナの髪をごくわずかに、とても優しく引っ張り、アンナの顔が自分の顔の真下に来るようにした。そしてとても、とてもゆっくりとアンナのほうへ身を乗り出し、唇をかすかに触れ合わせた。「ぜひとも明日、君の家を訪ねたい」

「私もぜひいらしてと言いたいのだけど……」アンナは自分が何を言っているのかほとんどわからなかった。公爵が勘違いを続けないよう、今すぐ何か言わなければならないことは意識していたが、それ以上に彼の腕に抱かれていること、彼の唇がたった今自分の唇に触れたことを意識していた。

「それは」公爵はまたも、今度は少し長めに唇でアンナの唇をかすめた。アンナの心臓は激しく打っていた。「とても」再び唇にキスされ、アンナは感情の霧の中で、原因はわからないけれど爆発しそうだと思った。「すばらしい」

そう言うと、公爵はさらに長くキスをした。そして舌でアンナの唇を開かせ、アンナはその感触を全身で感じた。次の瞬間、アンナは彼にキスを返していて、それは本当に、本当に、今までの人生の中で経験した中で最も甘美な行為だった。

どのくらいの時間、キスしていたのかはわからない。アンナは公爵に強く抱かれていること、今や片方の腕がウエストに巻きついていること、自分の両腕が彼の首に巻きついたあと両手が彼の髪の中へ潜り込んだことをぼんやりと意識していた。

やがてキスが終わると、公爵は深く息を吸ってからアンナを強く抱きしめ、頬を髪にすり寄せた。彼の腕の中にいると、そこは世界中で最も自然な場所、自分がいるべき場所に思えた。実際には公爵のことをほとんど知らないし、自分が大嘘をついてここにいることを思うと、それは妙な発想だった。

そんなことを考えながらもアンナは公爵にいっそう身をすり寄せ、この時間が永遠に続くことを願った。

そのとき、残念なことに公爵はアンナの額にキスをして体を引き、アンナに回した腕をゆるめた。

「慎重にならなくては」公爵はしゃがれた声で言った。「僕はこんな……僕たちは……未婚の若い淑女がするべきでないことをしてはならない。だから……」さらに少し離れ、アンナから腕を離す。「明日、君の家を訪ねる」彼はきっぱりと言った。「まだここにいたくてたまらないが、もう家の中へ戻ったほうがいいと思う。僕が誘惑を振り切れるとは思えないから」

公爵に話さなくてはならない。できるだけ早く。

言葉を見つけなくてはならない。

「上着を返さないと」アンナはまずそう言った。「家に近づいてからでいい。でないと、君が風邪をひいてしまう」

「ありがとう」

二人は立ち上がり、来た道を引き返した。

「今夜は本当に楽しかった」二人で歩いていると、公爵が言った。

「私も。ありがとう。今まで生きてきてこんなに楽しい時間を過ごしたことはないわ」この思い出が宝物になることをアンナはわかっていた。そして公爵が本当に明日、自分の家を訪ねてくれることを願わずにいるのが難しいこともわかっていた。

公爵の腕に手を引き寄せられると、アンナは月明かりの下で彼を見上げてほほ笑み、彼の顔に浮かぶ優しい表情にとつぜん涙が出そうになった。

二人はテラスの近くまで来ていた。

「上着を返さないと」アンナは言った。

アンナが上着を脱ぐのを手伝う間、公爵の両手が必要以上に長くアンナの剥《む》き出《だ》しの腕に触れていて、それに反応してアンナの全身に震えが走った。

「ありがとう」実際、アンナの声は震えているように聞こえた。

今やひどい寒さを感じていた。体だけでなく、心にも。まるで人生で最もすばらしい幕間《まくあい》劇が今終わったかのように思えて、再びぬくもりを感じるには長い時間がかかりそうだった。

二人で一緒に階段を上り、小道を歩く間、アンナは公爵を見ることに耐えられず、まっすぐ前を見ていた。

やがて舞踏室に足を踏み入れる直前、アンナは公爵から離れて言った。「本当にごめんなさい。でも私、すぐに田舎へ帰ることになりそうなので、あなたにはもう会えないと思うの」

一瞬公爵を見上げると、彼がただ目を見張り、かすかに顔をしかめるのが見えた。

公爵がアンナに手を差し出すと、現実には彼と知り合って数時間なのだから馬鹿げたことだが、アンナは胸が張り裂けそうな気がした。

「さようなら」アンナは言った。「本当にすてきな夜をありがとう。私の人生最高の夜だったわ。本当に楽しかった」

そして、できるだけ早くその場から歩き去った。

4

ジェームズ

翌朝ジェームズは、何かを、おそらく蝶《ちょう》を追いかけているのにまったく捕まえられない夢からゆっくり目覚めた。横になったまましばらく目をぱちぱちさせ、強い不満を感じながら明晰《めいせき》な思考力が戻ってくるのを待っていると、急に思い出した。昨夜のこと。レディ・マリアのこと。二人が共有した、あるいは共有したとジェームズが思った強い結びつきのこと。そして……彼女が消えたこと。

ジェームズは上掛けを押しやり、ベッドから両脚を下ろした。やるべきことがたくさんある気がする。

だが、頭を完全にすっきりさせるべく振っているうち、人の家を訪ねるには時間が早すぎることに気づいた。レディ・マリアが自宅を訪ねてほしいと思っているかどうかも確信が持てない。判断材料として、どちらを重視すればいいのかわからなかった。彼女がとつぜん逃げ出した事実か、今夜はすばらしかった、人生最高の時間だったという発言か。

ジェームズはいまだ軽く頭を振りながら、水と石鹸《せっけん》を持ってくるよう使用人に言いつけ、昨夜自分の身に何が起こったのかを考えた。

もし舞踏会の前に、結婚を申し込む若い淑女を選ぶことについて質問されていれば、いずれは理性的に、慎重に決断するだろうと答えたはずだ。その決断をする具体的な条件までは考えていなかったが、一晩、あるいは一分間でどの淑女を選ぶべきか確信できるなんて思っていなかったのは確かだ。

あるいは、自分が人生をともにすることを想像できる誰か、伴侶として友人として一緒にいて楽しい誰かに出会ったのに、不運にもその若い淑女にすぐ田舎へ帰るから二度と会えないと言われるとも思っていなかった。

あれは本気だったのだろうか？　ジェームズにはわからなかった。

急いで何か行動を起こさなくてはと強く思いながら、手早く顔を洗い、服を着替えたが、このあとレディ・マリアと話せることを期待して幅広ネクタイ《クラヴァット》をきちんと結べるだけの時間はとった。そして、朝食室へ下りていった。

座ってステーキを食べ、そのことからレディ・マリアとの晩餐《ばんさん》を思い出しながら、考えをまとめようとした。

レディ・マリアが田舎に帰るから二度と会えないと言ったあと、ジェームズが追いかけられないほどすばやく客の人ごみの中へ消えたことと、心のこもった様子でいかにこの夜を楽しんだかを話してくれたことの落差にひどく混乱させられる。

もしかすると、ジェームズに二度と会えないというのは、本気で言ったのではないのかもしれない。田舎へ帰ればロンドンから遠く離れた場所に住むことになるため、ジェームズに簡単には、あるいはすぐには会えないと言いたかったのかもしれない。

もしかすると、二人の間に存在する結びつきと張りつめた空気に圧倒され、少しパニックを起こしたのかもしれない。もしかすると、ただジェームズにもてあそばれているだけだと思ったのかもしれない。

レディ・マリアが男性に慣れていないのは明らかだった。彼女にキスしたとき、彼女が誰かとキスをする、あるいはあのようなキスをするのは初めてだという印象を強く受けた。

ジェームズはエールをごくごく飲み、軽く顔をしかめながら、今日一日をどう過ごそうか考えた。

実際のところ、何も難しいことはない。

自分がレディ・マリアと結婚したいこと、結婚しなくてはならないことはわかっている。今までは結婚したいなんて思っていなかった。誰かを愛したくないし、誰かに愛されたくなかった。だが、二人は愛し合っているわけではない。互いをほとんど知らないのに、どうやって愛し合えるだろう？　ただ、すばらしい理解と協力関係へつながることが容易に想像できるような強い結びつきを経験しただけだ。それに、結婚の肉体的な面もレディ・マリアとならまったく苦はない。彼女は理想的な花嫁になってくれるだろう。

そういうわけで今日、レディ・マリアに求婚したいと思っている。

祖母の容態が悪くなったという知らせを受けない限り、彼女が朝から田舎へ発《た》つことはないはずだ。

そこで、ジェームズは常識の範囲内でできるだけ早くレディ・マリアを訪ねることにした。そして、彼女が昨夜自分から逃げたも同然だった理由が、直前に起こった出来事に圧倒され、ジェームズの意図が真剣でどこまでも高潔だと理解していないからにすぎないこと、彼女が求婚を承諾してくれることを願った。

だからそれまでは、ただいらいらしながら待つよりもましなことをして時間を過ごしたほうがいい。

馬鹿馬鹿しいほど長い時間あたりを歩き回る以外、レディ・マリアを訪ねられる時間帯になるまでにジェームズにできたことはほとんどなかった。

レディ・マリアがどこに住んでいるのか従僕に調べに行かせると、自宅で年老いた二人の大おばと暮らしていることがわかった。大おばたちが高齢のため、昨夜はレディ・ダーウェントと一緒に来ていたのだろう。

グローヴナー・スクエアにあるレディ・マリアの家の玄関前の階段に立ったジェームズは、クラヴァットを確かめるべく一度ならず手で触り、肩をいからせ、普段以上に深く息を吸った。

非常に風格のある執事がドアを開け、ホールの左手にある控えめな装飾がなされた客間へジェームズを案内した。

ジェームズは座っては立ち上がり、また座ってはを立ち上がりながら待った。

しばらくするとついにドアが開き、執事がレディ・マリアとその大おばレディ・セフラネラの到着を告げた。

最初に部屋に入ってきた淑女は高齢で、杖《つえ》をついてゆっくり歩いた。ジェームズは礼儀正しく挨拶し、レディ・マリアが現れるであろう老女の背後に熱心に視線を送った。

だが、続いて入ってきた淑女はレディ・マリアではなかった。

ジェームズはこの若い淑女が誰であろうと無礼な態度をとりたくないと思い、レディ・セフラネラのほうを向いた。きっとレディ・マリアの親戚なのだろう。

「レディ・マリアにお会いできるかどうか知りたいのですが」ジェームズは言った。

「私がレディ・マリアです」若い淑女が言った。

ジェームズは顔をしかめた。「よくわからないのですが」この若い淑女は背が高く、金髪に青い目をしているが、ジェームズが出会ったレディ・マリアは茶色の髪に緑の目だ。この淑女も美しいが、レディ・マリアは本当に美しい。特に、笑ったときが。

「私はレディ・マリア・スワンリーにお会いできるかどうかをおたずねしています」

「私がレディ・マリア・スワンリーです」女性はごくゆっくりと、理解力の乏しい相手に対するように言った。

ジェームズは首を振った。

「昨夜、レディ・マリアにお会いしました」ジェームズは言った。「レディ・マリア・スワンリーに」

「本当ですか？」目の前にいる女性も首を振った。

「申し訳ないのですが、まったく思い出せません。もちろんすごい人ごみで、世界中の人々があなたのお母様の舞踏会に参加したがるほどすばらしかったものですから、誰もが大勢の人と顔を合わせました。誰と話したか覚えておくのは難しいものです」

ジェームズは顔をしかめて彼女を見た。この女性はレディ・マリアとは似ても似つかない。この女性とジェ、い、いムズのレディ・マリアに唯一共通しているのは、この女性も昨夜ジェームズが出会ったときのレディ・マリア同様、楽しげに目をきらめかせていることだった。

僕は……何だ？　まさかこの二人が……何だ？

この二人がジェームズに、上流社会に何らかのいたずらを仕掛けたのだろうか？　そんなはずがない。理由は何だ？　ほかに説明のしようがあるはずだ。だが、目の前のレディ・マリアが今にも笑いだしそうに見えるのは確かだった。

「僕はアムスコット公爵です」ジェームズは言った。

「存じております」女性は言った。

「昨夜、母が舞踏会を開きました」

「ええ」

「その舞踏会で、僕はレディ・マリア・スワンリーに出会い、二度ダンスを踊りました」

「私がレディ・マリア・スワンリーです」

「でも……」ジェームズは叫びださずに言葉を発するのが難しくなってきていた。「あなたにお会いした記憶はないんです」

女性は視線を落とした。「正直に言って、私のほうもあなたを思い出せないという事実がなければ、私は少し傷ついていたでしょうね」

「あなたは本当にレディ・マリア・スワンリーなのですか?」ジェームズは彼女の言葉を無視してぶしつけにたずねた。

「ええ、もちろんです」彼女はうさんくさく見えるほど愛想良くほほ笑んだ。

「公爵様、思い違いをなさっているのでは?」レディ・セフラネラが震える声で部屋の隅から言った。

「これは私の又姪《まためい》、妹の孫のレディ・マリア・スワンリーです。家をお間違えではないですか?」

この老女も執事も、この淑女がレディ・マリアのふりをする策略に加担していることがありえるだろうか? いったいなぜこの二人がそんなことを? ありえない話だ。

ジェームズはレディ・マリアと名乗る女性をもう一度じっくり見た。彼女は今も穏やかにほほ笑んでいて、その目は今もきらめいていた。馬鹿馬鹿しいほどいたずらっぽく見えた。

「家は間違えていませんが、これで失礼します」今からしなくてはならないのは間違いなく、レディ・ダーウェントに会いに行くことだ。


二十分後、ジェームズはバークリー・スクエアの自宅の反対側、偶然にも広場の中央の庭園を挟んで真向かいにあるレディ・ダーウェントの邸宅の豪華な応接間で待たされていた。

「公爵様」レディ・ダーウェントが絹《きぬ》の衣ずれの音をさせながら部屋に入ってきた。

「レディ・ダーウェント」

ジェームズは挨拶を省略し、単刀直入に言った。

「今日はレディ・マリア・スワンリーにお会いしたくて参りました」

「レディ・マリアはグローヴナー・スクエアに住んでいると思うのだけど」

「ここにはいないんですか？」

レディ・ダーウェントは両眉を上げた。「いませんが？」

一日の午後だけでこれほど長い時間ジェームズが歯ぎしりしたくなるのは初めてだった。「昨夜、母の舞踏会で、あなたが名づけ親を務めるレディ・マリア・スワンリーを紹介してくださいましたよね」

「そのとおり」レディ・ダーウェントは暖炉のそばの椅子へ移動して言った。「お座りになって」

「ありがとうございます。僕はレディ・マリアとの出会いを楽しみました」

「私たちも舞踏会への参加を楽しみましたよ。ありがとう。お母様は流行を作り出したと思うわ」

「ありがとうございます。僕もそう思います」ジェームズは舞踏室の装飾について話し合うつもりはなかった。「今、少し混乱しているんです。僕は先ほど、レディ・マリアをご自宅に訪ねました」

「それは喜ばしいことで」

「その家で会ったレディ・マリアは、昨夜会ったレディ・マリアではありませんでした」

「正しいレディ・マリアのお宅を訪問されました？　マリアというのはよくある名前です」

ジェームズは苦心して歯ぎしりをこらえた。「はい。あなたから、昨夜お会いした女性はレディ・マリア・スワンリーだとうかがいました。今日僕が訪ねたのもレディ・マリア・スワンリーでした。それなのに、二人は別人だったのです」

レディ・ダーウェントは首を傾《かし》げ、かすかに顔をしかめた。「私も混乱してきたわ。なぜそんなことがありえるの？　レディ・マリア・スワンリーが二人いるとは、私も知らなかったわ」

「二人いるわけではありません」

「おっしゃる意味がわからないわ」

「昨夜……」自分が今叫んでいないのが驚きだとジ

エームズは思った。「僕はあなたが名づけ親を務める女性として紹介してくださったレディ・マリア・スワンリーに出会いました。彼女とダンスを二度踊り、晩餐も一緒に食べ、お喋《しゃべ》りもしました」キスもした。

レディ・ダーウェントはうなずいた。「ええ」

「そして今日の午後、レディ・マリア・スワンリーを自宅に訪ねたのです。僕が待たされていた部屋へ若い淑女が入ってきました。執事と彼女の大おばだというレディ・セフラネラが、その若い淑女をレディ・マリア・スワンリーと呼んでいました。本人もレディ・マリア・スワンリーだと名乗りました。あの舞踏会には参加していて、僕に会ったかもしれないが覚えていないと言いました。ですが、僕は今までその女性に会ったことがないし、彼女は僕の〝レディ・マリア・スワンリー〟ではないため、まったく見覚えがありませんでした」

「あなたの〝レディ・マリア・スワンリー？〟」

「僕は……」ジェームズは自分がいっさいの威厳を失ったことに気づいたが、そんなことはどうでもよかった。「要するに、僕は昨夜の間にレディ・マリアに大きな好意を抱くようになったのです。二人の仲を深めるために、今日彼女を訪ねようと思ったわけです」

「なるほど」レディ・ダーウェントは考え込むような表情になった。

「無礼に見えたら申し訳ありません」今この瞬間は自分が無礼に見えても構わなかった。「何が起こっているのか説明してもらえないでしょうか。昨夜僕が会ったレディ・マリアはどこにいて、彼女は今日僕が会ったレディ・マリアとどんな関係なのですか？」

レディ・ダーウェントは左右の手のひらを合わせてしばらくあごに当てたあと、指の力をゆるめて握り合わせ、その手を膝に置いた。

ゆっくり、慎重に言葉を選ぶように言う。「あなたは今日の午後、レディ・マリア・スワンリーに会ったのだと思うわ」

「では、昨夜会った女性は誰なんです？」

レディ・ダーウェントはしばらく黙っていたが、やがて言った。「レディ・マリア・スワンリーよ」横を向き、近くにある呼び鈴を鳴らす。「紅茶はいかが？」

ジェームズは長い間レディ・ダーウェントを見つめたあと言った。「ありがとうございます。急用を思い出したので、これで失礼します」

レディ・ダーウェントはうなずいた。「またいらしてね」

「喜んで」ジェームズはただ悪態をつきたかった。

レディ・ダーウェントの家から歩き去りながら、ジェームズは頭が爆発しそうになる妙な感覚に襲われていた。レディ・マリアとされている二人のうち一人が本物でないことは明らかなのだから、誰かが……いや、誰もがジェームズに嘘《うそ》をついているに違いない。だが、なぜ嘘をつく？

何かが頭の片隅に引っかかっていた。思考が形を帯びてくると、ジェームズは舗道の真ん中で唐突に立ち止まり、子守と一緒に散歩していた幼い少年にぶつかった。

「ごめんな」ジェームズは忙しく頭を働かせながら言った。

レディ・マリアとされる女性は二人とも、ジェームズと初めて会ったとき楽しげにしていた。あの楽しげな様子が秘密に関係していることは容易に想像がつく。そしてその秘密とは、一方の女性がもう片方になりすましていることなのかもしれない。

一人目のレディ・マリアは昨夜、自分がレディ・

マリアとして人に会うことを知っていた。二人目のレディ・マリアは、今日ジェームズが自分のもとを訪ねてくることを、実際にその時が来るまで知らなかった。一人目のレディ・マリアが本物であれば、その後別人が自分になりすますことを想像して楽しげな様子を見せるのはおかしい。昨夜の時点では、一人目のレディ・マリアも二人目のレディ・マリアもジェームズが今日訪ねてくることを知らず、そのなりすましが行われること自体を知らないのだから。もちろん、楽しげな様子の理由は別にあるのかもしれない。

だが、二人の女性のどちらかがレディ・マリアになりすまし、そのことを二人ともが知っていて、二人が楽しげにしていたのはそれが理由であるとすれば、理論上は二人目のレディ・マリアが本物であり、昨夜のレディ・マリアは偽者だったことになる。

ジェームズは向きを変えた。レディ・ダーウェントのもとへ引き返すのだ。

「何とすてきなサプライズでしょう」五分後、レディ・ダーウェントは言い、ジェームズに自分の隣の椅子を勧めた。「こんなにすぐまたお会いできるとは思っていなかったわ、公爵様」

「ええ、確かに。あまりにもすぐでしたね」ジェームズは同意し、勧められた椅子に座った。「お時間は取らせません。昨夜僕が出会ったレディ・マリア・スワンリーを名乗る女性は、本当はレディ・マリアではなかったはずだと言いに来ただけです。失礼なことを言っているようでしたら申し訳ありません」そう言っておじぎをする。「でも、あなたはこのなりすましのことを知っているような気がするのです」

レディ・ダーウェントは長い間ジェームズを見つめたあと、普段よりもずっと穏やかな口調で言った。

「もしそうなら、驚くべきなりすましね。信じられないほどの、と言ってもいいでしょう。私のような淑女は別人になりすますようなことはしないわ」

彼女は明らかに嘘をついている。

ジェームズは身を乗り出した。「僕が昨夜会った女性は誰なんです？」

レディ・ダーウェントは少し悲しげに首を振って言った。「レディ・マリア・スワンリーよ」

ジェームズは呆《あき》れ顔《がお》を我慢したがうまくいかなかった。「昨夜僕が会った女性にメッセージをお伝えいただけると、とてもありがたいのですが」

「どのようなメッセージを……レディ・マリアに伝えたいの？」

「それは……」ジェームズはただだしぬけに、代理人を通じて結婚の申し込みをするわけにいかなかった。「それは……昨夜出会った淑女にもう一度会う機会をぜひとも持ちたいと」

「あまり興味をそそる言葉ではないわね」レディ・ダーウェントは少しがっかりしたように見えた。「もっと強いメッセージのほうが効果的かもしれないわ」

ジェームズは目を細めた。この女性は真剣に求愛するよう勧めているのか？　何と妙なことか。レディ・ダーウェントはジェームズに昨夜のレディ・マリアと出会わせ、彼女に求婚するよう画策したのだろうか？　違う。それでは筋が通らない。ジェームズが笑顔一つで虜《とりこ》にされることは予想できたはずがないし、今もジェームズを彼女に会わせるような行動をとっているとはとても言えない。

「もし彼女にもう一度会えたら、もっと強いメッセージを伝えたいと思っています」

レディ・ダーウェントは寛大にうなずいた。「覚えておきましょう」

三日後、ジェームズは母と妹たちと紅茶を飲みながら、いまだにどんよりした気分でいた。

今では、自分が出会った若い淑女が消えてくれて良かったと思っていた。ジェームズののぼせ上がりのレベルは、一目惚《ひとめぼ》れで真っ逆さまに恋に落ちたと形容されてもおかしくないくらいだったし、ジェームズは恋に落ちたくはなかった。父と兄たちの喪失をやっと受け入れられるようになったのに、これ以上の喪失を経験したくはなかった。例えば、女性が出産で亡くなるのは珍しいことではない。あるいは、もしあの女性がジェームズの気持ちに応えてくれたあと、ジェームズが兄たち同様に若くして死んだら、彼女につらい思いをさせることになるだろう。

だから理性的に考えれば、結果的に逃げ出せて自分は運が良かったのだとジェームズは思おうとした。恋に落ちる危険があったし、恋愛感情は危険だ。本当に、あの女性とあれ以上親しくなったり、結婚を申し込んだりすることができなくて良かったのだ。ジェームズは心からそう納得していた。

だが自分はとても幸せで、人生はとても楽しいと納得するのは難しかった。あの女性のことを何も、本名すら知らないことを思えば愚かだが、彼女が恋しかった。しかも彼女の素性に関しては未解決の謎が存在していて、ジェームズはそれを解決したかった。それに、レディ・ダーウェントがお目付役を務めていたことを考えれば、彼女がいかなる意味でも面倒の種になるとは思えなかったが、何も問題はないと確信することもできなかった。

探偵を雇って彼女を探すことも考えたが、理性がそれを押し留《おとど》めた。彼女に素性を明かすことを強制はできない。

「痛っ」

母に手の甲をたたかれた。

「ジェームズ」母は舌を鳴らした。「今日の午後は私たちの話をほとんど聞いていないわね。考え事に耽《ふけ》っているように見えるわ」

「ごめん。少し疲れているんだ」

「睡眠時間が足りていないのよ。今話していたのは、あなたがどの若い淑女と結婚を前提に仲を深めようと思っているのかということよ」

ジェームズは急にひどい疲労感に襲われた。「すぐ結婚するかどうかもわからないのに」

母は顔をしかめた。「その問題はすでに話し合ったはずだけど」

ジェームズはため息をついた。確かにそれはすでに話し合っていたし、ジェームズが健康なうちに相続人を作らなくてはならないのも事実だ。今では数えきれないほど何度もそのことを考えていた。自分が愛する人、自分を愛する人とは絶対に結婚したくない。レディ・マリア、あるいは誰であろうと、あの女性が姿を消してくれて良かった。彼女が健康で、幸せで、無事である限りは。だめだ。またもこのことをくよくよ考え始めている。

ジェームズは深く息を吸い、母のほうを向いた。

「母上のお勧めのお相手は？」

二日後、ジェームズと母は感じの良い若い淑女、レディ・キャサリン・レインズフォードの家を訪ねていた。侯爵の娘で、多額の持参金があり、美しい顔をしていて、話しやすい女性だが圧倒されるような会話はできなかった。

家に帰ると、母は手袋を外して執事に渡した。

「レディ・キャサリンはすてきな娘さんだったわね」ホールの外れにある二つの談話室のうち狭いほうへ、ジェームズについてくるよう態度で示しながら入った。「彼女と結婚してもいいと思う？」

「それは……」ジェームズは自分が誰と結婚すればいいのかまったくわからなかった。いや、自分が誰と結婚したいかはわかっているが、誰と結婚するべきかはわからなかった。「確かにとても感じのいい人だった」彼女と親しくなるところが想像できるのは事実だった。「とても魅力的でもあるし」彼女と愛を交わすところも想像できると思う。

その想像にそこまで胸が躍らないのはむしろ良いことだろう。今まで何度も自分に言い聞かせたように、妻を愛したくないし、自分がレディ・キャサリンを愛するようになるとは思えない。それに、本当に彼女はちょうど良さそうだ。まずスタイルが良い。背は高すぎず、低すぎず。美しい顔にきれいな髪をしている。適度に知的だが、インテリ女性ではない。子供の良い母親になれそうな気がした。

本当に、これ以上の妻は想像できないくらいだ。いや、ほかにも一人だけ……。

それは馬鹿げている。

母に何ときかれた？　レディ・キャサリンと結婚してもいいかどうかだ。

「結婚してもいいと思う」ジェームズは言った。

「ジェームズ」母は口を手を当て、その手を伸ばしてジェームズをハグしたあと放し、鏡の前で髪をなでつけた。「ああ、わくわくするわ」

「僕もだよ」ジェームズは嘘をついた。

「いつ結婚を申し込むつもり？」

「すぐにでも。たぶん。ただ、断言はできない」

「あら」母はとつぜん支えを失ったかのように、椅子にどさりと座った。「本当に、すぐに結婚したほうがいいと思うわ」

ジェームズはうなずいた。「わかってる。そうするよ」母を見る。母のことも妹たちのことも心から愛している。彼女たちの将来を安定させなくてはならないし、そのためには息子を少なくとも一人は作らなくてはならない。「すぐに。このことに慣れる時間が少し必要なだけだから」

「ジェームズ、もし結婚に乗り気じゃないのなら、私の言いなりにならなくていいのよ」

ジェームズは皮肉めかして両眉を上げた。「本当に？」

「ええ。私があなたに結婚するよう説得してきたのはわかっているけど、もしあなたが合いそうな女性を自分で見つけたとしても、幸せになれると思っているの。あなたがその女性を、私がお父様を愛していたのと同じくらい深く愛するようになるなら嬉《うれ》しいわ」母と父は見合い結婚だったが、それは結果的にとても幸せな結婚となった。「私……舞踏会であなたがレディ・マリア・スワンリーを選ぼうとしているのだと思ったけど、あれから彼女のことに触れないでしょう」舞踏会以来、母は一、二度、レディ・マリアについて遠回しに言及していたが、明確に彼女の名前を出したのはこれが初めてだった。

「ああ。いや。違うんだ。彼女は……ロンドンを離れたんだ」

「あら、その理由なら知っているわ」ジェームズの妹シャーロットが部屋に入ってきて、二人の会話の最後の部分を耳にした。「最新の噂《うわさ》を聞いていない？　レディ・マリアは一文なしの牧師補と婚約したの。といっても、生まれは良かったはずだけど。レディ・マリアのお母様はその結婚がたいそう不満だけど、親愛なるイライザ・フェザリーの話だと、レディ・マリアはもう二十一歳だから自分で決断できる年齢だし、その人と一緒に田舎に引っ込むんですって。ハンプシャーに聖職禄《ろく》を持っているとか」

「そうだったの！」母が言った。

そうだったのか、とジェームズは思った。もしその婚約が舞踏会以前から決まっていたのなら、それこそがレディ・マリアがなりすましをさせた理由かもしれない。すでに婚約者と約束しているのに社交シーズンの結婚市場に参加したくなかったため、友人を自分の身代わりとして舞踏会へ送り込んだのだ。だが、なぜレディ・ダーウェントまで共謀したのだろう？

「母上はレディ・ダーウェントのどこが嫌いなんだい？」ジェームズは母にたずねた。

「私たちは互いをよく知っているけれど、本当の意味で仲良くなれたことはないの。同じ年に社交界デビューして、レディ・ダーウェントがあなたのお父様と駆け落ちしそうになったあと、お父様は冷静さを取り戻して私と結婚したのよ。彼女は昔からとても大胆だった。今もそう。社交界の大物を気取りながらも、しきたりをあまり尊重しない面もあるわ」

「実に興味深い」本当に、実に興味深かった。

母がそこにレディ・キャサリンがいることを突き止めたため、その晩ジェームズたちは音楽の夕べに参加した。

会場に到着してまもなく、あたりを見回したジェームズは近くにレディ・ダーウェントがいることに気づいた。まるで計画的にそこにいたように見える。きっと、レディ・マリアのことでまだ言いたいことがあるのだろう。

「レモネードを取ってきてくださらないかしら」レディ・ダーウェントが言った。

ジェームズが飲み物を調達してくると、彼女が隅に座って自分を待っているのが見えた。

「ありがとう」レディ・ダーウェントはジェームズからグラスを受け取り、隣の空いている椅子を手でたたいた。「ここに座ってしばらく話し相手になってちょうだい」

「もちろんです」

ジェームズが腰を下ろしきらないうちにレディ・ダーウェントは言った。「午前中にハイド・パークの北西部にある牛の牧草地の近くを歩くと、興味深いことが起きるかもしれないわ。時間は十一時ごろかしらね」

ジェームズは両眉を上げた。これは偽のレディ・マリアに関わることに違いない。

「本当に？」ジェームズはたずねた。

「前回の会話であなたが言っていたことを思うと」レディ・ダーウェントはさらに続けた。「重要な決断をする前にそこを散歩することをお勧めするわ」

「特定の目的のためにということですか？」ジェームズはたずねた。

「十一時よ」レディ・ダーウェントはジェームズが何も言っていないかのように繰り返した。

「覚えておきます」ジェームズは目をしばたたきながら言った。

「あなたは音楽にはお詳しい？」レディ・ダーウェントはたずねた。

「ええと、あんまり」

「別にいいのよ」

レディ・ダーウェントはジェームズに笑いかけたあと、まもなくここで歌うことになっている有名なソプラノ歌手の説明を始めた。

ジェームズはうなずき、ほとんど何も言わなかった。問題のソプラノ歌手に関する意見が何もなかったからだが、やがてレディ・ダーウェントが言った。

「お母様を探しに行ったほうがいいわ。忘れないで。明日。十一時よ」

ジェームズはレディ・ダーウェントの手を取っておじぎをしながら、明日自分がハイド・パークに行くかどうかはわからないと思った。

まだハイド・パークに行くかどうか決めたわけではないと自分に言い聞かせながら、レディ・キャサリンの長々とした音楽談義に耐え、その間ずっと自分は本当にこの女性と結婚したいのだろうかといぶかり、レディ・マリア……ジェームズのレディ・マリアのことを考えるのをやめられず、彼女がいれば今夜はもっと楽しめただろうかと考えた。楽しめたはずだ。

レディ・キャサリンにはまだ結婚を申し込まずにいよう。それについてはもう少し考える必要がある。

ジェームズは十四時間後、自分は最初からハイド・パークに来るつもりだったのだと思いながら、スターという名の馬を歩かせ、昨夜レディ・ダーウェントに指定された場所へ続く小道を進んでいた。当たり前だ、来るに決まっている。昨夜はさえずるようなソプラノとうなるようなテノールを聞きながら、レディ・ダーウェントとの会話を思い返し、彼女の提案、いや命令は当然ながらレディ・マリアに関係があると結論づけた。

そして、もしレディ・ダーウェントがジェームズと偽レディ・マリアの再会を画策しているのだとしたら、そこに乗らずにはいられなかった。

レディ・ダーウェントが言っていた牧草地に来たが、そこには誰もいなかった。懐中時計を見ると、まだ十一時五分前であることがわかった。

そこから数分間がとてつもなくゆっくり過ぎる中、ジェームズはスターを歩き回らせ、このあと起こる出来事をただ待っていた。

ようやく人が近づいてくる音が聞こえ、すばやく振り向いたが、それはレディ・マリアではなかった。

近づいてきたのは三人の子供と子守、そして家庭教師と思《おぼ》しき灰色の服を着た女性から成る小集団だった。

ジェームズの視線はその一団を一瞬とらえたあと、再びほかの人、特に笑顔が美しい小柄な女性が近づいてこないかと思ってあたりを見回した。しばらくすると理由はわからないものの、自分の視線がその小集団に、特に灰色の服の女性に引き戻されるのを感じた。彼女には何か気になるところが……。ジェームズがじっと見ていると、その女性が顔をこちらに向け、明らかに驚いた表情を浮かべた。

彼女がボンネットをかぶっているのと、ジェームズを一目見たとたんそっぽを向いてしまったせいで顔ははっきりとは見えなかったが、それでもジェームズには強い予感があった。

この女性は……？

馬から降り、スターの手綱を木に結びつけて、その一団のほうへ向かった。

「おはようございます」灰色の服を着た女性に向かって言う。もちろんジェームズがその一団に声をかけるのは普通のことではなかったが、自分の疑念を裏づけたいという強い衝動に駆られていた。

「おはようございます」女性はうつむいたままだったため、顔を見るのは難しかったが、その声にも佇《たたず》まいにも覚えがあった。ああ、何ということか。

「レディ・マリア！」ジェームズは叫んだ。

それを聞いた女性は凍りつき、しばらく経《た》ってからジェームズを見上げた。

ジェームズの見間違いでなければ、彼女の目には涙が溜《た》まっていた。彼女のほうがジェームズにひどい仕打ちをしたというのに、なぜだかジェームズは後ろめたい気分になった。

「人違いだと思いますわ」彼女は首を横に振って言った。笑みはかけらも浮かんでいない。「ごきげんよう。私たちはこれで失礼します」

「だめだ」ジェームズはだしぬけに言った。彼女のことをもっと突き止める必要があると感じていた。それに、レディ・ダーウェントがジェームズに、誰なのかはわからないがこの女性を見つけさせたがっていたのは明らかだ。どういうわけか、二人が再会するのは宿命であるかのように。

彼女はかすかに首を傾げて言った。「だめとは？」

その口調は、ジェームズの思い描く彼女にそぐわないほど冷たかった。

彼女がジェームズに嘘をついたことを考えれば、そんなふうに感じるのはひどく馬鹿げていた。

「少しだけ時間をもらえるとありがたいんだが」ジェームズは言った。

「それは……」彼女は深く息を吸ったあと、背後にいる子守と子供たちを肩越しに振り返った。「あいにく忙しいもので」

「お願いだ」ジェームズはほとんど懇願していた。それもやはり、ひどく馬鹿げている気がした。「一、二分でいいから」

彼女は長い間ジェームズの顔を見つめたあと、唇を引き結んで言った。「では、少しだけ」子守のほうを向いて言う。「エルシー、ちょっと子供たちをあそこの小道まで散歩に連れていってくれるとありがたいのだけど。みんな、木についた葉の違いを見て、その木の種類を当てられるかしら？」

ジェームズは彼女の連れが声の届かないところまで行くのを待ってから、まわりに聞こえないよう低い声で言った。「説明してもらえるとありがたい。君は舞踏会でレディ・マリアに扮《ふん》していたはずだ」

「ええ、そうよ。そのせいで気分を害してしまったのならごめんなさい」彼女は会話を終わらせるように小さくうなずくと、ジェームズから一、二歩遠ざかった。

「これで話が終わったとは思えない」ジェームズは言った。あのような詐欺まがいのなりすましをジェームズの家で行い、それを認めながらもこれで話は終わりだという態度をとることが、なぜ受け入れられると思うのだろう？　少なくとも理由は説明するべきだ。そして謝罪するべきだ。そして……。

いや、それ以上は思いつかない。今となっては、彼女のことを自分がどう思っているのかよくわからなくなっていた。

あろうことか、ジェームズはこの女性に結婚を申し込むところだったのだ。それなのに、彼女は……。いや、彼女が何者なのかは見当がつかない。家庭教師。レディ・マリア・スワンリーのふりをしていた女性。何もかもが非常識だ。

彼女がジェームズに見せていた人格も偽物だったのかもしれない。そう思うと、腹立たしいのか悲しいのかわからなかった……きっと混乱しているのだろう。それにもちろん、腹も立っている。

「君には僕に説明する義務があると思うのだが」ジェームズは言った。

「それは……」彼女は足を止めて振り返り、ジェームズと正面から向き合ったあと言った。「そうね。でも、これは私一人で説明していいことではないの。レディ・マリアと私はとても親しい友人よ。レディ・ダーウェントは私の名づけ親。レディ・マリアにはあの舞踏会に参加したくない理由があって、それは私からは明かせないのだけど、そのために私に身代わりを頼んできたの。レディ・ダーウェントにも、私がこの仕事を始める前に一度だけでも舞踏会を楽しむのは良いことだと説得されたわ。私がこのなりすましをしたことを、どうか雇い主には黙っていてもらえないかしら」

「雇い主？」

「私は家庭教師だから」

やはりそうか。それなら灰色のドレスを着ていることに説明がつく。子供たちを連れていることも。だがレディ・ダーウェントが名づけ親で、レディ・マリアが親友であることの説明はつかない。

「雇い主には言わない」ジェームズは今もひどく腹を立てていたが、復讐《ふくしゅう》する気はなかった。「でも、質問はさせてほしい。君たちの誰もこの行動が招く結果について考えなかったのか？　君たちが揃《そろ》ってこれが許される行為だと思っていたことが理解できない。これは無礼で、馬鹿げていて、非常識で、愚かな行為だ」

「ごめんなさい、私……」彼女は口を開いた。そこで言葉を切り、唇を引き結んで少しうつむいた。

「社交界がこんななりすましを大目に見てくれないであろうことは理解しているわ。でも、あのような場で二人の人間が出会い、強い結びつきを作ることは稀《まれ》だと思うの。もしあの晩、私が何人かの人と次々に踊って話をするだけで姿を消していれば、誰にもばれなかったでしょう。それでいて、私はとても楽しい一夜を過ごせていたはずよ。あなたが非難しているのは、あなたと私が長い時間お喋りをして、私があなたに誤解させたせいだと思うの」

ジェームズは自分の怒りに個人的な理由があることを認めたくなくて、首を横に振った。「そのような策略を行うこと自体、許されることだとは思えない」

「お言葉ですけど……」彼女の声が冷ややかになると、ジェームズはなぜか彼女にいっそう好感を持った。「アムスコット公爵であるあなたに、女性や地位の低い男性の人生の現実を理解するのは難しいのではないかしら。レディ・マリアにはあの舞踏会に参加したくないもっともな理由があったし、もし参加していれば人々に質問攻めにされていたでしょう。なぜなら、彼女は女性だから。私は家庭教師になりたくてなったわけではないけれど、ほかに選択肢がないの。私はパーティが大好きよ。あの舞踏会は、私が客として参加できる最初で最後のチャンスだった。なぜなら、私は貧しいから。あなたが女性か貧困者のどちらか、あるいはその両方を経験したことがあるというなら、私はあなたの非難を受け入れるわ」

ジェームズは顔をしかめた。「もちろん僕は生まれと財産と性別において有利だし、自分が望まない役割を受け入れる以外に君に選択肢がないことも気の毒に思う」それでも、彼女たちはそのようななりすましをするべきではなかった。ただ……自分は貧しくて、この先舞踏会に参加するチャンスがないという言葉はとても悲しかった。彼女はダンスをとても楽しんでいるように見えた。

レディ・ダーウェントを名づけ親に持つこと以外に、彼女が何者なのかも、なぜこのような立場にあるのかもいまだにわからなかった。

「君は淑女なのか？」ジェームズは言った。

彼女はうなずいた。

「名前と、家庭教師になった理由を聞いてもいいだろうか？」

「ごめんなさい、これ以上私たちの交流を長引かせる理由が見当たらないわ。私はあなたの幸せを願っているし、この策略であなたに悲しい思いをさせたことは謝ります」彼女はすばやくほほ笑んだが、それは軽い笑顔で、あの晩の顔いっぱいに広がる、喜びに満ちたすばらしい笑顔とは違っていた。そして彼女は向きを変え、子守と子供たちがいる方向へ急ぎ、歩きながら子供たちに声をかけた。もしジェームズがまた彼女と話そうとすれば、騒ぎを起こすことになるだろう。

もちろんそんなことはできないため、ジェームズは無力感の中で立ちつくし、腰に手を当てて彼女が立ち去るのを見つめ、次はどうしようかと考えていた。

もし自分の人生が一つの芝居なら、彼女に出会った晩までのすべてが第一幕だったのだろうという、実に妙な感覚があった。

そして今は人生の新たな幕が上がったところで、そこではいまだに名前のわからないこの女性が大きな役割を果たすのかもしれない。

だが、そんなことは不可能だ。彼女はジェームズをだましたうえに、家庭教師なのだ。

こんなふうに空想に耽るのはやめて、彼女を頭の中から追い出すべきだろう。

名なしの女性……〝彼女〟は今、子供たちに囲まれていて、彼らの笑顔と笑い声、彼女を見上げる顔から、子供たちが彼女を大好きなことがうかがえた。

その小集団が角を曲がって消えると、ジェームズは置き去りにされた気分になった。

それでも、彼女を追いかけるべきなのかもしれない。名前と行き先を突き止め、もっと話がしたいと要求するのだ。

彼女たちが消えた方向へと二歩踏み出したところで、はっとして足を止めた。結婚を申し込むつもりでなければ、彼女が雇い主に咎《とが》められるようなことをしてはいけない。

数日前は彼女に求婚する気でいた。

だが、今はよくわからない。わからなくて当然だ。彼女について知っているのは、レディ・マリア・スワンリーのふりをし、自分と一晩中ダンスをしてお喋りをした家庭教師ということだけなのだ。

断じて彼女に求婚などしない。

自分は運良く逃げ出せたのだ。

5

アンナは今にも崩れ落ちそうな足取りで、子供たちとエルシーを追い立てて角を曲がった。

公爵とあんなふうに顔を合わせるとは、何と恐ろしい偶然なのだろう。アンナは毎朝女の子たちとここへ来ているが、運動のために来ている貴族に会うことはほとんどない。彼らが外出する時間帯ではないからだ。紳士が朝の乗馬をするには遅すぎるし、上流社会の面々が公園で馬車に乗っている姿を見せ合うのはまだ何時間もあとだ。しかも、ここは公園内でも上流の人々が集まる場所ではない。

極めて運が悪かったのだ。

そして極めて……心乱される出来事だった。

アンナは舞踏会以来、公爵のこと、彼と過ごした晩のことを考えるのに長い時間を費やしてきた。人生最高の夜だったと彼に言ったのは大げさではない。本当にすばらしい晩だった。二人のダンスもキスも、どこまでも完璧だった。だが何よりもすばらしかったのは会話だ。自分たちには本物の結びつきがあると感じた。だがのちに、あれは空想の産物だったのではないかと思った。公爵はしょっちゅう女性と出会っては、結びつきを築いているのかもしれないと。

そんなとき、レディ・マリアとレディ・ダーウェントから公爵が舞踏会の翌日に家を訪ねてきたと聞いた。名づけ親は公爵がアンナのことをたずねる粘り強さから、彼は少なくともアンナと仲を深めたいと思っているはずだと言っていた。

彼は結婚の申し込みまでするつもりだったのだろうかと考えずにいるのは難しかった。

そして、自分はその申し込みを喜んで受けたのだろうかと。

　答えはわからなかった。

　出会って以来、公爵はアンナの思考と夢の大半を占めている。アンナはあの晩彼と一緒に過ごしたさまざまな場面を頭の中で繰り返し思い出していた。

　だが、男性を信用してはいけない。

　母はアンナを淑女として育てた。父がいなくなると、二人はコッツウォルドの村にある設備の整った中規模の住宅へ移り、上品な未亡人とその娘として暮らした。地元の下級地主層《ジェントリ》と交流し、チェルトハムでの催しに参加した。アンナはそんな生活が続くものだと思っていた。やがて母が病気になると、アンナは治療に多額の金を、全財産を費やした。母が亡くなったときには一文なしになっていた。レディ・ダーウェントがアンナを引き取り、コンパニオンとして、自分は持てなかった娘として一緒に暮らさないかと何度も誘ってくれた。だがアンナは施しを受けることに耐えられず、自分で生計を立てることにしたのだ。

　そして現在に至る。

　もちろん、公爵はもうアンナに求婚はしないだろう。

　そしてたぶん……いや、確実に、それで良かったのだ。アンナは断じて不幸な結婚に囚《とら》われたくないと思っているし、妻に対する、そして娘に対する男性の愛着や愛情は消えることがあるのを知っている。ただ、子供を持ちたい気持ちはあった。だが、このような事柄について深く考えてはいけない。

　働き口を得られたことと友人たちに感謝し、公爵のことも、母が病気になる前の自分の人生のことも考えないほうがいい。

　物思いに耽《ふけ》るのを避けるには、ほかのことで頭をいっぱいにするしかない。日中は子供たちの指導で忙しいため、比較的簡単にそれができた。難しいのは夜になってからだ。

雇い主であるサー・ローレンスとレディ・パントニーは、とても親切な人たちだった。

レディ・パントニーはアンナに働きづめになってほしくないからと、昼下がりと夜、そして定期的に丸一日の休みをくれて、友人たちと外出を楽しむよう言ってくれた。

それはとても親切な申し出だったが、おかげでアンナには暇な時間が多かった。

サー・ローレンスが寛大にも広い図書室の本を好きに読んでいいと言ってくれたため、アンナは本で気を紛らすことに全力を尽くした。あいにくサー・ローレンスも、図書室に本を並べてきた先祖たちも堅苦しい種類の小説を好んでいて、アンナに今必要なのは、完全に没頭できる現代ロマンスのような本だった。今読んでいるのはラテン語で書かれたウェルギリウスの原書で、集中力を保つことに苦労していた。気づくと何時間にも思える間、同じページを見つめていることがよくあった。

アンナは友人に、特にレディ・マリアとレディ・ダーウェントに手紙を書くことにも没頭しようとしたが、長い文章を書くのは難しかった。言葉が憂鬱な方向へ向かいがちで、アンナは憂鬱になりたくなかったし、憂鬱だと思われたくもなかった。

裁縫をしようにも、あまり得意ではなかった。

「アンナ」いちばん下の子供であるイザベラがアンナの腕を引っ張った。「お話聞いて」

「ごめんなさい、イザベラ。少しぼうっとしていたわ。それでも、礼儀を忘れてはいけないのよ。そんなふうに人の腕を引っ張ってはだめ」

その晩、アンナが一日の仕事を終え、図書室へ行ってウェルギリウスよりも興味が持てる小説、少なくとも英語で書かれた本を探していると、パントニー家の執事モーカムが午後の間に配達されたアンナ宛の手紙を渡してきた。

それは厚手の封筒に入っていて、きっぱりとした文字で宛名が書かれていた。

アンナは鼓動が速くなるのを感じながら手紙を取り出し、署名を読むと、ショックのあまり気を失いそうになった。

その手紙にはこう書かれていた。

〈親愛なるミス・ブレイク
今度ご都合のよろしいときに、私と馬車に乗るか散歩に行くかしていただけませんか？

敬具
アムスコット公爵、ジェームズ〉

どうやって私の名前を知ったの？

いや、それはくだらない疑問だ。自分が公爵から身を隠しおおせると思うなど世間知らずだったということだ。

どんな方法であろうと、公爵がアンナの素性を突き止めるのはたやすかったはずだ。調査するための手段はいくらでもあるだろうし、もちろんレディ・ダーウェントが彼に話した可能性もある。名づけ親はアンナが自分の施しを受けず家庭教師になる道を選んだことをずっと残念がっていて、自分と暮らしたければいつでもそうしていいのだと言っていたし、アンナと公爵を結婚させたがっていたことも知っている。いや、レディ・ダーウェントは公爵にアンナのことを勝手に明かしたりはしないと約束してくれたし、アンナは名づけ親を信じている。公爵は何か別の方法で突き止めたのだろう。

思考が横道に逸《そ》れている。公爵がアンナの名前と住所を突き止めた方法を推理する必要はない。それより、これからどうすべきかを決めなくてはならない。

公爵に会うことはできない。それはあまりに負担が大きいし、そこから得られるものもない。人に見られ、噂《うわさ》されるかもしれない。

でも……。

公爵はとても意志が強く、とても粘り強そうに見える。

むしろ一度直接会って、彼と二度と会うつもりがないことをきちんと説明したほうがいいのかもしれない。

すぐには返事をせず、しばらくこのことについて考えたほうが良さそうだ。

三十分後、アンナはまだ図書室にいたが、公爵に会うべきかどうかをひたすら考えていたため、新しい本を選ぶことはまったくできずにいた。

ジョン・ドライデンの詩集を選んだあとやめたところで、公爵に会おう、と急に心が決まった。会わなければ、彼にまた会うことがあるのだろうかといつまでも考えてしまいそうだった。家を出るたびにそわそわし、肩越しに振り返ったり、次の角を曲がったら公爵がいるのではないかと思ったりするだろう。そんなふうに生きるのは楽しくない。一度だけ彼に会って、それでおしまいにしたほうがいい。

アンナは三日後に会うことを提案する手紙を送った。何かしら準備をしなければならない気がしたため、それより前だと早すぎるが、それよりあとだと不快な予想ばかりしてしまいそうだった。すると一時間も経《た》たないうちに、公爵のきっぱりとした文字で書かれた承諾の返事が来た。

そういうわけで、あとは考えを巡らせながら待つだけになった。丸三日間。明日にしたほうが良かったかもしれない。

約束の日は朝から天気が良かった。二人は午後二時、子供たちが子守の手に委ねられ、昼食を食べたあと三十分間遊ぶ間に会うことになった。

昼下がりのその時間にアンナが徒歩で出かけることはそれまでにもあり、店で生活必需品を買ったり、あるときはレディ・マリアと散歩をしながら公爵が自宅を訪れたいきさつを聞いたりもした。自分がだまされていたと知ったときに彼が困惑と怒り、おそらくは悲しみも感じたであろう話を聞くのは楽しくなかったが、レディ・マリアが彼と交わした会話について詳しく聞かせてほしいと言わずにはいられなかった。

子供たちの指導で忙しかったにもかかわらず、午前中も昼食時も時間はのろのろと過ぎ、やがてアンナが公爵との散歩のために準備をする時間になった。

鏡に映った自分を見て、舞踏会のときとはまるで別人だと思った。今、髪はひっつめてお団子にし、うなじで留めるという地味なスタイルにしていて、服もやはり地味だった。茶色のサージの昼間用ドレスで、流行は何も取り入れられていない。

アンナはため息をついたあと、心の中で自分を叱った。これが自分の運命であり、これほど親切な家族に雇ってもらえて非常に幸運であることはわかっている。しかも運良く、ロンドンでレディ・ダーウエントと過ごす一週間と舞踏会に参加するという経験を楽しむことができた。自分よりはるかに困難な境遇にある人はたくさんいるのだから、不満に思ってはいけない。

五分後、アンナは家の正面玄関から出て舗道へ続く四段の幅広の階段を下りたあと、左へ曲がり、公爵と会うことになっている角を目指した。

公爵はすでにアンナを待っていた。

舞踏会での真新しい夜会服に身を包んだ公爵にも

息をのんだが、今の彼の簡素だが極上の仕立ての昼間用の礼装にも息をのんだ。

「ミス……ブレイク」アンナが近づくと、公爵は言った。

「公爵様」激しく打つ心臓のせいで耳鳴りがしていて公爵の声はほとんど聞こえず、アンナは急に脚から力が抜けそうになった。

こんなのは馬鹿げている。自分はただ……。

自分はただ、今までキスしたことのあるただ一人の男性、怖いくらい魅力的で、自分がだました男性と散歩に行くだけだ。つまり、心臓が激しく打つのは当然だった。

「歩きましょうか？」公爵がそう言って腕を差し出してくると、アンナは家庭教師が公爵の腕を取って歩くのは妙な気がして少しためらったあと、その腕を取った。「こちらへ」

二人はパントニー一家が住むブルートン・ストリートを左へ曲がってバークリー・スクエアへ入り、広場の端に沿って歩き始めた。

居心地の悪い沈黙が二人の間に広がり始めた。

「この季節にしては天気の良い日ね」アンナは思いきって言った。

「ああ、運が良かった」

さらに一、二分沈黙が続いたあと、公爵が言った。

「きいてもいいかな……つまり、これがもちろん余計なお世話であることはわかっているけど、君は幸せなんだろうか？　仕事はつらくない？」

「もちろん幸せよ、ありがとう」アンナはしっかりと言った。確かに余計なお世話だが、アンナは舞踏会ですでに公爵をだますというひどい仕打ちをしている。今また彼に無礼を働くことはできない。

それに、家庭教師としての人生がひどく悲しいものになるかもしれないという、頻繁に割り込んでくる考えに屈するつもりもない。もちろん、受け持った子供たちの人生に関わり、それを形成するチャンスは得られるが、彼女たちのもとにいつまでいられるか、一家の下で働かなくなったあとも子供たちとの交流を続けられるかどうかは完全に雇い主の気分で決まる。それに家庭教師であるアンナは今、使用人でも家族の一員でもないという奇妙な立場にある。だめだ。こういうことは考えることすらしてはいけない。雇い主に関しては非常に運が良いのだ。とても寛大な人たちで、ロンドンの名家で初めて働く家庭教師の多くが年に四十ポンドももらえないのに対し、アンナの年給は八十ポンドで、節約すればその大半を貯金できそうだった。それに、レディ・ダーウェントとレディ・マリアというすばらしい友人もいる。特にレディ・マリアは最近、アンナに一人目の子供の名づけ親になってほしいと言ってくれた。

だからアンナは救貧院に入る事態にはならないし、連絡を取り合える友達もいるので、たいていの人より運が良いのだ。

それにもちろん、この新しい環境にもすぐに慣れるだろう。

「君が幸せで良かった」公爵は言った。

「あら、ありがとう」アンナはあえて少し辛辣な口調で言った。彼に哀れみをかけてもらう必要はない。

「申し訳ない。今のは少し傲慢な言い方だったかもしれない」

アンナは本当に、腹立たしい言葉を言われたとしても無礼な態度はとりたくなかったし、今も舞踏会でのなりすましに明確に罪悪感を抱いていたため、公爵の言葉にはっきりと同意はしなかった。ただ、あなたがそう思うのならそうかもしれないというようなことをもごもご言った。

公爵は笑った。「確かにそうだ。僕が傲慢な言い方をしたのは事実だけど、礼儀正しい君はそれに同意できないね。僕が言いたかったのは……ええと、僕は君が幸せだと思いたいし、あとはそう、その件についてはこれ以上何も言わないほうが良さそうだ、ということかな」公爵は少し間を置き、彼が苦境に陥っている様子があまりにかわいらしくてアンナが笑いをこらえていると、やがて彼は言った。「これも傲慢にもおかしくも聞こえないように言うのは難しいけど、僕は君に関して、名前と住所以外は誰にも質問していないことを知ってもらいたい。詮索はしたくなかったんだ」

「私の友人のどちらがあなたに詳しいことを教えたのか、きいてもいい？」メロドラマを好む人であればそれを裏切りと表現するかもしれないと、アンナは思わずにいられなかった。

「僕はお友達にはきいていないし、きいても教えてくれなかったと思う。自分の代理人に頼んだんだ。彼には情報網があってね。すまなかった。すぐにそれを話しておけば、君がレディ・ダーウェントやレディ・マリアに不信感を抱くことはなかったのに」

「ありがとう！」アンナは公爵にほほ笑みかけた。ほかのことはどうあれ、彼はとても思慮深い。

またも短い間を置いたあと、公爵は言った。「こっちに行こうか？」二人は広場の角まで来ると、ハイド・パークの方向へとまっすぐ歩き続けた。

「木がとても秋めいてきたわね」アンナは言った。

「確かに。葉がいちばんきれいなのはこの季節だ」

「そう思うわ」

アンナはとつぜん、この散歩のあといっさい後悔を感じたくないと思った。家庭教師と公爵は友達になれないし、もしなれたとしても、アンナの父親が馬丁であることが知られれば公爵はアンナとの交流を断つだろうから、二人が再び会うことに意味はない。もし公爵に言いたいことがあるなら、今のうちに言わなければ。

「あなたをだましてごめんなさい」アンナは言った。

公園で会ったときに部分的には謝ったが、全面的な謝罪はしていない。あのときは彼にひどく腹を立てていたからだが、謝罪はしなくてはならない。「もし良ければ、私がなぜあんなことをしたのか、もっと詳しく説明させてほしいの」

「ぜひとも最初から全部聞かせてほしい」

「レディ・マリアと私はバースの同じ神学校に通っていたの。彼女は私の親友で、私より数カ月だけ年下。私は今、二十二歳よ。レディ・マリアがもっと早く社交界デビューしなかったのは、とても悲しいことにご家族に何度も不幸があったからなの。ご両親はレディ・マリアを今年デビューさせるつもりだった。でも、私からはその理由を明かせないのだけど、彼女はそれを望まなかった。ご両親がロンドンを離れてレディ・マリアのおばあ様を訪ねることになると、お母様が私の名づけ親であるレディ・ダーウェントに、レディ・マリアが参加することになっているいくつもの舞踏会のお目付役を頼んだの。レディ・マリアは私やレディ・ダーウェントとお茶を飲みに来たときに自分の気持ちを話してくれたわ。なりすましを提案したのはレディ・ダーウェントで、私が舞踏会に行けば楽しいだろうし、それが害になることはないだろうと言ったの。レディ・マリアはそれをすばらしい考えだと思っていた。私は問題が起こるかもしれないと思ったし、それは実際に起こったのだけど、ロンドンの舞踏会には今まで行ったことがなくてぜひとも行きたいと思っていたから、その計画に乗ってしまったの。名づけ親が私にドレスを用意し、舞踏会へとエスコートしてくれた。私たちが行ったなりすましが間違っていたのはわかっているし、公園であなたに怒りをぶつけてしまったことは申し訳なく思っているわ」

「いや、僕のほうこそ、最初に理解が欠けていたことを謝るよ。腹を立ててしまったことも。それに君と僕が出会っていなければ……一緒に過ごしていなければ……なりすましが発覚しなかった可能性は高い。レディ・マリアが翌日、自宅を訪ねてきた客に応対しないまま、田舎へ引っ込んでいれば」

「それはまさにレディ・ダーウェントが、私を説得していたときに言っていたことだわ」

「〝賢人は皆同じように考える〟というわけだ」

アンナは笑った。「そうかも」

今言ったことをすべて言う機会を持てて本当に嬉《うれ》しかった。

正直になるのは良いものだ。

「どうして私と散歩したいと思ったの？」アンナはたずねた。

「それは……」公爵はしばらく黙ったあと言った。「良い質問だ。本当に、よくわからないんだ。ただ、君が幸せかどうか確かめたかったんだと思う。それから、非難されて当然だが完全な好奇心で、君がなりすましをした理由を知りたかったから。僕はそのことにまだ怒っていたのかもしれないけど、今ではあの晩のなりゆきを君が予想することはできなかったとわかったから、怒りは消えた」

「なるほど」アンナは完全には理解していなかったが、公爵は当然ながら大半の人々とは異なる人生を送っている。何かに好奇心を持ったときに答えが得られないことに慣れていないのかもしれない。普通の人間が手の届かないところにかゆみを感じるようなものなのだろう。

「なぜ君が散歩に来てくれたのかきいてもいい？」

「ええ」正直になっても害はないだろう。「今日会わなければ、私はあなたに会うべきだったのではないか、あなたは私に何を言いたかったのだろうと考えてしまうからよ。つねに何かを考えてしまう状態を居心地がいいとは思えないもの」それこそ、かゆみが続いていらいらさせられるようなものだ。

「なるほど。なぜ僕が君を誘ったのか、今やっとわかった気がする」公園の門をくぐりながら、公爵はしばらく黙っていた。「この一文を言い終えるころにはそれを君に言ったことを後悔しているかもしれないけど、僕が君にまた会いたいと思ったのは……君が恋しかったからだ」

「えっ!」アンナは心臓が大きく飛び跳ねたのを感じた。

「そう、〝えっ!〟だよ。自分の言葉を後悔することになると予想したのは正しかったみたいだ。話題を変えて、あそこにいるやたらと根気強い啄木鳥《きつつき》に君の注意を引いてもいいかな?」

「ぜひそうして。私は昔から啄木鳥のくちばしの緑色が好きなの」

「緑色はすてきな色だ」公爵は声に笑いをにじませて続けた。「君の緑色の目が大好きだということは、すでに言ったと思うけど」

「お優しい言葉だけど、それは公爵が家庭教師に言ってはいけないことでもあるわ」アンナはたしなめるように言った。今は本当に、公爵に口説き文句を口にしてほしくなかった。レディ・マリアを演じていたときならまだしも、今は自分の評判を維持しなくてはならないし、公爵のことをそんな目で見てもいいと勘違いしたくない。

「申し訳ない」公爵はすぐさま言った。「君の言うとおりだ」

アンナはこれ以上、二人の間に気まずい沈黙が流れてほしくなかった。これが二人が会う最後になるのはわかりきっていたし、公爵がアンナの言葉にすぐさま同意したことから、彼が同意見なのも明らかだった。公爵と一緒にいるのがどれだけ楽しいかはわかっているのだから、今はこの最後の数分間を最大限に生かしたほうがいい。

「この小さな池のまわりを散歩するのはどうかし

ら」アンナは言った。「一周するころには私が帰る時間になるから。今日の午後は生徒たちに地理を教えることになっているの」

「ほう？　今日はどこの地理を教えるんだい？」

「雇い主の図書室にイギリス諸島を重点的に扱った地図帳があったし、生徒はみんな女の子で、イギリスより遠くへ旅行する機会はほとんどなさそうだから、この国のほかの地域へ旅行できる年齢になったときに役立つように、イギリスの地理をていねいに教えるつもりよ」

「僕も地理の知識は良い教育の重要な一部だと思う。君は旅行したことがあるのか？」公爵はたずねた。

「生まれ育ったグロスターシャー州と、神学校とレディ・マリアの家があるバースとサマセットはよく知っているわ。でも、イギリス北部へ行ったことはないの。中でも湖水地方は景色がすばらしいそうだから、いつか訪れる機会があればと思っているけど、もちろんそんな日が来るかどうかはわからないわ。将来の夢ね。公爵様、あなたはご旅行は？」

「ああ、運良く若いころにグランドツアーに行けたし、国内旅行もしているよ」公爵はそこで言葉を切ったあと続けた。「旅行するチャンスがあるのはとても幸運だというのはわかっている。そのときはじゅうぶん理解していなかったが」

「そういう意味の幸運のことで、私に謝らなくてはいけないと思わないで」アンナは言った。「あなたが今送っている人生に生まれついたのはあなたのせいではないし、煙突掃除人がそういう人生に生まれつかなかったのも煙突掃除人のせいではないから」

「そのとおりだけど、幸運の重みを感じずにいるのが難しいときもあってね」

「それはもちろんすばらしい心がけだけど、私に謝るのではなくて、面白い話を教えてほしいわ。そういう旅行の話をかびくさい本で読むのではなく、直接聞くのが大好きなの」

「それはけっこうな難題だな。君には本当に面白い話か、本当に興味深い話か、本当に誰も知らないような話をしなくてはならない気がする」

「ええ、そうよ」二人で池沿いをゆっくり歩きながら、アンナは目をきらめかせて公爵を見上げた。「もちろん私はあなたの逸話が面白かったかどうかとても厳しく評価するわ」

「逸話をいくつ話せばいい？」

「そうね」アンナは考えるふりをした。「あなたが持ち出した分類どおりに、面白い話と、興味深い話と、誰も知らない話を一つずつお願いしたいわ」

公爵はごく真剣な顔でうなずいた。「君の難題に挑むとしよう。まずは準備させてほしい」彼は肩をいからせたあと回し、それを見てアンナは笑った。

それから公爵は本当にとびきりの話をしてくれた。話を聞いている間に二人はパントニー家の手前まで来てしまい、アンナはまた彼と散歩ができればいいのにと心から思った。

公爵がイタリア語を正確に理解していなかったせいで、仮面舞踏会に参加できると思い込み、修道士の扮装《ふんそう》をして文学サロンに迷い込んでしまった話の結末にアンナが笑い終えたとき、二人はパントニー邸がある通りの端まで来ていた。

「あなたはこの難題を見事にやってのけたわね」アンナは公爵に二度と会えないことに落ち込むまいとしながら言った。「本当に感動したわ」

「僕は池からここまで自分ばかり喋《しゃべ》っていたことに少し罪悪感を感じているよ」

「とんでもない。私があなたに話をするようせがんだのだし、本当に楽しかったわ。例えば象に会った人の話は今まで直接聞いたことがなかったし、この先も二度と聞くことがなさそうだもの」

「そう言ってくれるなら、お役に立てて嬉しいよ」

公爵が足を止めるとアンナも立ち止まったが、それは今もアンナが彼の腕を取っていたからだった。二人の腕は完全に一体化しているかのようで、そんなふうに思うのは明らかに馬鹿げていた。「でも、君に自分のことを話してもらう機会がなかったのは残念だ。君の話を聞いて、君をよく知ることはとても楽しいのに」

公爵の言葉にアンナは心がとても温かくなったと同時に、二人がこれ以上話をする機会がないことを思ってとても悲しくなった。アンナは彼の腕から手を離したが、それはもう歩いていない以上、手を置く必要がなくなったからだった。そして、少し距離をとらなければ彼にしがみついてしまいそうで怖かったからだ。

「そう言ってくださるなんてお優しいのね」アンナはこみ上げてくるどの感情も表に出さないよう、できるだけ元気な声で言った。「でも、私には興味深い話なんてできないと思うわ」

「第一に」公爵は二人の頭上にある木の下で向かい合えるよう、少し向きを変えた。「君が言うことは何でも僕には興味深いし、第二に、君には興味深い話ができないなんて信じられない。幼い子供たちの面倒を見ていれば、たくさんの逸話が生まれるはずだ。いちばんおてんばなのは誰？」

「リディアが特におてんばね」アンナは認めた。「でもとってもかわいいの。それは短所なんかじゃないわ」アンナはすでに女の子たち全員が大好きになっていた。「ただ活発なだけ。でも、そのせいでとんでもない事態になることもあるの」

するとアンナはいつのまにか、木の下に公爵と二人で立ったまま、リディアが母親の寝室になめくじを持ち込み、レディ・パントニーとその侍女に見つかって悲鳴の嵐になった話をしていた。

「まあ、どうしましょう」大笑いする公爵の目の前で、アンナは唐突に言った。彼の笑い声は低く響くようで、アンナが聞いたことがないほど魅力的だった。毎日聞いていても飽きないだろうと思えた。

太陽に雲がかかり、空が暗くなってきた。

「何時かしら？　私、急いで戻らないと」

「もちろん」公爵はすぐさま言った。「引き留めてしまって申し訳ない」

彼が腕を差し出すと、アンナは黙ってそれを取り、二人は家へ向かって足早に道を歩きだした。

「とても楽しかった。ありがとう」家の前に着くと、公爵は言った。「また一緒に散歩してもらってもいいかい？」

「ええと、それは……」アンナは急に息がしづらくなった。「その……これを習慣にしてはいけないと思うの。公爵と家庭教師が一緒に歩くのは普通ではないはずだから」

「会話を終わらせられるよう、あと一度だけ散歩に行くのはどうだい？」

「会話は終わっていなかったの？」

「僕はそう思う」

今さよならを言うのはあまりにも、そして愚かにも悲しいことだが、アンナは自分が毅然《きぜん》とした態度をとらなくてはならないとわかっていた。これ以上一緒にいても、お互いに得るものはない。それに、もしアンナが公爵の花嫁候補になれる女性だったとしても、すでに大きな情熱を感じていることを認めざるをえない男性に完全に依存していいのだろうか？　祖父と父が女性をどんなふうに扱うかを見てきたのに、男性を信じられるだろうか？　自分に結婚するチャンスがあったとしても、好意を持ってはいるが大きな情熱は感じていない相手のほうが良いのではないだろうか？　そのほうが安全なのでは？

「あと一度だけ散歩するのはどうかな？　そのうち。もし良ければ」

「わからないわ」アンナは強く心惹《ひ》かれたが、本当にやめておいたほうがいい。家を見上げる。公爵といるところを誰にも見られたくない。「もう家に入らないと。さようなら」

「もちろんだ」公爵はすぐにアンナの腕を放し、たちまちアンナは取り残された気分になった。本当に馬鹿げている。「さようなら。またお会いできることを願っている」

「さようなら」アンナは公爵の最後の言葉には返事をしなかった。弱気になり、また会いましょうと言わずにいられる自信がなかった。

アンナはあえて後ろを振り返らず、ドアの中へ入ったあと背後でドアを閉め、公爵を最後に一目見なかったことを後悔した。

公爵には二度と会わないのが最善であることは間違いない。

6

ジェームズ

ジェームズはミス・ブレイクが別れ際に一度も振り返らずに家の中へ入ったことに落胆したが、次の瞬間、自分の愚かさに落胆した。

ミス・ブレイクが今住んでいるブルートン・ストリートはバークリー・スクエアへ直接通じている。ジェームズが彼女はどこにいるのだろうと考えている間中、実際にはこんなに近くに住んでいたのは驚きだった。自宅への短い距離を歩く間、気づくと不満げに落ち葉に足をこすりつけていた。不満なのは……人生だ。そして、自分自身。

公爵と家庭教師が散歩に行くべきではないという ミス・ブレイクの言い分は正しいのだろうか？ それは彼女の体面を傷つけることになるのだろうか？ ジェームズの知り合いで家庭教師のような社会的地位の女性の中から結婚相手を探す独身男性は聞いたことがないため、上流社会で花嫁候補としての価値が下がるという問題はなさそうだ。だが雇い主の視点からは価値が損なわれるのだろうか？ ミス・ブレイクがジェームズとたびたび会っているところを見られると、職を失う危険があるのだろうか？

そうなのかもしれない。もしそうなら、当然ながらミス・ブレイクには二度と会うべきではない。

だが、実際には問題ないのかもしれない。

ジェームズはとりわけ大きな葉の山を蹴りながら、自分は家庭教師に関する社交界の規則がどうなっているのかまったく知らないことに気づいた。知っているのは、社会的階級の中で彼女たちが非常に特殊な位置を占めていることだけだ。家庭教師は淑女であり、間違いなく使用人ではない。だが仕事をして生計を立てているため、社交界の一員とは見なされない。

なぜそんなことが気になる？ なぜ興味を引かれる？ 本当にミス・ブレイクとまた会いたいのか？ 今も彼女に求婚したいと思っているのか？ 公爵は家庭教師と結婚するのか？ 家庭教師と結婚できるのか？

彼女の出自は？ 家柄は良いはずだ。レディ・ダーウェントを名づけ親に持ち、レディ・マリアと同じバースの神学校で教育を受けていたのだから。

ならば、なぜ家庭教師になったのだろう？

それに自分は先週、花嫁になる女性を愛したくないし、ミス・ブレイクだと愛する危険があるかもしれないから、逃げ出せて幸運だったと思ったのではないか？

それなら、彼女とはこれ以上親しくならないほうがいいのではないか？

ジェームズは広場の角を曲がった。ここにも葉が落ちている。それも蹴飛ばした。

あと一度だけミス・ブレイクを散歩に誘おう。だが、すぐにではない。ジェームズにまた会うことへの義務感やプレッシャーを彼女に感じさせるのは、好ましくない行動だ。

ミス・ブレイクのことばかり考えるのをやめるために、しばらく集中して新聞を読もうと自宅のいちばん大きな応接間に入ると、そこには母と妹たちがいた。

「ジェームズ」母は息子を自分のほうへ招き寄せた。「あなたの結婚式の日取りを決めるべきだと思うのだけど」

「決めるべき？　でも、僕はまだ花嫁を選んでいない。僕との結婚を承諾してくれる若い淑女がいるかどうかも確かめていないんだ」この会話がこれ以上続いてほしくなかったので、椅子には座らなかった。自分の書斎へ行き、そこで新聞を読むとしよう。

母は顔をしかめ、自分の隣に座るよう、目と吊《つ》り上《あ》げた眉で強く促した。

「あなたがもうすぐ求婚するということで話はまとまったと思っていたのだけど」母は言った。

「それはとても大きな決断だ。自分の決断が正しいと確信が持てる時間が欲しいんだ」

「それはよくわかっているわ」母の口調が和らいだ。「でも、時間は何よりも重要だとも思うの」

ジェームズの立場からも母の焦りは理解できた。たった二年の間に夫と上の息子二人を失い、今も明らかに悲嘆に暮れていて、以前よりも心配事が増えたうえ、下にいる五人の娘たちのことを考えなくてはならないのだ？　ジェームズのいちばん上の妹は二十四歳で、四年前に結婚し、今は二人の娘がいる。その下の妹はまだ十七歳で、社交界デビューするのは来年になってからだ。母は子供たちの生活の保証をすることに熱心ではあるが、十八歳にもならない若い淑女を結婚させることには反対だ。そして下の四人の妹たちは二組の双子で、それぞれ十二歳と十四歳だ。

それは安全を保証しなくてはならない人数としては多い。

「そうだね」ジェームズは言った。母の言うとおり。時間は何よりも重要だ。ジェームズにはできるだけ早く息子が必要なのだ。もしジェームズも父と兄たちと同じ病気になったらどうする？

ミス・ブレイクに出会っていなければ良かったのにと思う。彼女にはひどく混乱させられる。明晰《めいせき》に思考しなくてはならないというのに。


それから三日間、ジェームズはジェントルマン・ジャクソンのボクシング場で激しくこぶしを繰り出し、激しく繰り出され、また繰り出し、ジェントルマン・ジャクソンにそんなにスパーリングをしているのは怒りからかときかれるといっそう激しくこぶしを繰り出し、友人たちとトランプをし、大酒を飲み、舞踏会に二度、オペラに一度行ったが、ミス・ブレイクのことを考えずにいるのはいまだに難しかった。だが今は、母と一緒にクラージズ・ストリートの一軒の屋敷の前に立ち、今も母のお気に入りの花嫁候補であるレディ・キャサリン・レインズフォードを訪ねようとしていた。

「今日の終わりには求婚する気になっているかもしれないわ」母がジェームズにそう言ったとき、レインズフォード家の執事がドアを開けてくれた。

「そうかもしれないね」ジェームズは気のない返事をした。

十五分後、ジェームズとレディ・キャサリンは座ってほほ笑み合い、ときどきつまらない言葉を口にしたあとまたほほ笑んで、ジェームズはこんなことはやっていられないと思った。言葉の小さな断片からミス・ブレイクを思い出すことがあまりに多く、彼女ならどんな意見を持つか考えたり、自分が皮肉で応じたとき彼女が笑うところを想像したり、彼女ならどんな冗談を言うだろうと思ったりするのだ。まるで呪いをかけられているかのようで、一人の女性の虜《とりこ》になっているときに公明正大な心でほかの女性に求婚することなどできないと思った。

ジェームズは父と同じく、上流社会には珍しい妻に一途《いちず》な夫になるつもりで、妻を愛したくはないものの、結婚生活の間中、別の女性のことを考えているのもいやだった。

おそらく今とるべき行動は、本人が望んでくれるならミス・ブレイクにもう一度会い、たくさん話をして彼女のことをよく知り、それによって彼女と話がしたいというこの不都合な切望を断ち切ることだろう。これはのぼせ上がりのように思える。ほかの誰かと結婚の約束をする前にこの状態から回復しなくてはならない。それに誰もが知るとおり、よく知った相手のことはさほど重要視しなくなるものだ。ミス・ブレイクともっと長く一緒にいれば、彼女に対するこの好奇心は落ち着いてくれるに違いない。

三時間後、ジェームズはミス・ブレイク宛に急いで書いた〈ガンターズ・ティーショップ〉でアイスクリームの味見をしないかと誘う手紙の返事を、固唾をのんで待っていた。四時間後もまだ待っていた。親しい友人たちと〈ホワイツ〉で夕食をとるために家を出る時間になっても、今夜中に、もしかすると永遠に返事が来ることはないとわかっていながら、なおも気を揉《も》んでいた。

翌日、昼食の時間になってもまだ返事はなかった。その後、午後遅くにミス・ブレイクの筆跡で書かれた手紙を受け取った。彼女の文字にさえ魅力を感じながら封筒を開ける。まとまっていて、読みやすく、見た目も美しい……その手紙は多くの点でミス・ブレイク自身を彷彿《ほうふつ》とさせた。

彼女の文字には魅力があったが、手紙の内容に魅力はなかった。

〈公爵様

非常に残念ですが、あなたには二度とお会いできません。

敬具

アンナ・ブレイク〉

これでおしまいなのは明らかだった。ミス・ブレイクに懇願することも、もう一度誘って彼女に不快な思いをさせることもできない。もちろん、定期的にブルートン・ストリートをうろついたり、彼女が子供たちと散歩しているであろう時間帯にハイド・パークへ行ったりすることはできるが、ジェームズには二度と会いたくないと彼女に断言された以上、それは恐ろしいふるまいだろう。本当に、これでおしまいなのだ。

そう思うと、急に何もかもが色褪《いろあ》せて見えた。

今では特にしたいこともなかったが、一人の若い淑女……家庭教師に一緒にティーショップへ行きたくないと言われただけで落ち込むのはごめんだった。

父と兄たちの死が続いた恐ろしい時期も、自分と母と妹たちの気力を何とかそれなりに保ってきたのだから、ミス・ブレイクのことで落胆しきってしまうわけにはいかない。

彼女はジェームズがとても楽しい晩とすてきな散歩を楽しんだ女性にすぎない。

このあとは図書室へ行き、今日の早い時間に受け取っていたがミス・ブレイクの手紙を待っていたせいでまだ開いていなかった郵便物に目を通すつもりだった。

受け取ったお決まりの招待状とその他さまざまな手紙に退屈のあまりため息が出たが、作業を続けた。いずれこの感情は過ぎ去り、自分はどこまでも幸せに暮らし続け、社交シーズンの終わりには感じの良い、適切な若い淑女と婚約できるはずだ。

あくびが出そうになりながら、装飾文字で書かれた次の手紙を引き出す。それぞれの招待状が何なのか、頭の中で小さな賭を始めていた。これはきっと、どこかの公爵未亡人の音楽の夕べだ。

それは確かにレディ・ダーウェントからの招待状で、二日後に自宅へ来てほしいとのことだった。

ジェームズはその手紙を読み直した。間違いなく、母ではなく自分宛になっている。

なるほど。

どうやらこの招待は、ジェームズとミス・ブレイクの交流に関係しているようだ。それならもちろん、行くしかない。

二時半という少し意外な時刻きっかりにジェームズがレディ・ダーウェントの家に到着すると、すぐさま執事に前回通されたのと同じ談話室へ案内された。

その部屋に近づくと、中から聞こえた女性の声は一人だけではなかった。そして……もし聞き間違いでなければ、その中にはミス・ブレイクがいる。あるいは、ただの希望的観測だろうか？　公園や街路でミス・ブレイクを見かけた気がし、すばやく顔を向けると人違いだったことが一度ならずあった。これもそれらと同じかもしれない。

執事がドアを開け、ジェームズの名を告げた。

するとジェームズの聞き間違いでなければ、中からはっきりと息をのむ声が聞こえた。

そしてドアが大きく開くと、案の定ミス・ブレイクが真正面に座り、美しい口を〝O〟の形に開いて目を丸くしているのが見えた。

彼女はしばらくそのままでいたあと、気を取り直して目を伏せ、ぼそぼそと言った。「こんにちは、公爵様」

「早かったのね」レディ・ダーウェントが咎《とが》めるように言った。「あと一時間はいらっしゃらないものと思っていたわ」

ジェームズは炉棚の上の時計を見て顔をしかめた。レディ・ダーウェントに直接反論はできないが、自分が時刻どおりに来たことはわかっていた。

そのあと、レディ・ダーウェントをまじまじと見た。正確にどこがとは言えないが、今の彼女には狡《こう》猾《かつ》とも呼べる雰囲気があった。まるで何かを企《たくら》んでいるかのような。

レディ・ダーウェントはわざとこれを計画したのか？　ジェームズをミス・ブレイクと同じ時刻に招待し、二人が再会するように仕組んだ？

ジェームズはミス・ブレイクに視線を戻した。彼女は今、両手を膝の上で組んで座り、目は伏せているが、それ以外は完全に態勢を立て直したように見える。

「申し訳ありません」ジェームズはレディ・ダーウェントに言った。「あなたのお手紙を読み間違えていたようです」

「あるいは、覚え間違えたのかもしれないわね」レディ・ダーウェントは言った。「まあ、いいでしょう。もうここへ来てしまったのだから、一緒にお茶を飲んでちょうだい。バクストンを呼ぶわ」

「私は帰らないと」ミス・ブレイクが言った。

「何を言っているの」レディ・ダーウェントが彼女

に言った。「あなただって今来たばかりじゃない、私はまだあなたの話を聞きたいし、私の話もしたいわ。公爵様は気になさらないわよ。私たちの誰も、あなたたち二人が初対面じゃないふりをする必要はないんだから」

「ええ、そうです」ジェームズは同意した。「僕たちは全員、僕とミス・ブレイクが舞踏会で出会ったことを知っているはずです」

ミス・ブレイクがいる方向から小さく息をのむ音が聞こえた。

ジェームズは大丈夫かとたずねたくなったが、その音は無視するほうがいいだろうと判断した。

「アンナ、あなたの話を続けて」レディ・ダーウェントが言った。「今、大英博物館へ行った話をしてくれていたでしょう。公爵様もその話に興味がおありなんじゃないかしら」

「興味を引くようなことはほとんどないと思うけど」ミス・ブレイク……アンナは言った。「ロゼッタ・ストーンを見ようというときになって、リディアが気分が悪いと言い出したから、急いで帰らなくてはならなくなったの」

「リディアは本当に気分が悪かったのか、それともただ歴史的遺物に興味がなさすぎただけ？」ジェームズはたずねた。

「後者だと思うわ。私はリディアを叱ることも考えたけれど、彼女の言い分を深刻に受け止めて、その日はもう部屋から出ずにチキンスープだけ飲むよう指示するほうがずっと良い罰になると考えたの。リディアはひどく退屈して、たちまち元気になったわ」

「あなたは本当に優秀な家庭教師ね」レディ・ダーウェントが満足げに言い、一方でジェームズは笑みをもらした。「女の子のおてんばを許すのは良くないと思うもの」

ジェームズはレディ・ダーウェントに向かってごくわずかに片眉を上げた。彼女は他人のことをとやかく言える立場にない。博物館で退屈だからと仮病を使うのは、別人のふりをして舞踏会に行くようけしかけるよりずっとましだ。

「あなたが何を考えているかはわかっているわ」レディ・ダーウェントが身を乗り出してジェームズの手の甲をたたくと、ジェームズの視界の隅でミス・ブレイクが目をきらめかせるのが見えた。「大人になって何をするかとは別に、子供たちがきちんとしたふるまいをするよう指導するのは重要なのよ」

「確かにそうね」ミス・ブレイクは同意した。「だから私はできるだけ彼女たちに規律を教え込むつもりでいるの。ときどき笑いだしそうになるから難しいけど」

「あなたにも家庭教師がついていたんですか?」ジェームズは愛想良くレディ・ダーウェントにたずねた。

「ええ、彼女は私に規律を教え込むことには完全に失敗したけど、だからといってほかの子供たちに私よりしっかりしたしつけをしなくていいことにはならないわ」

ミス・ブレイクは笑った。ジェームズは彼女の笑い方が大好きだった。声は軽いが大きく、その笑いを引き出したのが自分であれば大得意になれるし、彼女が笑っている理由がわからなければすぐさまその理由を知りたいと思うのだ。

そして今、ジェームズは笑っている彼女のことを考えすぎている自分を笑っていた。

「公爵様、あなたが教育を受けたのは自宅? それとも学校?」ミス・ブレイクが初めてジェームズに個人的な質問をしてきた。彼女にはジェームズの経歴も自分の経歴も話題にしたくないような印象があった。レディ・ダーウェントが同席していることで、これまでより安心感があるのかもしれない。

「最初は田舎の自宅で子守がついていて、その後は何人か家庭教師がいた。僕と二人の兄たちは年が近くてしつけもなっていなかったから、すぐに辞めた人もいた。その後はイートン、そしてオックスフォードへ行ったんだ」ジェームズはミス・ブレイクを見た。彼女の経歴についてもっと知りたくてたまらなかった。「君はバースで、レディ・マリアと同じ学校で教育を受けたんだったね？」

「ええ、そうよ。二人とも学校生活は楽しいことが多かったわ」

「二人とも優等生だった？」ジェームズはたずねた。

「そうとも言えないわね」ミス・ブレイクは認めた。

「でも自分が少しばかり規則を破った経験のおかげで、家庭教師としては優秀になれると自負しているの」

「そのとおりだと思う」ジェームズは同意した。

「むしろ、君がおてんばにふるまっていたのは先見の明があったからかもしれない。将来のためにあらゆる選択肢を探求していただけなんだ」

「そのとおりよ」

「誰かと入れ替わったことはある？」ジェームズはたずねた。

「公爵様、そういう不作法な質問は良くありませんわ」ミス・ブレイクは舌を鳴らした。「過去の特定の不品行の話はやめましょう」

ジェームズは大笑いした。「それは申し訳ない」自分がいつのまにかミス・ブレイクの舞踏会でのなりすましを完全に許していることに気づいた。

「まったくだわ」ミス・ブレイクは言った。

「神学校に入る前は自宅で教育を受けていたのかい？」ジェームズはなおも彼女の子供時代の話を聞きたくてたまらなかった。

「私の親友であるお母様が教育していたわ」レデ

イ・ダーウェントが言った。「公爵様、詩はお好き？　あなたがいらっしゃる前、私たちはバイロン卿《きょう》の『アビドスの花嫁』の話をしていたの」話題を変えようとしているのが明らかだった。ジェームズとミス・ブレイクに彼女の子供時代の話をしてほしくないのだろうか？

「実は、詩はあまり読まないんです」

そこからはジェームズが最低限しか会話に参加できない文学のことから、ミス・ブレイクの雇い主の図書室とジェームズの図書室のことへと話は続いた。

「サー・ローレンスの図書室にはたくさんの蔵書があるの」ミス・ブレイクがそう結論づけた。

「あなたが大好きなロマンスの本はある？」レディ・ダーウェントがたずねた。

「サー・ローレンスはその点では私と趣味が合わないけれど、それは感心すべき点でしかないわ」

「でも、僕は君と趣味が合う」ジェームズは自分の幸運が信じられなかった。これでミス・ブレイクに再び会うための格好の口実ができる。「つまり母の趣味なんだけど、母はぜひとも君に本を貸したがると思うんだ」

必要な本を買うのを忘れないようにしなくてはならない。どの本を買えばいいか既婚の妹にきいてもいい。あるいは、ロンドンにあるその種の本をすべて買えば、ミス・ブレイクをがっかりさせる可能性はなくなるはずだ。

「まあ、だめよ、そんな厚かましいこと」ミス・ブレイクはきっぱりと首を横に振った。

「何言ってるの」レディ・ダーウェントの声はそれ以上にきっぱりとしていた。「すばらしい考えだと思うわ。アンナ、あなたはとてもよく頑張っているし、休憩時間に読書を楽しめば子供たちにとってより良い教師になれるはずよ。公爵様はきっと、あなたの次の空き時間に本を持ってきてくださるはず。

明日はどう？　明後日がいいかしら？」

「ありがとう」レディ・ダーウェントがあまりに強引だったため、ミス・ブレイクは弱々しく言い、ジェームズは自分が彼女に再び会えるこの好機に喜び勇んだことを申し訳なく思いそうになった。「それはとてもご親切に。そういうことなら……従僕に本を届けさせてもらえるかしら？」

「公爵様は喜んでご自分で届けてくださるはずですよ。むしろ……」レディ・ダーウェントは考え込むような表情になった。

ジェームズは、自分とミス・ブレイクがレディ・ダーウェントのしている何らかのゲームの駒にされているという強い印象を持った。それがいやなのだろうか？　何とも言えない。その答えはもちろん、レディ・ダーウェントのゲームの目的がジェームズの目的と合致しているかどうかにかかっている。現時点では、自分の目的が何なのかはっきりわからなかった。この馬鹿げたのぼせ上がりから回復するために、ミス・ブレイクと二人きりでまた会いたいのは確かだ。その後、必死に愛さずにすむ誰かと結婚したい。それがレディ・ダーウェントが計画している内容と調和しているとはあまり思えなかった。

「そろそろ帰らないと」レディ・ダーウェントが辿《たど》り始めた何らかの思考の道筋をそれ以上辿る前に、ミス・ブレイクが手袋とレティキュールをつかんで立ち上がった。「本当にありがとう。とても楽しいお茶会だったわ」

レディ・ダーウェントも立ち上がった。「普通なら公爵様にあなたを家まで送っていただくようお願いするのだけど、公爵様はさっきいらっしゃったばかりだから、もう少しお話ししたいの。あなたは従僕に送らせるわね」

ジェームズもミス・ブレイクに別れの挨拶をしようと立ち上がった。彼女の手を取り、美しい緑色の目をのぞき込むと、単なる別れの挨拶に許される以上に強く手を握らずにいるのに苦労した。

「さっき言っていた本、家に帰ったら探しておくよ」ジェームズは言った。

「ありがとう。ご親切に」

そう言うとミス・ブレイクは行ってしまい、彼女の背後でドアが閉まると、レディ・ダーウェントがジェームズに椅子に座るよう身振りで示した。

「さてと」彼女は身を乗り出し、ジェームズの膝をたたいた。「アンナがあなたとの交流を長引かせたがらないのは、家庭教師が公爵と友達になってはいけないと思い込んでいるからだと思うの。もちろん、それは極めて異例のことだと人には思われるでしょう。でも、家柄の良い元貴婦人の家庭教師に公爵が求婚することは異例ではないわ。もちろん、公爵が結婚する気のない女性と仲を深めるのは異例でしょうけど」

「そうですね」ジェームズはミス・ブレイクの家柄について質問したかったが、レディ・ダーウェントのように途方もなく率直になる技術を自分は持っていないと感じた。

「私はあなたがほかの貴婦人を扱うのと同じように、アンナをきちんと扱ってほしいと思っているの」レディ・ダーウェントは言った。

「ミス・ブレイクを傷つけるようなことをするつもりはありません」ジェームズは言った。

「では、ご自分がどうされたいのか、できるだけ早く決めてくださるのでしょうね。とりあえず、私は金曜に文学サロンを開くことにしているの。あなたは現代文学にご興味がおありのようだから、喜んで参加してくださるはずだわ」

「ありがとうございます」何ということか。ミス・ブレイクにも参加してもらわなければ、それは拷問のような経験になるに違いない。家庭教師が夜に外出することはできるのだろうか？　外出するものなのだろうか？　さっぱりわからない。とにかく願うしかなかった。

「そろそろ少し疲れてきたわ」レディ・ダーウェントはジェームズに言った。「金曜にお会いできるのを楽しみにしているわね」

　ジェームズは笑った。母とレディ・ダーウェントが互いを嫌っているのも無理はない。二人はあまりによく似ていて、親友になるか宿敵になるかのどちらかしかありえないのだ。

　翌日、ジェームズは午前中をとても慌ただしく過ごした。まずは妹のもとを訪ねて、もう何年も昼食前に顔を見せたことがなかったせいで妹を驚かせ、最新流行の小説について質問したあと、ピカデリーにある書店〈ハッチャーズ〉へ行った。そして午後二時、パントニー家の邸宅の前に、ミス・ブレイクに会うのを心待ちにして立った。

　だがノッカーを持ち上げると、急にこんなことをしてはいけないと感じた。ミス・ブレイクは名づけ親とジェームズに、ジェームズに会うよう丸め込まれたのだ。

　彼女がジェームズに会いたくないのなら、ジェームズがそれを強いるべきではない。

　自分が今感じているのぼせ上がりから回復するためにミス・ブレイクに会いたい、彼女と時を過ごしたいというのは、純粋にジェームズの身勝手だ。二人の間には惹《ひ》かれ合うものがあるとジェームズは感じていた。もし彼女もそれを感じているとしたら、ジェームズが今から散歩に誘ったあと二度と会おうとしなくなることで、彼女を落胆させたらどうするのだ？

　そんなことをしてはいけない。

　そこでパントニー家の執事がドアを開けると、レディ・ダーウェントの代理で自分が持ってきたこれらの本をミス・ブレイクに渡してほしいと言い、本の山を執事に押しつけて立ち去った。

この馬鹿げたのぼせ上がりを忘れるのに、時間が役立つことを願うしかない。

7

アンナ

アンナはみじめにも窓から眼下の街路をのぞき、公爵が実際に本を持って自分に会いに来るかどうか確かめずにいられなかった。

彼が本当に来るのなら、自分がそれをありがたく受け取ることはわかっている。だが、公爵その人に会うことがありがたいかどうかはわからなかった。

正直に言えば、公爵と一緒にいるのは大好きだが、彼にまた会っても何の得にもならないのだから、自分たちの交流は今すぐ終わらせたほうがいいと思っていた。

それでも……公爵が角を曲がって通りに現れ、四冊の本に見えるものを小脇に抱えて歩いてくると、心臓は激しく飛び跳ねた。

公爵が舗道から正面ドアへの階段を上がったあと姿が見えなくなると、アンナは炉棚の上の鏡の前へ行き、髪をなでつけたあと、血色を良くするために頬を軽くつねらずにいられなかった。鏡に向かってほほ笑むと、来客の知らせへの期待で踊りだしそうになりながらドアへ向かい、屋根裏階から階段を下りていった。

従僕が近づいてくる前にホールに着いたが……。

えっ。

アンナの左手にある大理石の天板がついた高級たんすの上に本が積まれ、その山のてっぺんにカードが置かれていて、公爵の気配はなかった。

アンナは笑みが消えるのを感じ、手が喉元へと上がった。

自分はあまりに愚かだった。あまりに愚かだった。

公爵はどうやらアンナに会おうともしていなければ、アンナが感じているほど二人で過ごすことに興味を感じてもいないようだ。レディ・ダーウェントに本を届けるよう仕向けられ、礼儀上それに逆らえなかっただけだろう。だから義務的に本を数冊集め、それを持ってきて、再び姿を消したのだ。

これで完璧なのだと、公爵のカードを見ながら思う。完璧だ。むしろ、アンナが選んだとおりの結果だ。間違いなく。

三日後、夜八時にアンナは名づけ親の家の外でレディ・パントニーの馬車から降りた。レディ・パントニーは本当に、とてつもなくすばらしい雇い主だ。彼女はアンナにレディ・ダーウェントの文学サロンに参加することを強く勧め、家庭教師が偉大なバイロン卿《きょう》をよく知る人々と文学について論じることは娘たちに大いに役立つからと言ってくれた。また、すでに言ったとおり自分は社交界の階段をできるだけ高く、できるだけ上品な方法で上りたいから、レディ・ダーウェントのような有力者に紹介してもらえるならありがたいと冗談めかして耳打ちし、アンナをからかってきた。

本当に、公爵との友情に焦がれる必要はない。アンナは雇い主にも名づけ親にも、そして言うまでもなく、今夜ここへ来るレディ・マリアというすばらしい親友にも恵まれているのだ。

レディ・ダーウェントの話だと、今夜はジェーン・オースティンの最新作『エマ』について議論するために選《よ》りすぐりの女性の一団を集めてあるとのことだ。

何という偶然か、『エマ』は公爵が火曜に届けてくれた本の一冊で、アンナは一ページ目から夢中になった。それを受け取ってから三夜にわたって夜遅くまで、ろうそくの火が消えるまで本を置くことができなかった。午後に子供たちを子守に預けている間、アンナはいつもは庭園広場へ散歩に行くのだが、今日はその時間にそれを最後まで読んだ。毎日の運動を休むことは淑女の生活に関するアンナの厳しい信条には完全に反していたが、その甲斐《かい》あって物語の結末を心から楽しむことができ、おかげでほかの淑女たちと物語について議論できるようになった。

レディ・マリアが客間のドアの前で両腕を広げてアンナを迎え、アンナは喜んで彼女と抱き合った。そのときレディ・ダーウェントが急ぎ足で近づいてきた。

「アンナ、こっちよ」アンナを部屋の中まで引き入れてから言う。「文学愛好家の皆さんにあなたを紹介させてちょうだい」

アンナは淑女たちに次々と紹介されながら、家庭教師の職につく前に名づけ親が贈ってくれた何着ものドレスに心から感謝していた。今アンナが着ているのは感じの良い淡黄色のモスリンのドレスで、その最新流行のデザインはおそらくアンナに似合っていた。ここにいる誰もがしゃれた服装をしているため、いつもの茶色や紺色のデイドレスを着ていては楽しめなかっただろう。

「お会いできて……」レディ・ダーウェントにミセス・トラヴァースと紹介された四十代と思《おぼ》しき身なりの良い女性に挨拶している途中で、アンナはとつぜん大きな驚きに襲われた。部屋の反対側にいる三人の男性の一団が視界の片隅に入ったのだ。

そのうち二人はぶかぶかの上着に染みのついたクラヴァットという、詩人のようなかなり変わった服装をしていた。そしてもう一人は……。

もう一人は背が高く肩幅のある紳士で、濃い色の豊かな髪に、詩人とは似ても似つかない体にぴったり合った服装をしていて、顔に少しぞっとしたような表情を浮かべ、それを見たアンナは胃がきりきりしながらも唇がぴくりと上がるのを感じた。

アンナは紹介された淑女へ無理やり注意を戻し、頭の中では思考がぶんぶん音をたてながらも、及第点がとれる笑顔と挨拶を何とかひねり出せたことに満足した。

次に、レディ・ダーウェントはアンナを男性たちのもとへ連れていった。

名づけ親がアンナを染みつきのクラヴァットの男性二人に紹介する間、アンナは苦心して紹介された相手に集中し、礼儀正しい言葉を発そうとしながらも、頭の中はぶんぶん音をたて、目は三人目の紳士のほうを向こうとしていた。

やがてレディ・ダーウェントが言った。「それからもちろん、公爵様は知っているわよね」おかげでアンナは失礼にならずに彼を直接見ることができた。

アンナと公爵は同時に言った。

「もちろん」

公爵は表情を動かさずにかすかにうなずき、アンナも彼に薄くほほ笑みかけた。

「本を届けてくださって、本当にありがとう」アンナは当然ながらすでに公爵宛の礼状を書いていて、それには本来かかるはずの時間よりはるかに長い時間がかかっていたが、今ここでもきちんと礼を言うべきだろうと思った。

「どういたしまして。楽しんでいただけるといいのだが」

「『エマ』はすでに読み終わったのだけど、ものすごく楽しかったわ。ほかの本も楽しめるはずだし、これらの本を読む機会をいただけてとてもありがたく思っているの。実を言うと物語に没頭しすぎて三日連続で夜ふかしをしてしまって、ろうそくの火が消えてようやくやめられるほどだったのよ。次の本もぜひともすぐに読み始めたいところだけど、この期待感を楽しむためにも、今週の睡眠不足から回復するためにも少し時間を置くつもり」

公爵は笑って言った。「君がそれほど楽しんでくれたと聞いてとても嬉《うれ》しいし、今ある本を読み終えたら、喜んで母の蔵書からさらに本を貸すよ。次は何を読む予定？」

〝ファニー・バーニーの『イブリーナ』〟というアンナの返答は、レディ・ダーウェントが手を打ち合わせ、集まった人々に話しかけたことで遮られた。

「これからジェーン・オースティンの『エマ』について議論を始めます。まだ読んでいないけどこれから読もうとしている方のために、すでに読んだ方は結末がどうなるか言わないよう細心の注意を払ってください。もっと全員で話がしやすくなるよう、皆さんに移動していただきましょう」

たった数分間のうちに、レディ・ダーウェントは毅然《きぜん》としていてどこか恐ろしい、多くの軍司令官が夢見ることしかできないであろう威厳を発揮し、集まった人々を半円状に座らせた。

意図的だが実際にどうやってそれをやってのけたのかは判別できない方法で、レディ・ダーウェントは公爵を半円の左端に、アンナをそのすぐ右隣に座らせ、彼が小声で会話を楽しめる相手がアンナしかいないようにした。

本当に、アンナを公爵と引き会わせようとすることにおいてレディ・ダーウェントを止めることはできない。

そして本当に、アンナの心は公爵とまた話ができることを思って高揚してはいけないのだ。彼と一緒にいることを楽しんでしまえば、この先には落胆が待っているだけだ。二人の交流から何かが生まれることはありえない。公爵は醜聞にまみれた娘とは結婚しないし、それは確かに良いことなのだ。アンナは両親の社会的地位も気性も釣り合っていなかったために生じた惨状を見たことを忘れてはいけないし、自分はそのような結婚をしたくないと思っている。一般的に、信頼できる夫というのは稀《まれ》なのだ。

レディ・ダーウェントは指示を終えると、首をさほど回さなくても全員が見えるよう、半円の真ん中と向かい合う位置から少し後ろに下げた大きな椅子に座った。

「誰から始めましょうか？」レディ・ダーウェントは最初から公爵を指名するつもりでいたかのように、彼のほうを向いた。「アムスコット、ここにいる数少ない紳士の一人として、この本の中心テーマについてあなたの意見を聞かせてくださる？」

「ええと……僕はまだ読んでいる最中でして、最後まで読んだときに考えが変わってはいけないので、あまり多くは話したくないんです。作品はとても楽しんでいます」

「最初のほうのエマその人についてはどう思いますか？　それからもちろん、ミスター・ナイトリーについては？」公爵をからかわずにはいられず、アンナは質問した。彼がこの本をまったく読んでいないのは火を見るより明らかだった。

「ミス・オースティンはこの作品を実に見事に仕上げていると思います。彼女の修辞技法の用い方と物語と登場人物の設定の仕方が好きです。彼女の作風、そして言うまでもなく性格描写に関する皆さんの意見をぜひとも聞きたいです。特に、エマとミスター・ナイトリーについて」公爵は答えた。見事なのは彼のほうだ。本当に、自分が言っていることとの内容を理解しているかのような印象を与えている。

「最後に一つ」アンナはどうしても言わずにいられなかった。「ジェーン・フェアファックスとフランク・チャーチルの関係についてはどう思いましたか？」

公爵はしばらく目を細めてアンナを見つめ、それを見たアンナの唇はいっそうぴくぴく動いたが、やがて彼は穏やかにほほ笑んで言った。「その二人の関係について読むのはとても楽しかったです。よく書けていると思いました。でも、今度はぜひともあなたの感想をお聞きしたいですね。僕がこの会話を長く独占しすぎているような気がするので」

「私はこの本を貪り読んだので、たくさん感想を言ってあなたをうんざりさせたいところだけど、最後に一つ質問させてください」アンナは言った。

公爵はうなずいて言った。「もちろんどうぞ」

「いちばん好きな登場人物は誰で、その理由は何でしょう？」

公爵は首を横に振った。「いません」彼は言った。「作品を心から楽しんだので、選べません。どの登場人物も同じくらい好みだったとか、同じくらい欠点があったと言いたいわけではなく、作者がとても上手に書いていたので順位をつけることができないのです」公爵の顔はレディ・ダーウェントのほうを向いていたが、話し終えるとアンナに勝ち誇った視線を向けてきたため、アンナは笑いだしそうになるのをこらえた。

「とても参考になるわ」レディ・ダーウェントが言った。「アンナ、あなたも公爵の意見に賛成？」

アンナは名づけ親をまっすぐ見て、自分に向けられた公爵の視線を意識しないよう努力しながら言った。「確かにとてもわかりやすかったです。具体的に言うと……」

アンナは今日の午後に読み終えたばかりで、読むのがとても楽しかったため、言いたいことがたくさんあった。やがてそれを本当に読んだほかの人々との会話に夢中になり、ときどき自分が公爵のすぐ近くに座っていることも、少しでも左に動けば肩と太腿が触れ合うことも忘れそうになるほどだった。


それはすばらしい体験だった。アンナは今までこんなふうにほかの人々と文学について議論したことがなかった。両親は読書をしなかったし、レディ・マリアや神学校のほかの友人たちは良く言っても熱意の薄い学生だった。とはいえ、今夜のレディ・マリアは少なくとも『エマ』を部分的には読んでいるように見える。もしかすると、神学校で読まされた本の無味乾燥な内容が問題だったのかもしれない。

公爵のうなずきと小声での同意を挟みながら、議論はたっぷり時間をかけて続いた。例えば、ミス・オースティンの作品の背後にある動機、この作品がとりわけ印象的である理由、彼女が書いた登場人物の中にミス・オースティンが実際に知っている人をモデルにした人物がいるのかどうか、ここにいる人々の中にその人に会ったことがある人がいるのかどうか、といったことについて。

やがて会話が一般的な噂話《うわさばなし》へと収束すると、アンナは自分が公爵のほうを向かないと彼の話し相手がいなくなり、それは失礼に当たるため、彼のほうを向き、誘惑に抗《あらが》えずこう言った。「今夜は修道士の格好をしていなくて良かったわね」

公爵は笑い声をあげた。「修道士の格好をしていなかったことも良かったし、僕がその話で君に印象を残せたことはもっと良かったよ」

「正直に言うと、今夜あなたが聖職者の服装をしているところを見たかったわ」アンナは公爵にほほ笑みかけ、皮肉めかして言った。「あなたはここにいることが嬉しくてたまらないみたいだもの」

「お気づきだと思うけど、僕はあらゆる分野の文学に傾倒していて、ここでは水を得た魚のようだからね」公爵は言い、軽く呆《あき》れ顔《がお》をしてみせたので、アンナは笑った。

「私たちの意見を聞いたせいで、あなたが本の結末を知ってしまっていないことを願うわ」アンナは心配するふりをして言った。「あなたがすでにこの本をほとんど読んでいると言いたいのはわかったし、あなたが述べた意見は確かにこの本に関する知識の幅広さを示唆していたけど」

「僕が述べた意見の中で最も自慢できるのは」公爵は答えた。「よく書けた小説であればほぼどんな作品にも当てはまる点だ。それに言うまでもないが、本を読んで抱く感想は主観的だから、誰も僕を間違っているとは言えない」

アンナは笑った。「とても狡猾《こうかつ》ね。あなたが自慢に思うのも無理はないわ。最近読んだ中で詳しく議論したい本はある？」

公爵は目を細めてアンナを見た。「失礼なことはいっさいしたくないから、起こりうる結果を理解するまでその質問には答えられない。その本についてもっと広く議論しろと言われるのか？　しかも、その議論を今日することになるリスクがあるのか？」

「レディ・ダーウェントに昨日このサロンで議論したい本があるかどうかきかれたときに、ここでの会話はジェーン・オースティンの作品に限られることを知ったけど、もしあなたがほかの作家について語りたいなら、みんなあなたの考えに熱心に耳を傾けると思うわ。私から名づけ親に提案しても構わないのよ」

「僕が届けた本をそこまで楽しんでおいて、僕にそんなにひどい仕打ちをするなんて信じられない」

「あなたの言うとおりね」アンナは反省したふりをしてほほ笑んだ。「私はとても感謝しているから、これ以上あなたをいじめるのはやめておくわ」

「ぜひそうしてくれ」公爵はほほ笑み、ほかの人々は存在しないかのようにアンナの目を見つめたため、アンナは急に息切れがしてきた。

「もし私がほかの誰にもあなたの答えを教えないと約束したら」アンナは公爵の近さに、すばらしく低くかすれた彼の小声と角張ったあごの親密さに圧倒されないようこらえながら言った。「いちばん好きな作家を教えてくれる?」

公爵はアンナにもう二、三センチ近づいた。「もし秘密を守ってくれるなら……」いっそうかすれた声に、アンナの肌が粟立《あわだ》つ。「君に打ち明けても構わない」

「それは光栄だわ」アンナは息を切らしたまま言った。「あなたの秘密を教えてもらえるなんて」

公爵の視線はアンナの目から一瞬口元へ落ち、アンナはごくりと喉を動かした。

「それは……良かった」公爵は言った。

アンナは気づくと舌で唇を湿らせていた。

「それで……僕の秘密だが」公爵は再びアンナの唇を見つめ、アンナは世界中に自分たち二人しかいないような気がした。

「何?」アンナはささやいた。

「誰にも言わないと約束したことを忘れないでほしい」

「約束は守るわ」なぜこの会話がとてつもなく大胆に感じられるのか説明ができなかった。

「それで、質問は何だったかな？　質問には正確に答えたいんだ」公爵はアンナの顔から視線を動かさず、さらにアンナのほうに体を向け、二人の膝の外側が触れ合った。

「あっ」アンナは甲高い声を出した。

公爵の口元に薄い笑みが浮かび、アンナはほほ笑み返した。

二人は今や二人きりになったかのように、互いをただ見つめていた。

実際には二人きりではない、とアンナは急に思い出した。

「質問は」できるだけきっぱりと言う。

「ああ、そうだ、君の質問。ミス・ブレイク、どんな質問でもいい、秘密にしてもらえる限りは答えるつもりだ」

アンナは深く息を吸った。胃の中が完全に液状になったかのようだ。とても熱い液に。

今は何を話していた？　質問は何だった？　ああ、そうだ。

「あなたの」アンナはささやいた。「いちばん好きな作家は？」

「僕のいちばん好きな……」公爵はゆっくり言い、アンナは彼の美しいくっきりした口が言葉を紡ぐ様子を見つめずにいられなかった。「作家は……」彼はさらにアンナのほうへ身を乗り出し、二人の膝はさらに触れ合った。「ジェスロ・タルだ」

「ジェスロ・タル？」アンナはまたも甲高い声を出した。

「最近読んだ唯一の作家だ」

「私……」公爵が自分を見る目つきがあまりに……

そう、刺激的だったため、アンナは自分たちが何の話をしているのか今にも忘れるところだった。「ミスター・タルの作品をよく知らないわ」

「彼は前世紀の農機具と農法について書いている。僕はちょうど『農耕馬による農業』という著書を読んでいるところだ」

「まあ。何て……興味をそそられるのかしら」

「とてつもなく興味をそそられる」公爵の唇の端が上がり、彼が興味をそそられているのはミスター・タルだけには見えなかったため、アンナは言葉が出てこなかった。

そこから二人はただ座ってほほ笑み合っていたが、アンナは心臓が胸から飛び出しそうだった。

アンナはちょうど今みたいに公爵の笑みが広がると目尻に寄る細かいしわが大好きで、とにかく広い彼の肩幅と、体にぴったりした上着の下で筋肉が動くさまが見えるのが大好きだった。そして、ただ公爵と一緒にいることが大好きだった。

公爵は再びアンナの唇を見つめ、アンナは自分が爆発するのではないかと思った。本当に、何か理性的な会話を再開する必要がある。

「ジェスロ・タルはどのくらいの頻度で読むの？」アンナはこの会話のとてつもない甘美さにため息をつかないよう気をつけながらたずねた。

彼は何冊本を書いているの？」アンナはこの会話の
「僕は彼が何冊書いているか正確には知らないし、熱心な読者でもないけど、ときどき読んで楽しんでいるのは事実だ……」公爵の声が少し潜められた。

「ベッドの中で、寝る前に」アンナが見つめていると彼の喉が動き、アンナは彼がその……ベッドの中にいるところを想像するのをやめられなかった。彼が唾をのんだことから、彼も同じような想像をしているのがうかがえた。きっとアンナにまつわる想像だろう。

「ベッドの中で」アンナはそう繰り返したあと、息をのんだ。私は何を言っているの？　品格ある家庭教師は未婚男性とベッドの話などしない。とりわけ、ほかにも人がいる文学サロンでは。アンナは深く息を吸った。「私もミスター・タルの著書を読んでみるわ」できるだけきびきびした口調で言う。

「読みたいならいつでも喜んで本を貸すよ」公爵の口調はとても真剣だったが、目はとてもおどけていて、その組み合わせが魅惑的だった。

「あなたの読み物を取り上げるわけにいかないわ」アンナは答えたが、筋の通った一文を紡ぐのがやっとだった。

「思うんだが……」

アンナが大いに落胆したことに、公爵の言葉はレディ・ダーウェントが両手を打ち鳴らす音に遮られた。「皆さん、そろそろ軽食をいただきましょう」

レディ・ダーウェントは客間の反対側の奥に小さなテーブルをいくつか置いてまわりに椅子を並べていたため、全員言われたとおり彼女についてそこへ行った。

「私は自分が名づけ親を務めているミス・ブレイクと、もちろん公爵と座らせていただくわ」レディ・ダーウェントは宣言した。「ハンサムな若い男性とのお喋《しゃべ》りが楽しくないふりはできませんからね」

そしてアンナがそれが嬉しいかどうか、公爵と名づけ親と同じテーブルに座るべきかどうかを考える間もなく、レディ・ダーウェントに彼女のテーブルへ連れていかれた。

「まったく、アムスコット」レディ・ダーウェントは小さな蟹《かに》のタルトを上品に一口かじった。「あの本に関するあなたの中身のないお喋りは見事だったわ。本当に読んだのかと思いかけたもの」

公爵は背もたれには広すぎる肩で椅子にもたれかかってどっこりした。「僕は四日前までこのサロンにお呼ばれすることを知りませんでしたから。もっと時間があれば、もちろん喜んで最後まで読んでいたでしょう」

「そういうことなら」レディ・ダーウェントは勝ち誇ったようにほほ笑んだ。「次回はどの本について議論する予定か、あなたに教えてさしあげるわ」

アンナは〝次回〟があることを思ってひそかにほほ笑んだが、こうした場に自分が愛着を感じすぎるのがとても危険であることはわかっていた。

だがもしかすると、このような選りすぐりの催しに名づけ親とともに参加し続けることができるなら、興味深く充実した人生が送れるかもしれない。そしていつか、公爵に抱いたような感情を抱ける、結婚したいと思える男性に出会えるかもしれない。いや、なぜ今そんなことを思ったのだろう？　避けられるものなら結婚はしないと決めたのでは？　それにもし結婚するとしても、夫は公爵に対するような気持ちを抱かずにすむ男性であるべきなのでは？

「次回ですか？」公爵が問いかけ、アンナはとたんに気分が少し沈むのを感じた。それはひどく馬鹿げている。このサロンは公爵がいなくてもとても楽しかったに違いないのだから。

「次回よ」名づけ親はきっぱり言った。

公爵は笑った。「もちろん喜んで参加します」彼はアンナのほうへ一瞬だけ視線を向け、それに気づいたアンナは笑みを浮かべた。「本に関する議論なら、何度でも」

「公爵様、今回と同じくらい深く本の分析をすると約束してくださる？」アンナはせいいっぱい控えめな調子でたずねた。

「もちろん」公爵は言った。

そしてテーブルの下で、自分の足でアンナの足をごく控えめにつつき、その間もいかにも愛想の良い表情を崩さず、アンナはあまり控えめではない音をたてて息をのんだ。

「アンナ、大丈夫？」レディ・ダーウェントがたずねた。

「大丈夫よ、ありがとう」公爵が次に何をしてくるかを考えて心臓がこれほど激しく打っていても体から飛び出さないのであれば。

それから三人はいくつもの無難な話題について穏やかに話し、その間中、公爵のふるまいも同様に無難だった。実に期待外れなことに。

やがて帰り始める客が出てくると、アンナも気乗りしないながらも立ち上がった。

「今夜は本当にありがとう」アンナは名づけ親に言った。「とっても楽しかったわ」

「家へは私の馬車で帰りなさい」レディ・ダーウェントは命じた。「公爵が外まで送ってくださるわ」

「もちろんです」公爵はすぐさま立ち上がってアンナに腕を差し出し、アンナは恥ずかしくも、完璧に無害な形であっても再び彼に触れるチャンスが得られた喜びで内心身悶《みもだ》えした。

二人で玄関のドアの外の階段を下りる間、公爵はまわりの人に聞こえないよう身を屈《かが》めて言った。

「さっきは会話の途中でじゃまが入ったね。続きを話したほうがいいかもしれない。やっぱり僕と〈ガンターズ〉へ行ってくれないか？　あそこのアイスはロンドン一だと思っているんだ」

アンナは自分がそのことについてすでに考えていて、公爵と二人きりで会うこと、そもそも彼と会うこと自体が良くないと判断したのはわかっていながら、今はそう思った理由が思い出せなかったし、例えば文学サロンでまた彼に会うことがあるのなら、ティーショップへの誘いを断ることにほとんど意味はないように思えた。

そこで、こう言った。「あら、ロンドン一だと言われたら断るわけにいかないわ」

「良かった」公爵の笑顔がアンナの体内を溶かした。

「楽しみにしているよ。明日、時間を知らせる手紙を送る」

公爵はアンナを馬車に乗せるときに必要以上に長く、何とも甘美なやり方で、まるで何かを約束するかのようにアンナの手を握り、必要以上に長く視線を合わせてほほ笑みかけてきた。

アンナは黙ったまま、ほほ笑み返した。二人で〈ガンターズ〉へ行くことを自分が必要以上に楽しみにするのはわかっていた。

8

ジェームズ

善は急げとばかりに、ジェームズは翌日起きるとすぐティーショップへ行く日を決めるためにアンナへ手紙を書いた。

返事はなかなか来ず、午後になってやっと届けられた。だが、その返事はすばらしい内容だった。アンナは明日〈ガンターズ〉へ行くことに同意してくれていた。

約束の時間どおりに二頭立て二輪馬車《カリクル》をブルートン・ストリートに停《と》めたジェームズは、大人の男性がティーショップへアイスを食べに行くところだとは思えないほど胸を高鳴らせていた。

アンナともう少し長く一緒にいようとしているのは、二人が実際には人生の伴侶として相性が良くないことを確認するためなのだと自分に思い出させなくてはならなかった。ただ、この馬鹿げたのぼせ上がりから回復したいだけなのだと。

パントニー家の正面ドアのノッカーを持ち上げながら、レディ・ダーウェントが彼女を洗礼名で呼んでいるのを聞いて以来、アンナをミス・ブレイクとは呼べなくなっていることに思いを馳《は》せる。アンナという名は彼女にぴったりだ。古典的で、落ち着いていて、上品で、響きがかわいらしく、少しだけ生意気な雰囲気がある。何ということだ。まるで文学サロンに影響を受けたかのように、ひどく詩的になっているではないか。

パントニー家の執事がジェームズにホールで少し待つよう言ったあと、呼び鈴を鳴らした。ほどなくして足音が聞こえ、アンナが階段のカーブの向こうから姿を現した。

アンナはジェームズを見ると笑顔になり、ジェームズはほほ笑み返したとたん、今日という日が光に包まれた気がした。またただ、また詩的なことを考えている。

「こんにちは」ジェームズは言い、再びアンナと一緒にいられるという非常に喜ばしい事実に慣れるまで、彼女の興味を引くような言葉はそれ以上出てこなかった。「今日の君はとてもすてきだ。いつものことだけど」

アンナは笑った。「ありがとう」

彼女は濃い緑色の丈の長いマント《ペリース》をはおっていて、その下にクリーム色のビーズ飾りがついた同じ色のドレスを着ていた。その姿は魅力的で、高価な装いのように見えた。家庭教師の給料でそのような服を買えるはずがなく、実際、公園で会ったときのアンナはもっと地味で簡素な仕立てのドレスを着ていた。彼女は財政難に陥ったために家庭教師の道を選んだはずだ。どうやってこの服を買ったのだろう？　もしかすると、以前の生活をしていたころに着ていたものかもしれない。あるいは、レディ・ダーウェントか誰かからの贈り物だろうか。

ジェームズはアンナが家庭教師になったいきさつを知りたくて仕方がなかった。彼女が困窮しているとは思いたくなかった。

「天気が良いね」二人で家の外の階段を下りながら、ジェームズは言った。

「本当に」アンナは同意した。「雨が続くのではないかと心配していたけど、雲はもうすっかり晴れたみたいね」

「今朝は通り雨の合間に子供たちを散歩に連れていけた？」

「短時間の散歩には出かけられたし、子守がこれから一時間ほど子供たちを庭へ出すと思うわ」

「カリクルに乗るのを手伝うよ。寒くならないよう、脚に掛ける毛布も用意した」アンナを持ち上げた瞬間、彼女の重みを腕に感じるのはとても心地良く、ジェームズが隣に座って手伝えるようになる前に、彼女がすでに自分で毛布を掛け終えてしまったことはひどく残念だった。

「ありがとう」アンナは言った。「カリクルに乗るのは初めてなの。本当にすてきなおもてなしだわ」

「それを聞いて嬉《うれ》しいよ」ジェームズは手綱を取り、馬たちに歩き始めるよう合図した。「君は……」アンナの背景についてもっと知りたくて仕方がない。気になるのは、単なる好奇心からだろうか？　違う、とジェームズは思った。アンナのことを大事に思い始めていて、彼女が本当に幸せかどうかを知りたいのだ。「君はどうして家庭教師になったんだ？」誘導尋問をするのは傲慢な気がした。単刀直入にたずねるほうがいい。だが、アンナはそのことをジェームズに話したくないかもしれない。「ごめん、この質問には絶対に答えなくてはいけないわけではないから」

「質問に答えるのは構わないわよ」少し間を置いたあと、アンナは言った。「そんなに珍しい状況ではないと思うわ。悲しいことに両親は貧しくて、母が生きている間はまだ暮らしていけるだけのお金があったんだけど、母が亡くなると私は収入源も失ってしまったの。だから自分でお金を稼ぐしかないと考えて、本当に幸運なことに、レディ・ダーウェントにも協力してもらってこの働き口を見つけた。レディ・ダーウェントは私をコンパニオンとして雇ってもいいと言ってくれたけど、彼女はまだ本当にコンパニオンが必要な年齢にはなっていないし、私は施しを受けることなく、名づけ親と今のままの関係を保つほうがいいと思ったの」

「ご両親のことは本当にお気の毒に。それは最近のことかい？」

「ありがとう。父は、ええと、つまり、その……」アンナは言葉を切ってから続けた。「父は何年か前よ。母はもっと最近。でも、レディ・ダーウェントみたいなすばらしい名づけ親がいてくれて本当に運が良かった。あなたも別れを経験したのよね。それは本当に悲しいことだけど、幸運にもまだ生きている私たちは、目の前の人生を全力で楽しまなくてはならないと思うの。もちろん、最初の深い悲しみから立ち直ったあと、ということだけど」

「同感だ」ジェームズは手綱を片手にまとめ、つかのまアンナの手を握った。できることなら彼女を強く抱きしめたいと思っている自分に気づいてショックを受ける。

「ありがとう。だからこそ」アンナは言ったが、その声がかすかに震えていることから、本人は認めないであろうほどに感情が揺さぶられていることがうかがえた。「私たちは今日、最後の一口までアイスを楽しまなくてはならないわ」

ジェームズは笑った。「それも同感だ」

ゆったりした速さで馬車が通りを進み、〈ガンターズ〉があるバークリー・スクエアに入る間、ジェームズの一部は物理的にアンナと一緒にいることをただ楽しみ、別の一部は彼女に合わせてとりとめのないお喋《しゃべ》りをし、さらに別の一部は彼女がさっき言ったことについて考えていた。自分の背景に関するジェームズの質問に答えながらも、アンナが実質的には答えを提供していないことには気づいていた。上流階級の女性が家庭教師になる事情とは何だろう？　アンナから読み取れるような育ち方をしたあと、経済的に困窮し、仕事をすることを選ぶ事情とは？

また、アンナは両親を失ったことを打ち明けてくれたが、それはわかりきっている。両親が健在なら、家庭教師として働かざるをえない状況になどなるはずがない。

アンナの返答は、ミス・オースティンの本に関するジェームズの返答によく似ていた。どこまでも一般論なのだ。

ジェームズがそんなふうに答えたのはその本を読んでいなかったからだが、アンナがそうしたのはもちろん、ジェームズにそれ以上詳しい話をしたくないからだ。これ以上開示したくないという彼女の意思は尊重するべきだ。そして、ジェームズがここにいるのはあくまでアンナに感じる馬鹿げたのぼせ上がりから回復するためなのだから、彼女の背景をこれ以上追求する必要はない。

「話は変わるけど」ジェームズは言った。「といっても人生をめいっぱい楽しむというテーマは続くんだが、君の『エマ』への情熱に感化されて、僕もあの本を読み始めたんだ。僕の友人にあれを読んだ人はほとんどいないと思うし、ミス・オースティンも女性の読者を念頭に書いていると思うが、正直に言って読んでいて楽しいし、君が言うとおり彼女の作風も機知も大好きだ」

「まあ！　あなたのお役に立てて本当に嬉しいわ。それに、少し驚いていることも認めなくては。金曜のあなたには、文学と深く関わろうとしている男性の雰囲気がなかったもの」アンナはそう言いながら横目でジェームズを見上げて少し生意気そうにほほ笑み、ジェームズも彼女に笑顔を返した。

そしてまたしても、二人で黙ったまま馬鹿みたいにほほ笑み合うという、今までにも何度かあったあの時間が流れた。

ジェームズは馬の速度をゆるめ、ティーショップの外で止めた。アンナがジェームズの顔を見上げると、ジェームズはもしここが公共の場でなければ、舞踏会で自分がしたこと、すなわち身を乗り出して彼女にキスすることを我慢できなかっただろうと思った。くそっ、キスができればいいのに。アンナの唇はわずかに開き、頬はやや上気し、海のような緑色の目は長いまつげで縁取られ、視線はまっすぐで、そのすべてが極上の誘惑を作り出していた。

だが、二人は停車中のほかの馬車に囲まれている。客が馬車で来て、その中で待っている間に給仕されるのが一般的な習慣なのだ。

「そのうち給仕係が注文をとりに来るはずだ」ジェームズはアンナの官能的な唇から気を逸《そ》らすために言った。

「アイスを食べるのが本当に楽しみ」アンナは顔をしかめた。「ところであなたは私に本を貸してくれているのに、どうやって『エマ』を読んでいるの？」彼女はたずねた。

くそっ。やってしまった。気をつけていないとそのうち、アンナに〝貸した〟本はすべて新たに買ったものであることを認めてしまいそうだ。『エマ』に至っては二冊目を買っていた。

「『エマ』は妹も母も持っていたんだ。良い本は何冊あっても困らないものだよ」自分は嘘《うそ》をつくのがうまいようだ。それが自慢できることなのかどうかはわからないが。

「まあ、そうなの。改めて、私に本を貸してくださってありがとう。もちろん、あなたに必要になればすぐに返すわ」

「好きなだけ持っていてくれればいい。今まで話してくれたことから察するに、君は僕の妹の一人か二人は別として、僕の家族の誰よりも熱心な読書家だし、どんな作家も自分の作品ができるだけ広く読まれることを願っているはずだから」

「ありがとう」アンナが見せてくれた笑顔は、本を数冊調達しただけのジェームズにとっては大きすぎるご褒美だった。

「どういたしまして」ジェームズは言った。

「妹さんの話を聞かせてもらえる？　何人かいるような言い方だったけど」

「いいよ」ジェームズは家族といる時間が大好きなため、家族の話をするのは大歓迎だった。「話が長くなりすぎたら遮ってほしい。話すことがたくさんあるんだ。妹は六人いる」

「すごい」

「そうなんだ」

妹たちのいくつかの逸話にアンナが笑うと、ジェームズは大きな満足感を覚えた。アンナの笑い声が好きだし、自分が何らかの形で彼女を喜ばせたと思えるのが嬉しかった。そして人は誰でも笑うことを楽しむものだ。

給仕係が近づいてくるのが見えると、ジェームズは末の二人の妹にまつわる話を終わらせて言った。

「長く喋りすぎたね。ごきょうだいは？」

「いないの。欲しかったわ。たくさんの家族に囲まれるのはすばらしいでしょうから。まあ、見て、みんないろいろなアイスを食べているのね」アンナはほかの馬車に乗っている人々のほうを目で示した。「どの味を選べばいいのか見当もつかないわ」

アンナが家族の話を避けたがっているのは明らかだった。最近死別したことを思えば無理もない。そしてもちろん、ジェームズは彼女が望まない方向へ会話を進めるべきではない。

「本当においしいのがいくつかあるよ」ジェームズは言った。そしてこう言い添える。「ここには何度か来たことがあるんだ。いつも妹と一緒だけどね」何らかの理由から、自分がアンナを連れてきたのと同じように別の若い淑女を連れてきたことがあると思われたくなかった。

数分後、アンナはメニューをじっくり眺め、ジェームズはそのチャンスを利用して彼女を観察した。アンナはすばらしく表情豊かで、髪の色にはほれぼれとさせられる。彼女を見ているだけで何時間でも過ごせそうだ。正直に言って、そう思うのは少し妙なことで、自分は正気を失ってしまったのではないかとジェームズは思った。

「どうしましょう」アンナがメニューから顔を上げ、ジェームズの思考は遮られた。「あなたがここへ来たことがあるのはわかっているけど、声に出して読み上げずにいられない味がいくつかあるわ。本当においしそうなんだもの。メープル、ベルガモット、パイナップル、ピスタチオ、ジャスミン、ホワイトコーヒー、チョコレート、バニラ、エルダーフラワー、パルメザン、ラベンダー、アーティチョーク、コリアンダー」

ジェームズは今まで誰かがメニューを読み上げるのをこれほど楽しんだ覚えがなかった。アンナの声が大好きで、彼女が何か面白いものを見つけたときに鼻にしわを寄せて自分を見るのが大好きだった。

「何にいちばん惹《ひ》かれる?」ジェームズはたずねた。

「選べないわ。おいしそうな味を食べたいのはもちろんだけど、変わった味も食べてみたいの。どんな味か確かめるためだけに。だから、いつまでも迷ってしまう」

「提案してもいいかな?」

「もちろん」

「アイスを複数、変わった味とおいしい味を選んで、全部少しずつ食べるのはどう?」

「食べ物を無駄にはできないわ」アンナは言った。

「貧しい人の話を見聞きするもの。全部は食べられないとわかっている食べ物を注文するのは良くないことだと思う」

アンナ自身はどんな貧困を経験して働くことを決めたのだろうとジェームズは思った。

アンナの言い分はもっともで、ジェームズも食べ物を無駄にはしたくなかったが、アンナに楽しんでほしかったし、食べたい味は全部食べてもらいたかった。

「じゃあ、こうしよう」ジェームズは自分の天才ぶりに満足しながら言った。「今回はいくつかだけ選んで、そのうちまた来て別の味を食べればいい。君が来たいと言うなら何度でも僕は喜んでお伴《とも》するよ」

「とても優しいのね」アンナはにっこりして言った。

その笑顔を見ただけで、ジェームズは今にもため息をつきそうになった。

「優しいんじゃない、身勝手なんだ」ジェームズは言った。「僕は君といる時間がとても楽しいから、ここへ来るのも本当に楽しい。二度目も三度目も、君が望む限り何度目でもきっと楽しい」

「あなたの優しさにそこまでつけ込むことはできな

いけど、今アイスを食べることは私も本当に楽しみにしているわ」

ジェームズは絶対にまた来ようとアンナを説得するつもりだったが、それは後回しにすることにした。アイスをいくつか食べれば、今回味見しなかったアイスも食べたくなるかもしれない。

「とりあえず」ジェームズは言った。「君は大きな決断を下さなくてはならない。四種類くらいなら二人で食べられるはずだ。僕は大食いだからね。どの味にする？」

アンナは熟考を重ね、その間ジェームズは考え込むように首を傾《かし》げてメニューを読む彼女から目を離せず、やがて彼女が宣言した。「決まったと思うわ。まず、パルメザン。当然の選択よ」

「当然だ。一つはチーズ味にしないと」

「ええ、そうよ。次に、野菜を一つ入れたいから、アーティチョーク。花も一つ入れたいから、スミレ。あとは本当に自分が好きなもので、パイナップル&メープルね」

「完璧な組み合わせだ。パルメザン、アーティチョーク、スミレ、パイナップル&メープル。これ以上おいしそうな注文はできないと思う」

「公爵様」アンナは厳しい目でジェームズを見据えた。「私のやる気を削《そ》ぐつもり？　それなら成功しているわよ。私、もう一度選び直したほうがいい気がしているもの」

「ミス・ブレイク」ジェームズは彼女をアンナと呼びたくてたまらなかった。この堅苦しさは馬鹿げているように思えた。「まず、僕のことはジェームズと呼んでもらいたい」

「それはなれなれしすぎると思わない？」

ジェームズは誰にも聞こえないよう声を潜めて言った。「不作法なことは言いたくないけど、人が誰かとキスした場合、その相手を洗礼名で呼ぶことが不適切にあたるとは思えない」

「もう！」アンナがあげる甲高い声ほどかわいらしい音をジェームズは聞いたことがなかった。「公爵様。ジェームズ」

「何だい？」

「今の言葉は言語道断よ」

「僕は大いに楽しんだから、残念ながら謝ることはできないね」

「まったく、あなたをぴしゃりとやるためにレディ・ダーウェントから扇を借りてこないと」

「君が扇を持っていなくて僕の手の甲は感謝しているよ。でも、君が扇の上から目を出してちらちら見る姿はすてきだと思う」ジェームズはアンナをからかわずにいられなかった。彼女の笑い声とふくれっつらの組み合わせは、今まで見た何よりも魅惑的だった。

「私たちの会話、悲しいくらい脱線している気がするわ。あなたはほかに何か私に言いたいことがあるんじゃなかった？」

「ああ、あったと思う」ジェームズはアンナにほほ笑みかけた。「でも、忘れてしまったようだ。君といると、僕は我を忘れてしまう」

アンナはジェームズのほうへ身を乗り出し、わざと大げさな、淑女らしからぬ呆《あき》れ顔《がお》を作ってみせた。

「ミス・ブレイク。僕はショックだ」

「私もよ」アンナは快活に言い、ジェームズは大笑いした。

すぐにアンナも一緒になって笑いだし、このすばらしい女性と一緒にくだらないことで笑う以上にしたいことは何もないとジェームズは思った。

やがて笑いがやむと二人とも目から涙を拭い、アンナが今も笑いのせいで軽くしゃっくりをする間、ジェームズは自分がこののぼせ上がりを頭から追い出すことに少しも成功していないことに気づいた。

だが、実際にはアンナとそこまで長い時間を過ごしたわけではない。彼女がアイスを食べる姿を見たら、考え直すことになるかもしれない。あるいはジェームズがアイスを食べる姿を見たアンナが、ここから全力で逃げ出したいと思うかもしれない。この午後が終わるころには、二人ともこれで互いを至近距離から見ずにすむことに心からほっとしているかもしれない。

給仕係が二人の前にアイスを置いたことでジェームズの思考は遮られ、これですぐにでも、アイスを食べることがくだらないのぼせ上がりに影響を与えるかどうかを確かめられるようになった。

「私、科学的に進めるつもりよ」明らかにジェームズの上の空とはかけ離れた様子でアンナが言った。「いちばん好みではなさそうな味から始めて、いちばん好きそうな味を最後にするの」

ジェームズは首を横に振った。「それはリスクが高すぎるんじゃないか？　いちばん好みではなさそうだと思った味が、実際にはいちばん好みだったらどうする？　最初が良くて最後がいまいちでは、がっかりするだろう」

「それもそうね」アンナはスプーンを宙で止めて考え込んだ。「これは慎重に考える必要があるわ」

「でもアイスが溶けてしまうから、慎重になりすぎてもいけないよ」

「確かに。好みではなさそうなものから好みのものへ順番に一口ずつ食べたあと、状況を評価し直すのがいいかもしれないわ」

「実に思慮深い」ジェームズは賛成した。

「でも……」アンナのスプーンは宙で止まったままだ。「今気づいたのだけど、私はあなたにとても失礼なことをしているわね。とても自分勝手だわ。あなたはどれを最初に食べたい？」

「いいんだ、これは君のごちそうで、僕は君が食べきれなかったものを片づけるためだけにここにいるんだから」

「本当にいいの？　私が無理強いしているような気がするけど」

「君が僕に何かを無理強いすることなんてできない」ジェームズはごく真剣に、心からそう言った。

アンナもとつぜん真剣な顔になり、しばらくジェームズを見つめたあと言った。「あなたはとても優しい人だわ」

「違うんだ、本当に」ジェームズは言った。優しいはずがない。ジェームズがここにいるのは、自分が彼女に感じているのぼせ上がりを頭から追い出したいからにすぎない。それは優しさとはほど遠い。

「お互い意見が違うということで同意して、アイスを食べ始めないと、あなたが言うとおり溶けてしまうわ」アンナは二人の間に視線をやった。「私はもちろん最初にアーティチョークを食べるわね。ほかよりも好みではない気がするから」

「どうぞ」

アンナはアーティチョークにスプーンを入れ、少量をすくった。

今のところ、アンナがアイスクリームを食べる様子を見るのは、ジェームズののぼせ上がりを鎮めるのに少しも役に立たなかった。彼女のスプーンの持ち方、集中したあと少しほほ笑んでジェームズを見る様子、どれも最高に快かった。慎重だが、慎重すぎない。

そして美しい口を開けてスプーンを入れるのだが、ああ、そのスプーンを一秒間口の中に入れたままにする様子ときたら。ジェームズは彼女がほかのものを口の中に入れるところを想像していた。そして彼女がそれを味わい、堪能するところを。

自分はどうやって舞踏会の晩餐《ばんさん》の間、アンナの向かい側に座り、彼女が食事をする様子を最初から最後まで見ながら欲望で爆発せずにいられたのだろう？

アンナは一口食べ終えると軽く身をよじり、そのせいで胸があまりに魅惑的に動いて、ジェームズは正気を保つのが難しくなった。そして彼女は言った。

「私が間違っていたわ」

「そうなのか？」ジェームズは何とかそう言った。

「ええ。アーティチョークのアイスクリームは最高よ。あなたもすぐに食べてみてちょうだい」

「わかった」ジェームズの声は少ししゃがれて響いた。

ジェームズはアイスにスプーンを入れたあと口まで運び、その間ずっと手と口にアンナの視線を感じていた。

「すばらしい」自分が言っているのがアイスのことなのか、アンナの視線が自分の一挙手一投足を追う感覚なのかはわからなかった。


アンナはごくりと喉を動かし、視線を上げてジェームズと目を合わせた。「そうなの」

二人は長い間見つめ合っていたが、やがてアンナがおそらく意志の力で視線を逸らして言った。「次のを食べてみないと」

「そうだね」

「次はスミレよ」アンナはきっぱり言った。

そして彼女がスミレのアイスをスプーンですくうと、ジェームズはアンナがスプーンを口に入れてそっと吸う様子をすでに見ているのに、彼女のその姿を見たことでやはり体がとても気まずい形で反応した。この調子では、午後が終わるころにはわけのわからないことを口走るみじめな男に成り下がっているだろう。

アンナは一瞬目を閉じたあと首を傾げ、自分が感じている味に強く集中する様子を見せたあと、目を開けてのみ込んだ。

ジェームズは深く息を吸い、頭の中をはっきりさせるために首を振った。

「今のはどう？」ジェームズはたずね、普通の声が出せた自分に感心した。

「すごくおいしいけど、アーティチョークほどの感動はないわ。予想とは逆ね」

「それは興味深い」ジェームズは自分もスミレのアイスにスプーンを沈め、ほかのものをどこかへ沈めることについて下品なことは考えないよう努力しながら味わった。「本当だね」ジェームズは言った。そしてどういうわけか、こう言い添えずにはいられなかった。「僕たちはアイスクリームの好みがとても合うみたいだ」

「私が思うに」アンナは言い、次のアイスにごく慎重にスプーンを入れた。「それはまだ決まったわけじゃないわ。もしかすると、次の二つでは意見が大きく分かれるかもしれないんだから」

「確かにそのとおりだ」ジェームズは認め、再びアンナの様子を見守ったあと自分も一口食べた。

アイスを一緒に食べていると、アンナを見る楽しみがいっそう高まっていくという、ありえそうにないことが起こった。

「やっぱりアーティチョークがいちばんだわ」最後の味見を終えたあと、アンナは結論づけた。「パイナップル＆メープルが僅差で二位につけているけど」

「同意するよ」ジェームズは今やアンナのどんな意見にも同意しそうだった。「これで僕たちはアイスの好みが合うことが証明されたわけだ」

「いいえ、この四種類のアイスの好みが合うことが証明されただけよ」

「そういうことなら」ジェームズは勝ち誇ったように言ったが、これが自分の望みだという確信すら持てなかった。この午後が始まったときは、このあとまた彼女と会うことなど望んでいなかったのだ。

「もう一度来て、別の四種を試さないといけない」

「それが正解なのかも。絶対とは言えないけど、たぶん。さてと、とても残念だけど、私はそろそろ家へ帰らなくちゃ」

「もちろんだ」ジェームズは大きな落胆を感じていたが、それはこの午後に意図していたこととは矛盾していた。その意図を忘れずにいるのはとても難しかった。

自分に正直になるなら、それはもしかすると、のぼせ上がりが強くなっているからかもしれない。あるいは、アンナが家族に関する質問に答えたあとは、二人で軽薄なお喋りを再開したからかもしれない。そのせいで、ジェームズはいまだにアンナのことをほとんど何も知らないのだ。

ジェームズは手綱を握り、馬たちに前へ動くよう促しながらこうたずねていた。「君は馬車を操縦できる？」

「いいえ。その機会が一度もなくて。でも馬は大好きだし、この二頭はとてもすばらしいわ」

「それにもちろん、この馬車を操縦している人間の技術も」

アンナは笑った。「もちろん、あなたの技術もすばらしいわよ」

ジェームズも笑ったあと、思わず言っていた。「僕たちはまた〈ガンターズ〉へ来なければならないと思う。君が言ったとおり、もっとたくさんのアイスを味見しないと、本当に僕たちのアイスクリームの好みが合うかどうかわからないし、君は馬車を操縦する機会を一度は持ったほうがいい。アイスを食べることと馬車の教習を組み合わせればいいんだ」

ああ、僕はいったいどうしてしまったんだ？　人が手綱をとる馬車に乗るのは嫌いだから、普段は何があろうとも自分の馬を操縦させてほしいと頼まれても断るし、そのような拷問を自ら申し出るなどもってのほかだ。馬のことも、自分が正気を保っていられるかどうかも心配だった。だがよく考えると、今はそれが拷問になるとすら思っていない。

アンナと一緒に過ごすためなら、自分は手段を選ばないのだろう。

9

アンナ

アンナは公爵……ジェームズが馬の手綱を握り、自分にほほ笑みかけている姿を見て、ごくりと大きく唾をのんだ。彼は……彼は……最高だ。

ユーモア。

優しさ。

力強くハンサムな顔。

腕の、肩の明らかなたくましさが、公爵といればいつでも安全であることを請け合っていた。いや、すべてが安全なわけではない。心は安全ではないかもしれないとアンナは思い始めていた。だが身体的には、彼が自分を守ってくれると思えた。馬車の操縦がうまいのも確かだった。

同時に、今は公爵にアイスのお礼を言って別れを告げるのが得策であることも、そのうち名づけ親の家で開かれる文学サロンなどでまた会えることもわかっていた。

でも……。

「それ、とってもいいわね」アンナは自分がそう言うのを聞いた。

「今、手綱を握ってみないか？」公爵が提案した。

「今？」

「いや」公爵は今通っている比較的狭い道を見回した。「今すぐにではない。でももう少しすいた場所に出たら、君の初めての教習を始められるだろう。始める場所としてはケンジントン村がいいんじゃないかな」

もちろん、もう帰らなくてはならないと告げるのが分別ある行動だ。けれど、おそらく夜遅くまで本を読んだあと公爵のことを考えていたせいで昨日は頭が痛くなり、そのことをレディ・パントニーに告げたところ、アンナに体調を崩してほしくないから今日は午後いっぱい自由にしていいと言われている。そのため、今すぐ帰らなくてはならない理由はなかった。

「少しだけなら」アンナは言った。「ありがとう」

「本当に、僕にお礼を言う必要はない」公爵はそう言いながら、信じられないほど狭い隙間のように見える場所を通り抜けた。御者がこれほど信頼できる人でなければ、アンナは目をつぶって馬車の側面に強くしがみついていただろう。「僕が身勝手すぎるだけなんだ。君を教えるのはきっと楽しいだろうから」

「そういうことなら、私があなたの提案に同意したことに感謝してもらわないとね」

アンナのつまらない冗談を心から面白がっているかのように公爵がほほ笑みかけてきたため、アンナも笑みを浮かべた。

二人の間に沈黙が流れたが、それは快い、居心地の良い沈黙で、二人が散歩に行った日の始めに流れた沈黙とは違っていた。アンナが会話をごく軽薄なものに留《とど》めようと気をつけていたにもかかわらず、二人は友達になったかのようだった。

いや、完全に居心地が良かったわけではない。アンナは心臓が爆発しそうな気がしていたし、公爵にまたキスしてほしくてたまらない自分に気づくと居心地が悪くなった。

道路上のこぶを乗り越え、座席の上で揺れて互いの脚が触れ合いそうになると、アンナは信じられないほど胸を躍らせ、二人が前と同じ体勢に戻るとひどくがっかりした。

そして公爵の手を、とても力強いのに軽く手綱を握っている手を見つめると、その手が自分に触れたらどんなふうに感じられるのか考えてしまう。

さらに、道路に集中する公爵の横顔を眺め、そのあと彼がにっこりして一瞬目を合わせてくると、キスの記憶で頭がいっぱいになった。

「ここなら悪くないと思う」しばらくして公爵は言った。

「何に？」アンナは考えがまとまらず問いかけた。

「君に馬車の操縦を教えるのに？」

「ああ！　ええ、それはそうよね」アンナは自分の意識が馬車の操縦から遠く離れた場所へ向かい、彼の太腿が自分の太腿のすぐそばにある事実に集中していたことを、公爵に気づかれていなければいいのにと思った。あたりを見回す。二人がいるのは広くて静かな並木道で、こぎれいな家が並んでいた。

「ここがケンジントン？」

「ああ、そうだ」

「ロンドンの雑踏と違ってとても穏やかな場所だわ。ロンドンからこんなに近いのに」十年後か二十年後のいつか、給料からじゅうぶんな貯金ができたら、このような場所に小さな家を買うことができるかもしれない。

「ああ、とてもすてきだ」公爵はアンナに、この瞬間はアンナしか見えていないと感じさせるような笑顔を向けた。こんな目で見られると、ぼうっとなってしまう。そして、自分も彼にこれとそっくりな視線を向けているのではないかと不安になった。

美しく長い時間が流れたあと、公爵は片手をアンナのほうへ差し出したが、すぐにそれを下ろしてごくりと喉を動かした。

「もう少し座席の真ん中寄りに座ったほうがいい」

アンナはただ公爵を見つめ、無言で問いかけた。その提案が意味しているのは……。

「教習を始められるようにね」公爵は具体的に説明した。

ああ！　もちろんだ。もちろん、公爵は二人がキスできるように近づこうと提案したわけではない。

アンナがうなずいて横へ体をすべらせ、公爵も同じことをすると、二人が座る位置はものすごく近づいた。

今や二の腕が触れ合っていて、そのせいでアンナの体内は熱くなった。だが公爵の体内がどろどろになっている様子はなく、彼はどこまでも普通の声でこう言った。「今から君に手綱を渡して握り方を教える。ええと……」

アンナが公爵を見上げると、彼はアンナを見たあと馬を見て、その様子はまるでとても複雑な問題を解こうとしているかのようだった。

「実を言うと、今まで誰かに馬車の操縦を教えたことがないんだ」公爵は言った。「馬が何かの理由で驚いたり、君が馬の口を引っ張ってしまったりして急に動いたときに、僕が止められるようにするのが賢明だと思う。君はそんなことをしないとわかっているけど、あらゆる不測の事態を考慮しなくてはならないから」

「んん」アンナの心臓は大きな音をたてて胸に打ちつけ始めていて、この調子では馬が逃げ出してしまうほど大きな音になりそうだった。アンナの全存在が公爵の近さを感じ、次に何が起こるかを想像することで占められているようで、手綱を正しく握ることを考える空間は脳内に残されていなかった。

「たぶん」公爵は言った。「いちばん賢明なのは、こんなふうに二人とも手綱を握っておくことじゃないかな。君さえ良ければ」

公爵はアンナが自分の両腕の中に入るよう左腕をアンナの体に回し、アンナの前で手綱を握った。彼は熱くて硬くて大きくてすばらしい香りがし、アンナは世界中を探しても、今この場所、彼の腕の中以上に座り心地の良い場所はないだろうと思った。

「大丈夫かい？」公爵は低い声でたずね、彼の息がアンナの頬をくすぐった。

「んん」アンナは言葉を発することができなかった。肩越しに公爵を振り返ると、彼は何とも優しい表情でほほ笑みかけていて、アンナはその強烈な喜びから回復するのに目を閉じなければならないほどだった。

「手綱を握って」公爵が言った。

「手綱を」アンナは繰り返した。今考えられるのは、自分の背中が公爵の胸に当たっていて、その胸がどれほど大きく硬く感じられるかということだけだ。

「一緒に握ったほうが良さそうだ」公爵の声は低くてかすれていて、彼がどんな言葉を言おうともそれは心地良く、刺激的に、魅惑的に響くだろう……。

「んん」

公爵が左右の手綱を右手にまとめ持ったあと、左手でアンナの左手を握ると、その手は彼の大きな手に美しいほどにぴったり収まった。次に彼は両方の手綱を自分たちの左手に持ち替え、アンナの右手を取って右側の手綱をそこへ移した。

「ほら」公爵が言った。「君が操縦している」

「んん」

「君は……」今や公爵の口はさらにアンナの耳に近づき、息が耳をくすぐりそうなほどだった。「さっきから、珍しく口数が少ない。圧倒されているのかな……初めての馬車の教習に？」

アンナは深々と息を吸い、そのせいでいっそう公爵の胸に強く押しつけられたが、何とか言葉を見つけ出した。

「そのとおりよ」言葉を発することに成功する。

「すごく圧倒されているの……馬車の教習に」

「君ならうまく乗りこなせると思う」公爵の声は極端に低くなっていた。

「まだ実際に操縦しているとは思えないのだけど。馬は止まっているわ」

「そんな細かいことはどうだっていい」

「でも、重要なことじゃない？」

「ミス・ブレイク、君は要求が多いな」

「何事においてもね」アンナはその言葉がどこから出てきたのかわからなかったが、そう口にするのは快かった。自分がどういう意味でそれを言ったのかすらよくわからなかったが……。

「そういうことなら」公爵はアンナに回した腕に少し力を込めた。「馬を少し動かしてみるといい」

「そうするわ」

「手綱をこんなふうにするんだ」公爵がアンナの手からつかのま手を離すとアンナは不満を感じたが、それはその瞬間、自分が馬の責任を負っていることに気づいて怖くなったからではなく、彼に手を握られている状態が好きだったからだ。公爵はアンナに手順を教えてくれた。

アンナが自分で手綱を動かすと、馬たちは前へ、互いに完璧に調和して歩きだした。

「わあ、すごい」アンナはうっとりして言った。

「この子たち、きれいだわ。しかも私が操縦しているのよ」

「そうだ」

馬車はまっすぐ前へ進み続け、アンナは馬たちの誇り高い背中と臀部《でんぶ》を見つめながら、公爵の腕の中にいる感覚を意識していた。

自分が置かれた状況にあまりにも甘美な幸せを感じていたため、曲がり角が近づいていることを見落とすところだった。

「曲がらないと」公爵がアンナのこめかみに向かって言った。「馬はとても賢いが、それでも道に沿って進むよう軽く促してやったほうがいい」

「左の手綱をそっと引っ張るのね？」

「そのとおり」公爵は同意した。「やっぱり君には馬を御する才能がある」

馬車が角を曲がると、アンナは言った。「実際に才能があるのはこの子たちだわ」

「今日は僕たちがアイスを食べている間しばらく馬を待たせることになるから、それなりに穏やかな子たちを選んであるんだ」公爵は認めた。「でも君は少し練習するだけで、どんな馬もとても上手に御することができると思うよ」

しばらく馬車を進め、やがて村を抜けると、公爵が言った。

「ここを曲がるのが良さそうだ」

数分後、二人は開けた場所に出た。

「少し止まって景色を楽しむのはどうかな？」公爵が提案した。

「すごくすてきだと思うわ」アンナは公爵が舞踏会で薔薇園《ばらえん》を楽しんだときと同じように景色を楽しも

うとしているのではないかと思った。アンナの意識の理性的な部分が、これ以上の戯れやキスをするのは良くないと言っていた。だが残りの部分は、率直に言ってあと一度だけキスをしたくてたまらなかった。

「馬はこんなふうに止めるんだ」公爵は言い、アンナが手綱で少しだけ圧をかけるのを手伝った。

秋の深まりにもかかわらずまだ葉が落ちきっていないオークの木の下で、二人は馬車を止めた。公爵はアンナから腕を離し、馬車から飛び降りて手綱を木の幹に結びつけたあと、一度のしなやかな動きで座席に乗り込んだ。

そして、さっきまで座っていた位置に戻った。

「馬と手綱に気をとられなければ、馬車を操縦するのにもっと良い姿勢をとれるんじゃないかな」公爵はしゃがれた声で言った。「例えば、こんなふうに」

彼はアンナのウエストを両手でつかんで軽く持ち上げ、アンナが自分の胸の前で少しだけ違う姿勢をとれるようにした。

「このほうがずっと操縦しやすいと思う」

「んん」アンナは息をするのもやっとだった。公爵の手をウエストに、大きな手を体に感じるのは最高だった。

「楽しかった？」アンナのこめかみに口を触れ合わせんばかりにして彼は言った。

「楽しかったって……？」ウエストに手を置かれることが？　ええ、とても楽しかったわ。

「初めての馬車の教習だよ」

「教習」もちろん、公爵が言っているのはそのことだ。「ええ、ありがとう」

「僕も楽しかった」公爵のしゃがれた声はあまりにも甘美だった。

アンナは彼の体の前でわずかに身をよじり、軽く振り向いて肩越しに彼を見上げてほほ笑んだ。

「くそっ」公爵が言った。

アンナは両眉を上げ、理由はわからないながらもとつぜん、自分がこの会話の主導権を握っているような気がした。言葉を使わない会話だ。

公爵はアンナの目を、口を、唇を湿らせる舌を見つめた。

そこでアンナは彼の前でさらに身をよじり、軽く唇を突き出してみせた。

「くそっ」公爵はもう一度言った。

次の瞬間、ごくゆっくりと、だが明確な意図を持って、何も自分の進路を変えることはできないと言わんばかりに、公爵は身を屈《かが》めてアンナの唇にキスした。

このキスは舞踏会でした初めてのキスとは違っていた。ためらいがちでもなければ、単なる唇の触れ合いでもなかった。最初から激しく強引で、公爵の舌がすぐにアンナの口に入り込み、アンナから何かを欲しがり、アンナにも欲しがらせた。

アンナはさらに公爵のほうを向いて、両腕を伸ばして彼の首に巻きつけ、その動きのおかげで互いの胸が触れ合うことを嬉《うれ》しく思った。

公爵はうなったあと、右腕をさらにアンナのウエストに巻きつけた。

左手がアンナのウエストに、肋骨《ろっこつ》に触れたあと、アンナの体を這《は》い上《あ》がっていった。

彼の手が胸の下まで上がってくると、アンナは鋭く息を吸ったが、その間もキスは続いていた。それはとても大胆に、とても完璧に感じられ、アンナはとにかく公爵にもっと、その先まで触ってほしかった。

公爵を自分につなぎ留めようとするかのように、アンナは両手を彼の豊かな髪へ潜り込ませ、その間も二人はキスを深めていった。彼の手はさらに動いて胸の上へ来て……ああ。ドレスの生地越しでもその感触はすばらしかった。

　すると、公爵はアンナを持ち上げて自分の膝の上にのせた。右手をアンナの髪に差し入れてごく優しく引っ張り、アンナの頭を少しのけぞらせたあと、あごのラインに沿ってゆっくりキスをし始めた。その間アンナは彼の腕の中に座っていて、両手は今も彼の髪の中にあり、体は燃え上がっていた。

　公爵は片手でアンナの胸の下を愛撫《あいぶ》し続けながら、反対側の手でいつのまにかペリースのボタンを外してそれを開き、鎖骨に沿ってキスをしたあとどんどん下へ、大いなる意志のように感じられるものに導かれてドレスのネックラインへと進んでいった。

　公爵の手はとても器用に動き、いつのまにかネックラインを押し下げ、胸を拘束から解き放ってキスし、愛撫し、ついばんでいて、アンナはその強烈な喜びにただ身を震わせていた。

　公爵がそれを続ける間、アンナは彼の硬い胸を感じようとシャツの中に手を潜り込ませた。畝になった筋肉と力強さが感じられ、彼が自分にしていることが感じられ、それはとてつもなく幸福だった。

　二人が両手で互いを探り続けるうちに、アンナは公爵の首に噛《か》みつかんばかりのキスをし、彼のほうはアンナに吸いつき、歯を立てていて、それはアンナが今まで経験した中で最もすばらしいことの一つだった。

　すると、公爵の片手がアンナの脚へ移り、彼は太腿の端から指を走らせ始め、その手が上へ上へと動く間、アンナはドレスの生地越しではありながらもその愛撫にいっそう体を震わせた。手を伸ばして公爵の太腿に触れ、その硬さと筋肉の隆起に驚嘆し、自分の手が彼の太腿を上がっていくにつれて彼の呼吸が速くなるさまを楽しんだ。

　やがて公爵はスカートの中へと手を移動させ、今やアンナの素肌に触れていて、その手がさらに上へと脚をなぞり上げて、今アンナが溶けているように……そして、せっぱつまっているように感じられる部分を目指した。

公爵はアンナの首に、胸に、肩にキスを続け、苛《さいな》みながらも喜ばせ、手は太腿の上で円を描くようにどんどん近く、高くへと迫ってきた。アンナは再び片腕を公爵の首に回して肩をつかみ、反対側の手を彼の太腿に置いて彼にしがみついていた。

すると、ついに公爵の手がアンナの最も密《ひそ》やかな部分に達し、彼に初めて触れられた衝撃にアンナの全身が震えた。

「公爵様」本物の意志のように感じられるものに従って彼が指を動かし始めると、アンナはあえいだ。ほとんど何も考えられなかったが、自分も彼を感じたいことはわかっていた。

公爵が指の動きを止めた。「ごめん。やめてほしい？」

「いいえ、お願い、続けてちょうだい」

公爵は笑い、愛撫を再開した。

アンナはもう何も考えられず、できるのは感じることと、激しく身を震わせ、彼にしがみつくことだけだった。

公爵の膝丈ズボン《ブリーチズ》に手を伸ばしてその部分の彼の硬さを感じ、何とかそれを開いた。彼自身に手を触れると、彼も身を震わせるのを感じて大きな満足感を覚えた。

「ああ、すごい、アンナ。ジェームズと呼んでくれ」

「ジェームズ」アンナが長いあえぎ声、正直に言えば小さな悲鳴のようなものとともに名を呼ぶと、彼の指がさらに動き、圧迫感が高まってきた。

彼の名を口にしたとたん、アンナはとつぜん自分が何をしているのか、これは自分にとって危険ではないのかという思いが頭に浮かんだ。

「ジェームズ。やめて」アンナは何とかそう言った。「これを続けていたら、赤ちゃんができる可能性はある？」できるとは思わなかったが、確証を得る必要があった。

「僕が君の中に入らない限り、それはない」

アンナがやめてほしいと言ったとたんにジェームズの手と口は動きを止めていたが、アンナはそれを不満に思い、これで赤ん坊ができるわけでないなら、今それをやめてほしくなかった。

だが、ジェームズに続けてもらうにはどう言えばいいのかわからなかったため、彼にいっそう強くしがみついて手を動かし始めた。

「アンナ？　ええと……」

「いいわよ」

「本気か？　だって、もし……」アンナがさらに手を動かすと、ジェームズの言葉はうなり声に変わった。

「本気よ。どこまでも」アンナはごく慎重に手を動かしながら言った。

するとジェームズも手を動かし始め、アンナの口に激しく深くキスをしたあと再び胸にキスを始め、やがてとても耐えられない域へと高まり始めた圧迫感と衝撃にアンナは我を失った。

解放がアンナに、そしてジェームズにもほぼ同時に訪れた。

そして二人は馬車の座席の毛布の下に半分横たわり、半分座った状態で手足を絡め、二人ともいまだに身を震わせていた。

最初に身動きしたのはアンナだった。二人の周囲で舞い上がり始めた木の葉から風が強くなっていることがわかり、剥《む》き出《だ》しの肩に当たる風から毛布の下の自分が裸であることが強く意識された。身をよじってジェームズから離れ、ドレスを直そうとした。大幅に直さなくてはならない。恥ずかしいほどにドレスが脱げているのだから。いや、違う。ドレスが脱げていることは、自分たちが今したことに比べればさほど恥ずかしくはない。あんなにもキスをし、触れ合い、そして……。そのことを考えるだけで、アンナは胃が沈むような気がした。

「手を貸そうか？」ジェームズの声は今もかなりしゃがれていて、アンナはその声が大好きだと認めざるをえなかった。

「私……」アンナはドレスの胸の部分を直しながらジェームズにほほ笑みかけた。「今日はあなたにじゅうぶん手を貸してもらった気がするの」

ジェームズはアンナにほほ笑み返し、両手を上げてアンナの顔を包んだあと、唇に軽くかわいらしいキスをした。

「君にあんなふうに手を貸してもらえるなら、いくらでもお願いしたい」

「ジェームズ！　そんなことを言うなんて信じられないわ」

「本当に？　それに対しては言いたいことがたくさんあるよ」ジェームズはアンナの唇にもう一度キスしたあと、アンナの髪を後ろに押しやり、ペリースを肩に掛けるのを手伝った。「第一に、君がそんなふうに僕の名前を呼ぶのを聞くのが大好きだ。第二に」彼は続けた。「僕たちがさっきしたことについて、僕が少しばかりいやらしいことを言ったのが信じられないと言うのか？　間違いなく……」もう一度アンナにキスしたあと、一本の指でアンナの胸の谷間をなぞり下ろし、アンナは心地良く身を震わせた。「どんな言葉よりも、僕たちがさっきしたことのほうがずっと過激なのに」

ジェームズはごく真剣な表情になって続けた。

「さっき起こったことについて、君が少しでも不快に感じているなら謝らなくてはいけないけど、赤ん坊ができることがありえないのは請け合う――」

アンナは首を横に振った。「私たちはすでにキスをしたことがあったし、それはレディ・マリアのような上流の若い女性の対面を汚す程度には恥ずべきことだったわ。それに、私たちがここにいることは誰も知らない……」自分たちがしたことを後悔するべきなのはわかっていた。あれは本当に過激なふるまいで、二度と起こってはならないことだし、レディ・パントニーほど優しくて思いやり深い雇い主でも、ここまで軽率な行為があったと知ればアンナを解雇する以外の選択肢がないのはわかっているが、もしアンナが一生結婚しなくても、少なくともこのような思い出ができたのだ。そして、一生結婚しない可能性は高い。「だから……」アンナは自分が後悔していないことを伝えようとジェームズにほほ笑みかけたが、彼の表情があまりに真剣だったため、唇を噛んだ。

「アンナ、僕は決して、どんな形であろうと君を傷つけない」彼は言った。

「わかってる」アンナは女性が男性を信頼できる限りにおいて、自分がジェームズを完全に信頼していることに気づいた。正確には、経済的に困窮した淑女という、彼が知っている背景の範囲内で自分を大事に扱ってくれることを完全に信じられた。二人はキスするべきではなかったのだろうが、大勢の人がキスを、しかも結婚前にしているし、レディ・マリアと彼女の牧師補ですらしているように見える。アンナが馬丁の娘だと知ったとき、ジェームズがアンナをどう扱うかはわからない。彼がとても親切で高潔な男性なのは確かであるため、それを知ってもアンナに親切にはしてくれるだろうが、これ以上一緒にいたいと思ってくれるかどうかはわからない。アンナの経験上、どんなに感じの良い男性も社交界の規範に縛られている。「ありがとう」

「そろそろ送ったほうが良さそうだ」ジェームズは

アンナに毛布を巻きつけ、手綱を手にした。「君さえ良ければ、急ぐためにここからは僕が手綱を握るよ。僕たちはかなり長い間出かけているし、レディ・パントニーにお小言を言われたくないから」

「構わないわ、確かにあなたが操縦するほうが私より少しだけ速いでしょうから。今のところはね。私があと数分間練習すれば、熟練の腕前になれるもの」二人がついさっきした行為から会話の方向性を完全に変えようとすることが重要に思えた。

ジェームズは思いやりのある笑みを浮かべて言った。「君はもちろん、あと数分間手綱を握るだけで熟練の腕前になるだろうね」

二人は笑ったあと黙り込み、馬車でロンドンへ戻り始めた。

アンナは沈黙を望んでいなかった。このあと一人になってからは極めて複雑な思考に陥るのが避けられないため、今はさっき起こったことについて考えすぎる余裕がないほうが良かった。

「本当に秋らしくなってきたわね」アンナは感想を言った。

「ああ。僕はこの時期の赤い葉が特に好きなんだ」

「スコットランドへは行ったことがある？　スコットランドの森はとてもすてきなんでしょうね？」

二人はそれからしばらく、スコットランドとその島々の動植物のさまざまな特徴に関する実に楽しい議論をした。つまり、アンナの頭の中でさっきジェームズとした行為がたえまなく再現されるのを、ある程度は止められる時間もあったということだ。だが正直に言うと、意識の半分しか会話に向けることができない時間が大半だった。

その後、文学サロンの晩にいた淑女の何人かについてジェームズが母親から聞いた醜聞めいた噂話《うわさばなし》へと話題が移ると、アンナは会話に身を入れることができるようになり、やがてジェームズが語る途方もない逸話に大笑いせずにいられなくなった。

　二人はあっというまにブルートン・ストリートに到着し、アンナはもうすぐジェームズと一緒にいられなくなることに喪失感に近い感覚を抱いた。

　ジェームズは馬車を止めて言った。「ぜひともまた君と〈ガンターズ〉へアイスを食べに行きたいと思っている。試さなくてはならない味がまだたくさんあるからね。それからもちろん、もっと……練習もしてほしいし」ジェームズはそう言うと意味ありげに眉を上げてウィンクし、アンナは息をのんだ。

「ジェームズ！」

「アンナ！　僕が何を言ったと思ったんだい？　馬車の操縦のことだよ、もちろん」

「当然だわ」アンナが言うと、ジェームズは笑った。

「すばらしい午後を本当にありがとう」

「お役に立てて本当に嬉しいよ」ジェームズはもう一度眉を上げてそう言い、アンナはまたも息をのんだ。

「申し訳ないけど」アンナはいかにも気取った調子で言った。「あなたはことあるごとに不適切な表現をすると心に決めているようだから、私はこれ以上おいしい、アイスのこと、で、あなたにお礼を言えなくなるわ」

「君の言うとおりだ」ジェームズは言った。「謝りたいところだけど、僕はさほど申し訳ないとは思っていないんだ」

　アンナはできるだけ高飛車に腕を差し出した。

「そろそろ家の中へ入らなくてはいけないわ」

「仰せのままに」

　二人がさよならを言うまでには長い時間がかかった。もちろん見ている人がいくらでもいるだろうから、互いに触れることはいっさいできず、やがてアンナはついに家の中へ入った。

ジェームズと過ごした午後のことで頭がいっぱいだったため、何かに……何であろうと集中することは極めて難しく、自分の現状である成熟した家庭教師というよりは、きれいなドレスとリボン以外に考えることのない若い娘のように、次に彼に会えるのはいつになるだろうと考えていた。

嬉しいことに二時間も経《た》たないうちに、ジェームズも同じような気持ちであることがわかった。今ではよく見知った筆跡で書かれたカードが届いたのだ。ジェームズを知れば知るほど彼の文字も好きになっていた。

アンナは早く内容を読みたくてたまらず、指をせかせか動かして封筒からカードを引き出した。

カードを開くと、それがどこまでも堅苦しい言葉遣いで書かれていて、不適切な表現が少しもないことがわかった。何がいつ誰の手に渡るかわからないため、アンナは心からほっとしたが、少しがっかりもしている自分に気づいた。

だが、ジェームズが書いてきた内容にはがっかりしなかった。二人でアイスの試食を続けるために、アンナをまた〈ガンターズ〉へ連れていく日時を今すぐ決めたいというものだった。できるだけ早く行きたいと彼は書いていた。

二人がしたことを繰り返すのは愚かだとわかっていた。だが、これ以上に自分がしたいことがないのもわかっていた。

レディ・パントニーは、アンナがレディ・ダーウェントとマリアを始めとして会いたい友人に会うことを歓迎しているとはっきり言ってくれている。それに、淑女が男性の友人と二人きりで〈ガンターズ〉を訪れることは、少しも文句をつけられるようなことではない。しかも、ジェームズとはレディ・ダーウェントの次の文学サロンでまた会うはずだ。また、彼にときどき会うことに害があるとは思えない。

たキスをするほど自分たちは愚かではないだろう。

物事の是非について頭の中でぐずぐず考えることにはうんざりさせられるため、決意が鈍る前に招待を受ける旨を急いで手紙にしたためた。ジェームズに会うのは楽しみだが、それはアイスのためだ。それ以外の目的はない。


翌朝はどんよりした天気で、空には雨雲が垂れこめていた。朝食を終えるころには雨が降り始め、毎日の午前中の散歩に女の子たちを連れていくことはできそうになかった。家を出たらずぶ濡《ぬ》れになってしまうだろう。

午前中ずっと外に出られないのはアンナが家庭教師になってから初めてで、それは予想どおりあまり楽しい時間ではなかった。女の子たちは普段よりも頻繁に行儀の悪いふるまいをし、アンナは屋敷の四方の壁が自分たちに迫ってきているような気がした。


ついに午後三時半ごろ、雨が上がり、空はきれいに晴れた。

アンナはエルシーと協力して女の子たちを手早く外出着とブーツに着替えさせ、雲の気が変わって戻ってきた場合に備えてできるだけ急いで家を出た。

ジェームズからブルートン・ストリートの突き当たりのバークリー・スクエアに住んでいると聞いて以来、家の外に出ると毎回そうなのだが、彼とぐうぜん会うのではないかと思わずにいられなかった。

家の中にいるときもジェームズのことを考えずにいるのは不可能だとわかりつつあった。

しかも普段とはまったく違う時間帯に公園の中へ入っていったため、すれ違う上流の人々の馬車を一台ずつのぞき込まずにはいられなかった。もしかすると、ジェームズが乗っているかも……。

どの馬車にも彼の姿は見当たらなかった。

だが、やがて……彼が現れた。

今では心がうずくほど見慣れた横顔と広い肩幅が見え、アンナは声に出してあえぎそうになった。

昼がほほ笑みを形作り始めたとき、ジェームズが一人で馬車に乗っているわけではないことに気づいた。二人の淑女が一緒に乗っている。

一人はジェームズの母親だ。舞踏会で会ったので顔を知っている。

もう一人は……とても若くて、とても美しい、アンナの知らない淑女だった。

きっとジェームズの妹だと自分に言い聞かせる。ただ、その女性はジェームズにも母親にもまったく似ていなかった。

そしてジェームズの顔に浮かぶ非常に礼儀正しい表情から、彼女がきょうだいでないことがうかがえた。きょうだいと一緒にいる人と顔を合わせたことは何度もあるため、人がきょうだいといて単なる知り合いのような態度をとることはめったにないとわかっていた。

ジェームズはほかの若い淑女と馬車に乗っているのだ。そして自分の母親と。

それが意味することはただ一つ。

ジェームズはその若い淑女と結婚するつもりなのだ。

「こっちよ」アンナは女の子たちとエルシーに思いのほか鋭くなった声で言い、最初に目についた小道へとできるだけ早く一行を追い立て、何とかしてジェームズに自分の姿を見られないようにした。

鼻をすすって涙をこらえながら、ひどい侮辱だと思った。ジェームズは彼女ともうすぐ婚約するか、あるいはすでに婚約しているのに、アンナとあのようなことをしたのだから、もちろんあの女性のことも侮辱したことになるはずだ。

それが何らかの閃《ひらめ》きを与えてくれるかのように木の幹を凝視しながら、実際にはすでに婚約しているはずがないと思った。もし婚約しているなら、〈ガンターズ〉でアンナと一緒にいるところを人に見られるリスクを冒すはずがない。

〈ガンターズ〉。再びジェームズと一緒に行くべきなのだろうか？　わからない。ほかの女性と一緒にいるところを見た、私もあの女性もこんな仕打ちを受ける筋合いはない、あなたには二度と会いたくないと、辛辣な手紙を書くべきなのだろうか？　けれど、それは面と向かって言いたい気がした。あるいは、ジェームズがブルートン・ストリートに着いてもただ無視すればいいのかもしれない。だがそれは狭量だし、アンナは彼のふるまいがどれほどその仕打ちに値しようとも狭量なことはしたくなかった。

あるいは〈ガンターズ〉へ一緒に行き、堂々とした態度で彼との会話を楽しんだあと、最後に二度と会うつもりはない、どうぞお幸せにと言うのはどうだろう。そのときに、ほかの淑女と一緒にいるところを見たと言えばいい。それが最も堂々とした対処法であり、自分が知っていることをジェームズに告げられる利点もある。

そう、それが自分のとるべき道だ。

そう決めても、気分は落ち込んだままだった。公爵が家庭教師と結婚することはないと最初からわかっていたのだから、これは非常に馬鹿げた態度だ。しかも、アンナは結婚を望んでさえいない。

これは馬鹿げた態度なのだから、気を取り直して子供たちに集中するのだ。

大きく鼻をすると、大きすぎて鼻をかんだときのような音が出たため、女の子たちに凝視され、エルシーには大丈夫かときかれたが、アンナは全員ににっこりほほ笑んでみせた。アムスコット公爵は自分にとって何の意味もない存在だ。単なる知り合いにすぎない。彼に心を揺さぶられるつもりはいっさいない。

翌日の午後、アンナは水彩画を描きたいというレディ・ダーウェントと絵の具を買いに出かけた。その道中、公爵のことにはいっさい触れないと決意した。

しばらくはその決意を固く守っていたが、二人で〈アッカーマンズ・エンポリアム〉で品物を吟味しているとき、店の反対側に昨日馬車でジェームズと一緒だった若い淑女が見えた。

「あれは誰?」アンナはささやき声で名づけ親にたずねた。

「レディ・キャサリン・レインズフォードよ」レディ・ダーウェントは自分が見比べている額縁に集中したまま答えた。だが次の瞬間、とつぜん目を軽く細めてアンナを見上げた。「なぜきいたの?」

「特に理由はないわ」アンナはすまして答えた。

「アムスコット公爵があの女性と一緒にいるところを数回見たことがあるの。母親が二人を結婚させようとしているんじゃないかしら。でも、公爵のほうはそれほど熱意があるように見えなかったわ」

「ふうん、そうなの」アンナはつぶやいた。

レディ・キャサリンと一緒にいるのは完全にジェームズの意思ではないと考えたほうが筋が通るが、そのことは彼とアンナが友人だか知り合いだか何だかわからない今の関係をこれ以上続けられない事実を明確に示していた。

明日、最後に一度ジェームズに会おう。そして前回と同じようにその時間を楽しんだあと、最後に自分たちは二度と会うべきではないと告げるのだ。

10

ジェームズ

アンナと過ごしてから三日後、約束の時刻の五分前、ジェームズは彼女とまた会える喜びにすでに顔をほころばせながらブルートン・ストリートを馬車で向かっていた。

最後に会ってから一週間の半分も経《た》っていない相手に対してはありえないほど、アンナが恋しかった。彼女がしていたこと、考えていたことを聞きたかったし、自分がしたことにまつわる無数の小さな逸話を、何を食べたかといったごくありふれたことから、参加した社交行事、地所のことで下そうとしている決断といった重要な事柄まで彼女に話したかった。また、十七歳の妹ジェーンをいつ社交界デビューさせればいいかについてもアンナの意見を聞きたかった。

アンナはたちまち、ジェームズがすべてを共有したいと思う相手になりつつあった。いや、すでになっていた。二度と起こってはならないとはいえ、愛の営みはもちろんのこと、それ以外の本当に何もかもを共有したかった。

これが良いことではない予感は拭えなかったが、アンナに会いたくてたまらない気持ちをどうすることもできなかった。

ジェームズが到着したときアンナはすでに準備万端で、今回は美しく体に沿った中間的な濃さの青色のペリースをはおり、粋なデザインの帽子をかぶっていた。

「こんにちは。今日の君はとてもすてきだ」ジェームズはアンナの手を取って指にキスした。

「ありがとう」アンナのほほ笑みを見るたびに、舞踏会で初めて見たときと同じように心を揺さぶられ、ジェームズは自分もほほ笑み返した。

次の瞬間、顔をしかめた。アンナのほほ笑みはいつもどおり美しかったが、普段のように顔いっぱいには広がっておらず、まるで何かに縛られているかのようだった。

「大丈夫かい？」ジェームズはアンナにたずねた。

「ええ、ありがとう。私……」アンナは言葉を切ったあと、ジェームズの目をまっすぐ見た。「ええ、大丈夫よ、ありがとう」

そう言うと、ジェームズとともにカリクルへ歩いていき、ジェームズの手を借りて中へ乗り込んだあとは完全にいつもの彼女に戻ったようだった。

アンナを席に座らせて脚に毛布を掛け、自分も反対側に飛び乗ったジェームズは、話したいことがありすぎてどこから始めればいいのかわからなかった。

もちろん礼儀を守り、アンナが元気かどうかをもっと詳しくきかなくてはならない。

「元気にしているわ、ありがとう」アンナは答えた。「ただ、『イブリーナ』のおかげでまた疲れきってしまう重大なリスクに晒《さら》されているの。あの本を二日前に読み始めたのだけど、『エマ』と同じくらい楽しんでいるから」

「君がその本を楽しんでいるのはとても嬉《うれ》しいし、僕も『エマ』を読み終えたらそっちを読もうと思う。それに、君が早々にこの話題を始めてくれたこともとてもありがたい。というのも、エマとミスター・ナイトリーの関係を君がどう思っているかをぜひとも……心から聞きたくてね」

「公爵様――」

「ジェームズだろう？」

「ジェームズ」アンナは目をきらめかせてジェーム

ズの名を呼び、ジェームズは今にも手綱を取り落としそうになった。アンナはあまりにも魅惑的だ。

「それは、小説を読まないと最近言った男性がそれを読んでいるばかりか、楽しんでいると解釈していいのかしら？」

「そのとおり」ジェームズは自分がいつ最後に小説を読んだか思い出せなかったし、これほどロマンティックな小説は一度も読んだことがない気がするが、自分がそれを大いに楽しんでいると言うことを恥ずかしいとは思わなかった。

「あなたの目覚めを私一人の手柄にしたいところだけど、文学サロンにはほかにもたくさん参加者がいたから、手柄はみんなで分かち合わないとね」

「いやいや、全部君のおかげだよ」ジェームズはアンナにほほ笑みかけた。「夜遅くまで眠れなくなるほどの刺激を僕に与えられる女性が君以外にいるはずない」アンナが息をのむと、ジェームズは言った。

「読書に関して、という意味だよ」

アンナは目に見えてごくりと喉を動かしたあと、笑ってこう言った。「光栄だわ、公爵様」

「君はそれだけの人だからね。僕が今まで出会った教師も、校長や個別指導教員も君には深い感銘を受けると思う。さあ、僕の褒め言葉で君がうぬぼれる前に、エマとミスター・ナイトリーについてどう思うかを聞かせてほしい」

「そうね。あなたは物語をどこまで読んだの？　結末をばらしてしまわないようにしたいわ」

『エマ』に関するお喋《しゃべ》りは〈ガンターズ〉に着いても止まることがなかったが、やがて注文のために中断せざるをえなくなった。

「実を言うと」ジェームズは言った。「君が僕にミス・オースティンの作品を紹介したのと同じように、ここのアイスを君に紹介したのは完全に僕の手柄だから、君が気に入りそうな味を組み合わせた特製アイスを注文してあるんだ」

「まあ、すごい」

「味見のために、君もまた四種類選んだらいいと思う。僕が選んだ味を君が気に入らなかったときに備えて。君がそれを気に入ったと言う義務はまったくないからね」

アンナは笑った。「気に入るに決まっているわ。ありがとう！」

「礼を言うのは、味見してからにしたほうがいいと思うよ。さあ、どれにする？」

「それは二人で決めたほうがいいんじゃないかしら」

「いやいや。前回の君の選択がとても良かったから、その習慣を守ったほうがいいと思うんだ」

「それなら……」

アンナはレモン、人参《にんじん》、シナモン、グリュイエール・チーズを選んだ。彼女が注文を終えると、ジェームズは言った。「あとは、できればアーティチョークのアイスクリームも少しいただきたい」

「とても賢いわ」アンナは賛同するように言った。「真のいちばんを決めるには、この中のいちばんをアーティチョークと比べなくてはならないものね」

「そのとおり。でも結果がどうあってほしいのか、自分でもわからないんだ。アーティチョークが王座から引きずり下ろされたら悲しいのか、それ以上においしいものが見つかって嬉しいのか」

アンナは顔をしかめ、いかにも深刻な雰囲気でうなずいた。「あなたは非常に重要な哲学上の問題を提起したわね」

ジェームズは笑い、午後を過ごすのにこれ以上良い方法は思いつかないとまたも思った。

アイスが来ると、アンナは言った。「あなたが特別に注文したアイスがどんな味なのか、知りたくてうずうずするわ」

「鶏肉《とりにく》とアスパラガスだ」給仕係がアイスを給仕すると、ジェームズは言った。

「まあ、二つとも私の好物よ」

「舞踏会でそう聞いたのを覚えていたんだ。僕は君が話してくれたことを全部覚えている気がするよ」

「すごい！」アンナの小さな歓声に、ジェームズは満面の笑みを浮かべた。「ありがとう！」

一拍置いて、アンナは言った。

「これを最初に食べましょうよ、二人同時に」

二人はスプーンを持った。そのアイスの味は……風変わりだった。

「私はこれ、とっても好きだわ」アンナは断固とした口調で言った。

「実を言うと」ジェームズは言った。「僕はあんまり好きじゃない」

「私は大好き」アンナはもう一口食べた。

「本当に、無理しなくていい」アンナが明らかに怪しげな身じろぎを隠せなかったのを見て、ジェームズは言った。

「本当に大好き……」アンナは今にも吐きそうな様子に見えた。「それに、このすてきな気遣いに心から感謝しているの。でもほかの味を試さないのは怠慢だと思うわ」

二人は最終的に、レモンはアーティチョークと同じくらいおいしいけれど上回りはしないと結論づけ、アンナはジェームズが自分の好物を覚えていてくれたことはとてもありがたいけれど、鶏肉味のアイスクリームは二度と食べようとは思わないだろうと認めた。

「究極の一位を決めるために、ここへはできるだけ多く来たほうがいいと思う」帰り支度をしながら、ジェームズは言った。アンナに視線を向けると、彼女は目に笑いを浮かべて笑顔でこちらを見ていて、ジェームズは今心臓がひっくり返った気がしたがそんなことは可能だろうかと思った。

アイスクリームを食べ終えたら、いかなる愛の行為も起こりえないよう回り道をせず、アンナをまっすぐ家へ送るつもりだった。もちろんアンナに求婚するつもりがない以上、二度と彼女にキスしないほうがいいのも確かだった。いや、求婚するつもりがあるのかないのかはわからないが、きっとないはずだ。前に考えたように、これ以上の喪失を経験したくなかったし、愛する誰かと結婚すれば当然ながらその危険に晒されるだろう。だから、二人はまっすぐ家へ帰るべきなのだ。だが別の観点から見れば、アンナがこれ以上馬車の操縦の教習を受けられないのは残念だった。

「少し手綱を握りたいか？」ジェームズはたずねた。「また、もう少しすいた場所へ行ったときに」

「まあ、ありがとう、そうしたいわ」アンナは少しためらってから続けた。「でも、寄り道をする必要はないと思うの」

もちろん、それが理想的だ。本当にそうだ。本当に。

アンナの手綱さばきは実に見事で、ジェームズは彼女にしばらく一人で手綱を持たせた。彼女はとても上達が早く、ジェームズは本当に途中で寄り道するつもりはなかった……。

だが、アンナがジェームズに手綱を返して二人の手が触れ合い、アンナがあの笑顔で見上げてくると、ジェームズは彼女にごく軽くキスする誘惑に抗《あらが》えず、アンナはジェームズがまったく予想していなかったがとてもありがたい反応を返してくれた。こうなると、ジェームズが手綱をしっかり握ってもう少しキスを続けなければ、何というか、本当に失礼なことになりそうだったし、その後も二人ともキスをやめたいとは思っていないようだった。そして、その先へ進んだ。

二人はいまだに探り合いながらもすでに相手の好みを多少は知っていたため、今回は前回よりもさらに良かった。アンナにこんなふうに身震いさせ、あえぎ声をあげさせて一生を過ごす男は幸せだろうとジェームズは思った。

ようやくすべてが終わって、明らかに乱れたアンナの髪を直し、服をまともな状態に戻すのを手伝っている間、ジェームズはただほほ笑むことしかできなかった。

「君はとてもきれいだ」際立って形の良い胸の上でペリースのしわを伸ばしているアンナの耳元でジェームズがささやくと、手の下でアンナがまたも震えた。

自分は恋に落ちたのかもしれないとジェームズは思い始めていた。

自分は恋に落ちたいのだろうか？


ロンドンへの帰り道、ジェームズはそれがごく自然な流れであることを願いながら、したくてたまらなかった質問へと話を向けた。「ご両親のことをもっと教えてくれないか？」今や二人はとても強く結びつき、ジェームズはアンナのアイス、文学、旅したい場所、縞模様《しまもよう》の食べ物の好みについてはよく知っているのに、彼女の背景についてはまったく知らないことが奇妙に感じられた。

「両親は……どう形容すればいいのかわからないわ。あまりされたことのない質問だから。むしろ、一度もないかも。私が両親を……失って以来、誰にもきかれなかったから」

そして、アンナはその質問に少しも答えなかった。

同じ質問を再びするのは失礼だろうか？

「もし話してくれるなら、ぜひとも聞きたいんだ」

今回もアンナにかわされるなら、同じ質問は二度とするまいとジェームズは思った。

「父は……何と言えばいいのかしら。友人たちと笑っていたところを覚えているわ。母はとても優しくて、ほかの人々を助けるのが好きだった」それで終わりだった。アンナから最後通牒《つうちょう》を突きつけられたような気がした。それ以上何も言いたくないのは明らかだった。

ジェームズは自分が知りたいのがアンナの両親の人柄だけではないことに気づいた。二人が何者なのか、どんな人生を送ってきたのかも知りたかった。そうした事柄を知ろうとするべきなのかどうかはわからない。それらは本当に重要なのか、それとも、両親が優しかったというだけでじゅうぶんなのか？だが、もしジェームズがアンナを公爵夫人にしたいのであれば……自分が妻に望む条件を理性的に考えるとそうしたいのかどうかはまだわからないが、そうしたいのだとすれば、世間は、社交界は、アンナの両親に関するそのような事柄を知りたがるに違いない。

自分はアンナを公爵夫人にしたいのだろうか？それはわからなかった。アンナに感じる情欲は御することができる。だが、心の中で形作られていると感じる彼女への愛のほうは手に負えるかどうかわからなかった。父と兄たちに立て続けに起こったように、アンナの身に何かが起こったらどうするのか？彼女を失うことは耐えられない。それに、もしジェームズが兄たち同様、母の心配どおりに若くして死に、ジェームズがアンナを愛しているように彼女もジェームズを愛していて、彼女が夫に先立たれたらどうするのか？そんなことは想像するだけでも耐えられない。その恐怖に身震いしそうになるほどだった。

「あなたのお父様とお兄様たちのことを教えてくださる？」ちょうどそのとき、アンナがたずねた。

アンナは心が読めるのか、それともただジェームズの質問に倣っただけだろうか？

「父は上流階級の人間には珍しく、大っぴらに家族に愛情を示す人で、僕たちと一緒に過ごすことを心から楽しんでいた。狩猟と射撃とフェンシングが好きで、兄たちと僕から手引き紐《ひも》が外れたらすぐに一緒に連れていってくれた。兄たちは二人とも、人柄や趣味が僕ととてもよく似ていたと思う」

ジェームズは自分も父と兄たちを社会的地位とは別の形で説明したことに気づいたが、アンナは彼らが何者であるかをすでに知っているのだ。それに、ジェームズは父の活動に言及したが、アンナが話したことからはいまだ両親の趣味もわからない。

「すばらしい人たちだったようね」アンナは言った。「あなたがお父様とお兄様たちを亡くされたこと、とても気の毒に思うわ」

「僕も君を気の毒に思うよ」ジェームズが手を伸ばしてアンナの手を握ると、アンナも握り返してきた。

ジェームズはアンナの言葉の選択を深読みしすぎているのかもしれない。そもそも、自分がその死を嘆いている親族について話すのは難しいことだ。きっとアンナは今の時点で言えることはすべて言ったのだろう。

ブルートン・ストリートに着くと、ジェームズはアンナに次はいつ会えるのかききたい衝動を強く感じた。アンナに会えない日々は空虚であるかのように感じ始めていた。

だが、きかなかった。

「改めて、ありがとう。この午後はとても楽しかった」ジェームズはアンナに言った。そして、彼女が家の中へ入るまで見守ってから馬車を出発させた。

どうしたいのかが決まるまで自分を抑えなくてはならない。アンナを傷つけたくはないから、真剣な気持ちがないのなら彼女と会うのはやめたほうがいいだろう。二人がしていることを誰かに見られれば、アンナの体面は完全に汚れてしまう。

ああ、自分は完全にどうかしていた。二人であのようなことをしたのだから、結婚において愛をどう考えるかとは無関係に、自分にはアンナと結婚する義務があるのだ。当然だ。さっさとアンナに結婚を申し込むべきだ……。

だが、今はその時ではない。

もう少し考える時間が必要だ。

レディ・ダーウェントのもとを訪ねたほうが良さそうだ。

翌日の午後、ジェームズはレディ・ダーウェントの応接間に座り、よりによって今来るのはやめておくか、会う時刻をあらかじめ決めておけばよかったと思っていた。ジェームズが来たとき、レディ・ダーウェントは三人の未亡人とお茶を飲んでいて、三人ともジェームズと会うことにとてつもない興味を示してきたのだ。

「アムスコット、お母様と妹さんたちはお元気?」レディ・フォーセットがたずねた。

未亡人たちがジェームズから家族の健康と所在と結婚の予定について実に細々とした話を引き出す間、時間はのろのろと過ぎた。

「ありません」ジェームズは五人の妹の結婚の予定について簡潔に答えた。

やがてジェームズが人生の三十分もの時間をその応接間で無駄にしたあと、レディ・ダーウェントがジェームズを哀れんでこう言った。「アムスコット、公園で馬車に乗るのはどうかしら。明日、四時半に私を訪ねてきてちょうだい」

二十五時間後、ジェームズはようやくレディ・ダーウェントと二人きりで話をすることができた。

「あなたはカリクルで来ると思っていたわ」ジェームズがレディ・ダーウェントはカリクルには乗りたくないものと考えて選んだ三人乗り箱型馬車《シェイズ》に、ジェームズの手を借りて乗り込みながら、レディ・ダーウェントは言った。「私はまだそこまで老いぼれではありませんよ、おあいにくさま」

ジェームズは笑った。「それは申し訳ありません。今後二人で馬車に乗るときのために、そのことを心に留めておきます」

馬車を進めながら、ジェームズはすぐさまアンナのことを質問しようと口を開いたが、レディ・ダーウェントが天気の話を始めたため、その試みは頓挫した。彼女は続けて宮廷の最新ゴシップについて話し、再び天気の話に戻ったあと、すっかり葉が落ちた木々に感嘆の声をあげた。そしてまた天気の話が始まった。

最終的に、レディ・ダーウェントは今週の前半に行った王立芸術院での展覧会について驚くほど詳しく語り始めた。そこで見かけた淑女一人一人の服装の説明から話は始まり、ジェームズはそもそも自分は馬車に乗っている間に言葉を発することができるのか、アンナについてもう少し詳しく知るという観点では、この午後は無駄になるのだろうかと考え始めた。

やがてレディ・ダーウェントはいくつかの絵画について話したあと、こう言った。「アンナならあの展覧会の良さがわかるでしょうね。あなたが連れていってあげるといいんじゃないかしら」

やっとだ！

「いいですね」ジェームズは言った。「でも僕は、ミス・ブレイクが美術に特に興味があるかどうか知らないんです」

「アンナは楽しむはずよ」

「ミス・ブレイクは美術の展覧会に何度も行ったこ

とがおありなんですか?」

「一、二回じゃないかしら」レディ・ダーウェントはジェームズにほほ笑みかけた。「馬車に乗ってからしばらくの間、あなたがこれほど見事にいらだちを抑えていたことには感心したわ」

「僕はこの午後の間ずっと、あなたと一緒にいられて楽しいと思っていますよ」ジェームズは用心深く言った。

「馬鹿をおっしゃい。アンナのことで質問があるから私に会いたかっただけでしょう?」

「それもありますが」ジェームズはひるんだ様子を見せないようにしながら言った。「馬車に乗ることも、その他の話題に関するあなたの意見を聞くことも楽しんでいます」

「そんなはずないわ」レディ・ダーウェントが呆《あき》れた表情を作るためにあまりに大きく目を動かしたため、頭が痛くなるのではないかとジェームズは心配になった。「アンナのことは何でもきいてくれれば、私が適切だと思える範囲で答えますよ」

何と。ジェームズは急に緊張してきた。だいぶ前からそのような質問をしようとしてきたが、今や何でもいいから好きに質問するよう言われているのだ。その答えが気に入らなかったらどうすればいいのだろう? それに、これは本当に適切な行動なのだろうか? アンナがジェームズに答えを知られたくないと思っているであろうことを質問するのが?

適切ではない、とジェームズは思った。アンナのすべてを知ることを望んではいるが、良心に照らして、こんなふうに本人に隠れてそれを知るわけにはいかない。アンナに直接はしない質問をレディ・ダーウェントにするわけにはいかない。

だが、レディ・ダーウェントがアンナの利益を最優先に考えていることはわかっている。

きっと、最善の道は正直になることだ。

適度に。アイスを味わう午後に、自分とアンナの間で起こったことまでは明かすつもりはない。

「実を言うと」ジェームズはレディ・ダーウェントに嘘《うそ》をつきたくないため、自分が今から言う内容が真実であることを願いながら言った。「僕は確かにミス・ブレイクに関してあなたにいくつか質問をするつもりでしたが、よく考えてみると、彼女に面と向かってきくつもりのないことをあなたにきくべきではないと思いました。だから、ミス・ブレイクについてあなたに質問したいことは何もありません」

「なるほど」レディ・ダーウェントは不安になるほど長い間、柄つき眼鏡越しにジェームズを観察し、そのあまりの長さにジェームズは馬と道路に注意を向けておくことに苦心するほどだった。

やがて、レディ・ダーウェントは咳払《せきばら》いをして言った。

「あなたがアンナをどうするつもりでいるのか、おききしてもいい？」

ジェームズは無意識に手綱を引いてしまい、そのせいで馬の一頭が一瞬止まり、馬車が少し揺れた。

「すみません」しばらくして馬を再び制御下に置くことができると、ジェームズは言った。「最後にこれほど馬の操縦に失敗したのがいつだったか、思い出せないくらいです」

「誰かの名づけ親に、その娘と結婚するつもりなのかどうかを最後にきかれたのがいつかも思い出せないんでしょうね」

今回、ジェームズは馬の口を引っ張るのではなく笑い声をあげた。それは進歩だった。

「そのとおりです」ジェームズは言った。

「それで、あなたの答えは？」

「それは……」まずい。レディ・ダーウェントのもとを訪ねると決めた時点で、このことについて考えておくべきだった。

「はい?」

「僕はミス・ブレイクをとてもすばらしいと思っています」ジェームズは言った。「彼女は最高に……すばらしい女性です」

「でも、結婚を申し込むつもりはない? アンナを愛しているの?」

「それは……」困った。レディ・ダーウェントがこの会話の内容をアンナに伝えたらどうすればいいのだろう? それに、現時点でのアンナの考えはどうなのだろう? 「まだわからなくて……それに、傲慢なことを言うつもりも、僕が結婚を申し込めば誰でも承諾してくれると思っているわけでもないのですが……求婚されるという希望を誰かに抱かせたくなくて……もちろんそれを受け入れるかどうか、それを嬉しいと思うかどうかは本人しだいですが……その前に自分がどうしたいのかを決めなくてはならないので」

自分は求婚するつもりなのだとジェームズは今では確信していたが、代理人のレディ・ダーウェント経由で求婚したくはなかった。

「それで、あなたはアンナについて質問するつもりで私を訪ねてきたのよね? そのあと、彼女に直接できない質問を私にするのは公平ではないと考え直したと」

ジェームズは悲しげにうなずいた。「そのとおりです。ミス・ブレイクが自分で僕に話そうとはしないであろうことを、あなたにはきけません」

「それはあっぱれだわ。ちょっとつまらないけど」

「ありがとうございます?」

レディ・ダーウェントはジェームズを無視して続けた。「あなたに重要な情報を一つあげるわ。警告も一つあげる」

「というと?」

「まずは警告から始めるわね。アンナの心をもてあそばないで。アンナはすばらしい若い淑女で、私はあの子が苦しむところを見たくないの」

「僕は彼女を苦しめるつもりはありません」ジェームズは言った。

「それは良かった。あなたはほかの若い淑女、例えばレディ・キャサリン・レインズフォードと一緒にいるところを人に見られているそうね。誰にとっても、あなたがすぐにでも心を決めるのが賢明でしょう」

「はい」

レディ・ダーウェントの言うとおりであることは認めざるをえない。そして、名づけ親を務める娘を守ろうとするのは正しく適切なことなのだ。

「僕はミス・ブレイクを苦しめるつもりはありません」ジェームズは繰り返した。

レディ・ダーウェントはまたもジェームズを無視した。「私があなたに知っておいてもらいたい情報というのは、アンナの生まれに関することなの」

ジェームズはもちろんその情報を知りたかったが、考えれば考えるほど、アンナが自分に抱いてくれているはずの信頼を裏切ることと、本人がいない場所でアンナについて話すことが居心地悪く感じられた。

「それはどうでしょう……」ジェームズは言いかけた。

「何を言っているの」レディ・ダーウェントがその言葉にかぶせるように言ったため、ジェームズは最後まで異議を唱えることができなかった。「アンナは伯爵の孫娘よ」

ようやく知りたかったことが、あるいはその一部がわかった。アンナの背景が。

ジェームズがこの事実を予想していたのかどうかはわからない。自分はどこかでアンナの生まれが卑しいことを、それが二人の結婚をいっそう困難にするかもしれないことを心配していたのだとジェームズは気づいた。母は伝統と血統にうるさいが、息子に幸せになってもらいたいという願いが、ジェームズと結婚する女性が母が選ぶような家柄の出ではないことへの思いを超越することは期待できる。とはいえ、アンナが淑女であることには最初から確信があった。

「とても立派な伯爵よ」レディ・ダーウェントは続けた。「歴史ある家柄の。アンナの祖父は故ブルーム伯爵なの。第九代伯爵」

ジェームズは顔をしかめた。ブルーム伯爵のことは何となく知っていた。新伯爵、すなわち第十代ブルーム伯爵は若く、ジェームズよりも若いくらいだ。きっと、ジェームズが子供を持たずに亡くなった場合に起こるのを母とジェームズが心配しているような出来事が、アンナの家族の中で起こったのだろう。伯爵の地位が遠い親戚に渡り、その親戚がアンナの母親の死後アンナを養ってくれなかったのだ。今その男が目の前にいれば首を絞めるのにとジェームズは思った。自分の親戚が家庭教師として働かざるをえなくなったことを知りながら、よくものうのうと生きられるものだ。働かなくても慎《つつ》ましく生活できるだけの仕送りくらいできるはずではないか？

母にこの伯爵のことをきいてみようと思い、やはりやめたほうがいいと考え直した。少なくとも、自分がいつ、どんなふうにアンナに求婚するかを決めるまでは。

そう、もちろん、アンナに求婚するのだ。求婚しなくてはならない。自分は高貴な若い淑女の体面を汚したわけで、それをほかの誰かが知っているかどうかは関係ない。自分が知っているのだから。アンナに対して正しい行動をとらなくてはならない。

ああ、何ということか。アンナに求婚するのだ。できるだけ早く。

そしてもし彼女が承諾してくれれば、二人は結婚する。夫婦になる。

そしてそれは……そう、それはさまざまな事態を引き起こす。

恐ろしい事態になるだろう。アンナがあらゆる意味ですばらしいという事実により、当然ながらジェームズは、もし今はまだ違ったとしてもいつかは彼女を深く愛してしまう。妻を。だからもしアンナの身に何か起これば、ジェームズは打ちひしがれ、悲嘆に暮れるだろう。

だが、それは心を高揚させ、人生を肯定する、完璧な事態をも生むだろう。なぜなら、アンナと結婚すれば毎日彼女に会えるのだ。アンナと話し、笑い合い、愛し合い、ただ一緒にいられる。

自分はこの世で最も幸運な男になるだろう。

ジェームズはとつぜん、自分が考え事をしている間前を見つめ、レディ・ダーウェントを完全に無視していることに気づいた。

「すみません」ジェームズは言った。「ぼうっとしてしまって。教えてくださってありがとうございました」

「謝らなくていいのよ。アンナのことを考えていたんでしょう」

ジェームズはうなずいた。

「言っておくけど」レディ・ダーウェントの口調がはっきりと険しくなった。「私はあなたとアンナに関して嬉しい知らせを聞くか、何も聞かないかのどちらかであってほしいの。要するに、アンナの好意をもてあそばないでほしいのよ。もしあなたに結婚するつもりがないのなら、これ以上アンナと一緒に過ごすのはやめてちょうだい。家庭教師の仕事をしているからといって結婚ができないわけではないし、あの子の評判を汚してほしくないの」

「もちろんです」ジェームズにそれ以上つけ加える

ことはなく、それはアンナにぜひとも結婚してほしいと言うまでレディ・ダーウェントにそのことを話すつもりがなかったからだ。

アンナの背景は本人の口から聞きたかったが、親族から実質的に拒絶されることがとてもつらく屈辱的であることは理解できるし、そのことを誰とも話したくないと思っているのかもしれない。うまくいけばいずれジェームズに打ち明けてもいいと思ってくれるだろう。うまくいけば、そのときは夫になっている男に。

今のジェームズがやるべきことは、求婚の計画を立てることだけだ。

翌朝、ジェームズはよく考えた末、アンナを今夜のオペラに招待する手紙を送った。アンナは以前、オペラには一度も行ったことがないと言っていて、彼女は自己憐憫《れんびん》を表に出す女性ではないものの、その声に物欲しそうな響きがあることにジェームズは気づいていた。

この夜がアンナの体面を汚すものにならないよう、ジェームズは慎重に計画を立てた。レディ・ダーウェントも招待して、アンナへの招待状を書く前に承諾の返事を受け取っていたし、母と妹夫妻、その他二、三人の友人を招待し、アンナにもそのことを伝えた。

オペラに行くタイミングについては熟考を重ねた。アンナが結婚を承諾してくれると仮定して、求婚はオペラの前にするべきかあとにするべきか？　結局、アンナが母と妹のことをもう少し知ったあとのほうが、ジェームズとすんなり婚約できるだろうと判断した。母と妹もアンナをよく知れば好きにならずにいられないだろうし、ジェームズは家族と妻が仲良くしてくれることを願っていた。

その後、レディ・ダーウェントが喜んでジェームズにアンナを馬車で家まで送らせてくれ、本人は自分の馬車で帰るであろうことも確信できた。

ジェームズはやきもきしながらアンナの返事を待ち、手紙を送って三時間も経たずに承諾の返事を受け取ると安堵《あんど》した。あとは夜が来るのを待てばいいだけだ。

11

アンナ

アンナがジェームズからの招待状を受け取ったのは、ちょうど女の子たちとの午前中の散歩から戻ったときだった。封筒を見て彼の筆跡を認めると、鼓動がうるさいほど速くなり、アンナはそれを脇に置いてあとで開くことにした。昨夜、いくらアイスクリームが好きでもジェームズとの外出は続けないことを決意していた。彼と一緒にいることも。毎回馬車の中で互いにしてきたことも。

二人がキス、あるいはそれ以上のことをした三回とも誰にも見られていなかったのはとても幸運で、体面を汚すあのような状況を目撃されるリスクは冒せなかった。

それに、自分がジェームズに単なる好意以上の感情を抱くようになっていることには気づいていたため、胸を引き裂かれる思いをしたくなかった。このような形でアンナと戯れていることが示しているように、ジェームズがアンナと結婚するつもりがないのは明らかだ。公爵があのような行為を高貴な若い女性としないことはわかっている。したがって、ジェームズはアンナが社会的地位で自分に劣ることをわかっていて、それが理由であのようなふるまいをしているということだ。また、彼が比較的急いで結婚し、相続人を少なくとも一人は作る必要があることも明らかだった。

ジェームズがほかの誰か、例えばレディ・キャサリン・レインズフォードと結婚したときに胸が張り裂けるような思いをしたくないし、彼がアンナを愛人にしようとする可能性は少しもあってほしくなかった。どれほど品の良い男性でも、この点においてはひどくおぞましいふるまいをすることを誰もが知っている。

だからアンナはジェームズが結婚する誰かと幸せになることを願っているし、その相手が自分ではないことも喜ばしく思っている……本当に、喜ばしく思っているのだ。夫を深く愛するのは、重大な不幸へ続く道となる。公爵が妻以外の女性と関係を持つのはよくあることだ。そんなことは誰もが知っている。アンナの父が母のもとを去ったように、妻を捨てることはないとしても。

そういうわけで、もう二人が会わないのがいちばんなのだ。今の時点で傷つくとわかっている以上に傷つきたくはない。

アンナは手紙を開く前に、自分に厳しく言い聞かせた。どんな招待をされようとも、それを受けることはないと。

でも……ああ！

ジェームズはアンナをレディ・ダーウェントと一緒にオペラに招待してくれていて、名づけ親のほうもすでに承諾の意を彼に伝えているようだった。しかもジェームズの母親と妹、その他何人かも一緒だという。

ジェームズはきっと、思ったよりアンナを尊重してくれているのだ。もし彼がアンナに恥ずべき意図を持っているなら、このような少人数の集まりでアンナを母親と妹に紹介することはありえないだろう。だがアンナが家庭教師で、ジェームズがアンナと二度出かける間にレディ・キャサリンと馬車に乗っていたとしても、そう言えるだろうか？

あるいは、ジェームズはアンナを単なる友人だと思っていて、ほかの友人たちに紹介したいだけなのか？　公爵が大っぴらに女性家庭教師の友人を持つことはありえるのだろうか？

もしかして、ジェームズはあらゆる種類の女性と親密な関係を持っているのだろうか？　アンナはそんな考えが頭に浮かぶや否や、それを追い出した。気分のいい想像ではなかった。

ジェームズの意図が何であれ、レディ・ダーウェントと一緒に公爵とその家族と友人たちの客としてオペラに行くことには文句のつけどころがないし、アンナはそのチャンスに飛びつきたかった。そのような場で二人がキスへの誘惑に負けるリスクはありえないため、きっと害はないはずだ。

アンナはそう決めると、レディ・パントニーに行ってもいいかとたずねた。雇い主はいつもどおり、自分の家庭教師がそのように立派な人々と交流することを大喜びし、〝親愛なるミス・ブレイク〟はもちろんそこに参加するべきだし、夜の自由時間にめいっぱい楽しむべきだと言ってくれたため、アンナがその招待を受けることを妨げるものは何もなかった。

「こんばんは、アンナ」その日の晩、午後の手紙のやり取りで決めた時刻にアンナがレディ・ダーウェントの馬車に乗り込むと、名づけ親は挨拶してきた。「その外套《がいとう》、とてもよく似合っているわね。それを買っておいて本当に良かったわ」

問題の外套は淡青色で、毛皮の裏地と縁飾りがついていて、金の糸で縫われ、その下に着ているのは淡緑色のイブニングドレスだった。二着ともレディ・ダーウェントからアンナへの高価な贈り物で、アンナはどちらも気に入っていた。

「ありがとう。本当に感謝しているわ。これ、大好きなの」アンナは名づけ親の抱擁に応えながら言った。「おば様も今夜はとてもすてきだわ」

レディ・ダーウェントは自分の外套を直したあと、指輪をごてごてとはめた手をアンナの前で広げ、満足げな様子でそれを眺めた。

「そうね、私もそう思うわ」レディ・ダーウェントはそう言い、二人とも笑った。

名づけ親と笑っていると、ジェームズと笑っているときのことを思い出した。

こんなのは馬鹿げている。すてきなことがあるといつもジェームズを思い出すのだ。アンナは可能性に思いを馳《は》せた……可能性のことは考えたくなかった。考えないほうがいいのだ。たとえジェームズが何か不可解な理由から……その、想像すらできないが、もし彼が何か高潔な行動をとろうとしているとしても、両親の駆け落ちの醜聞と父親が馬丁だった事実を知れば、気が変わることは間違いないのだから。

もしジェームズの意図が本当に高潔なものである

気配が感じられてきたら、アンナはできるだけ早く両親のことを話さなくてはならない。

ジェームズがアンナを母親に紹介しようとしている事実を思えば、確かに……。

いや、そんなことを考えてはいけない。

だが万が一そのようなことが起これば、アンナは両親に関する真実を明かすか、何の説明もせずただ断るか決めなくてはならない。

オペラを鑑賞することになっている王立劇場にアンナたちが着くと、ジェームズが路上で待っていてくれた。

彼はアンナが馬車から降りるのに手を貸すとき、普通にするより少しだけ強く手を握り、アンナの体内が熱くなるいつもの目つきでじっと見てきた。その目は彼がアンナに会えて嬉《うれ》しくてたまらないことを示しているように思えた。ジェームズは口元を軽くほころばせてアンナを見ていて、その目はアンナだけを見つめ、まるで彼の世界にはただ一人、アンナしか存在しないかのようだった。

ジェームズが自分に向けるまなざしに、アンナは本当に息ができなくなりそうだった。

「今夜ここで会えて本当に嬉しい」ジェームズはアンナに言った。

アンナはただ〝ありがとう〟と言うしかできず、喜びで体に震えが走った。

ジェームズのボックス席へと歩いていく間、彼の広い肩幅と生来の統治者然とした雰囲気のおかげで、劇場のロビーに群がる人々は簡単に道を空けてくれた。人ごみの中でこれほど守られていると感じたことが今までにあっただろうか。それは誰もが楽しいと感じるであろう感覚だった。

ボックス席はどこもかしこもベルベットと金めっきでできていて、すばらしく贅沢《ぜいたく》に感じられた。上を見上げると、天井にも非常に凝った装飾がなされ、羽目板は青色で、それを和らげる白色と豪華に見せる金色があしらわれていた。

ジェームズの人生全体が贅沢なのだ。アンナが母の死後、レディ・ダーウェントに事実上救出されるまで、とても小さく少しじめじめした農家に母の友人のミス・シェプソンと暮らしていたことをジェームズが知ったらどう思うだろう？　ミス・シェプソンもやはり経済的に困窮した貴族女性で、食べていけるだけのわずかな金を稼ぐために裁縫の仕事をせざるをえなくなっていた。暖房はめったに使えない贅沢品だったため、二人は冬よりもはるかに夏を楽しんだ。

「ミス・ブレイク、公爵未亡人の母にはすでに会っているよね。妹のレディ・マローとご主人のマロー卿《きょう》とはまだ知り合っていないんじゃないかな」

「お会いできてとても嬉しいわ」レディ・マローは自分の隣の空いた椅子を手でたたいた。「私の隣に座ってくだされば、話がしやすくなるわ。私のことはシビラと呼んでね」

「ありがとう。私のことはアンナと呼んで」

アンナとシビラはほほ笑み合い、すぐに心地良いお喋《しゃべ》りが始まった。あっというまに二人は昔からの知り合いのような気分になっていた。

今日の演目であるモーツァルトの《魔笛》が始まる直前、ジェームズがシビラとは反対隣の席にやってきて、アンナはこれ以上楽しい席順はありえないと思わずにいられなかった。ただし、馬車でジェームズと二人きりになるのは別だ。それはとても不適切であり、二度と起こってはならない、起こるはずのないことで、それを考えることすらしてはならないのだ。

「暑すぎるんじゃないか？」ジェームズが声を潜めてたずねた。「頰が少し赤くなっている」

「あら、違うの！　ただ……」ジェームズに関する恥ずべき想像をして顔を赤らめているだけだと教えたら、彼は何と言い、何をするだろうとアンナは思った。「ありがとう、私は大丈夫だし、ここの温度はちょうどいいわ。舞台が始まるのがとても楽しみよ」

「それなら良かった。僕も楽しみにしている。君と一緒に観《み》られるなんてとても楽しいだろうな」

ほぼ暗闇の中でジェームズの隣に座り、彼がこれほど近くに、さほど動かなくても彼に触れられそうな距離にいて、彼の感触も、彼に触れられる感覚も知っていながら、彼の妹が反対側に、同じ集団のその他の人々がまわりにいるため、親密に触れ合うようなことはできないという状況にはひどく圧倒された。

オペラはすばらしかった。アンナは古代エジプトへと連れ去られ、物語にどっぷり浸った。ジェームズと共有していると思うと、それはいっそう強烈な体験になった。

幕間《まくあい》になると、アンナは物語と歌唱の美しさに涙しそうになっている自分に気づいた。ジェームズと彼の妹と舞台内容について話し、歓声をあげられることも、二人が互いをからかう様子やきょうだいの絆《きずな》を目にできることもとても幸せだった。

幕間が始まって数分後、ボックス席のまわりで人の動きがあった。シビラが親戚と話をしに行くために席を立つと、彼女がいた席に別の淑女が座った。

ジェームズがちょうど何か言おうとしたとき、シビラの席に座った女性はひどく無礼にも、アンナが生身の人間ではなく家具の一つであるかのように、アンナ越しに身を乗り出して言った。「公爵様、今回の《魔笛》の上演について感想をお聞かせいただきたいわ」

アンナは自分がこの無礼な態度に腹を立てているのか、ジェームズ……高貴なアムスコット公爵が、たとえ本人が望んでもアンナのような女性との結婚を考えられるはずがないという現実を突きつけられて悲しんでいるのかわからなかった。アンナをそれなりの生まれだと思っている人でもこれほど無礼なふるまいができるなら、そういう人はアンナの両親のことを知ったらどれほど無礼に、あるいは軽蔑的になるのだろう？

ジェームズを見上げると、彼の目はとつぜん火打ち石のように硬くなり、表情はこわばっていた。

「導入部が省略されていたと思いますね」ジェームズは冷ややかな口調で言った。「ミス・ブレイク、こちらはミセス・チルコット、母の知り合いだ。ミセス・チルコット、こちらはミス・ブレイク、家族の友人で、レディ・ダーウェントが名づけ親を務めていらっしゃいます」

アンナはジェームズにほほ笑みかけ、自分の存在がジェームズをこのような立場に追いやったことにぞっとしないよう努めた。

「あら。ミス・ブレイク。そう。お許しを……私、よく知らなくて……」その女性は非常に高慢な調子で片方の眉を上げた。アンナはその無礼さにあっけにとられ、彼女を見つめ返した。

「よく知らないとは、何を？」ジェームズの声は今やひどく冷たくなり、水も凍りそうなほどだった。「申し上げたとおり、ミス・ブレイクはレディ・ダーウェントが名づけ親を務めるお嬢さんで、母の知り合いでもあります。あなたがご存じないのは驚きですが、ミス・ブレイクは最近ロンドンへ来たばかりですし、あなたは母の舞踏会にいらっしゃらなかったのでしょう。いらっしゃっていれば会っているはずなので」

「もちろんお母様の舞踏会には行きましたよ」女性

は声を震わせて歌うように言った。「あなたとも十分間は話をしたわ」

「すみません」ジェームズの声は今も石のように硬かった。「とても慌ただしい夜で、大勢の方と話したものですから」

公爵に嫌悪感をあらわにされ、その女性が自分のとった無礼な態度をなかったことにし始めると、アンナはせいいっぱい笑顔を作ろうとしたが、それは難しかった。男性が信用ならない事実は別にすると、これこそアンナが社交界でジェームズのような地位にある人と結婚できないと思う理由だった。アンナが母と祖父の馬丁の恥ずべき駆け落ちから生まれたことを知られれば、しょっちゅう人にこのような無礼を働かれるだろうし、それは夫にとって非常に面倒なことだ。夫はいつからその面倒にうんざりするようになるだろう？

「そうですね」またも新たな話題の口火を切ったミセス・チルコットに、ジェームズはがそう返すのは五回目だった。

やがてミセス・チルコットは立ち上がって言った。「お話ができてとても楽しかったわ」

アンナがぼんやりとほほ笑み、ジェームズがごくわずかにうなずくと、ミセス・チルコットは向きを変え、わざとらしいとしか言いようのない動きでその場から去った。

「本当にごめん」ジェームズが言った。「僕はああいう無礼な態度が大嫌いだ」

「いいのよ、私がいたからそうなったんだから」

「ああ、君がいたからではあるが、君のせいではない。結婚適齢期の未婚の公爵に選ばれる若い淑女を羨む人は多いんだ」

アンナは軽く顔をしかめた。「そういうことではないんじゃないかしら。彼女は私を会話するのにふさわしい相手だと見なさなかったんだと思う」

「まさか。そんなことはありえないよ」ジェームズの笑顔はとても温かく、アンナは急に目が潤むのを感じた。「二人ともよく知らない人のことを話して時間を無駄にするのはやめよう。それより、君のことを母にもっとよく知ってもらいたい」

ジェームズはレディ・ダーウェントと話していた公爵未亡人のもとへアンナを連れていき、今夜の感想を述べてたちまち三人の女性を笑わせたあと、アンナにたずねた。

「今のところ、このオペラのどの部分がいちばん楽しかった？」

「それはとても難しい質問ね」アンナは言った。「全部すばらしかったわ。劇場そのものも、舞台上のセットのデザインも、衣装も、音楽も、もちろん歌唱と演技も。いちばんを選ぶのはとても難しいわ。全体が組み合わさって、本当にうっとりする体験を作り出しているから」

公爵未亡人がうなずいた。「同感だわ。ただ人に会って、人から見られるためだけにオペラに来る人が多すぎる。これほどすばらしい芸術を舞台上で観られるのがとても幸運であることを、私たちは忘れてはならないの」

「そのとおりよ、レオノーラ」レディ・ダーウェントが言い、二人は笑みを交わした。アンナが聞いていた話からすると、これはジェームズが成し遂げたすばらしい偉業だろう。

さまざまな話題に関する三人の女性の意見は大いに合い、アンナはその会話を心から楽しんだため、オペラの第二幕が始まったときは少し残念な気がしたほどだった。

一同が観劇を再開するために席に戻ると、ジェームズは声を潜めてアンナに言った。「君と母があれほど意気投合したことも、君がシビラとすぐに仲良くなったこともとても嬉しいよ」

アンナの首から爪先まで震えが駆け抜けた。ジェームズがアンナを愛人に据えるという侮辱的な行為をしそうにないことがわかったのは良かった。正気の人間であれば、愛人を母親には紹介しないはずだ。だが、ジェームズが明らかに母親とアンナが仲を深めることを望んでいる事実は、彼がアンナへの求婚を考えていることを示唆しているように思える。

もしアンナがまったく別の女性で、自分の心と自立を一人の男性に託す勇気があれば、そしてまったく別の、醜聞のない家族の出身であれば、この状況はすばらしいのかもしれない……きっとそうだろう。

だが実際には、それはとても恐ろしいことだった。アンナがジェームズを拒絶するのが最善の策だろう。そうすれば、今後どこかの時点で彼に捨てられずにすむのだから。

両親のことを彼に話さなくてはならない。何の説明もなく、ただ求婚を断るわけにはいかない。今夜中にそのチャンスがなければ、できるだけ早く彼と手短に会う場を作ってもらわなくてはならない。

オペラが終わってほしくないとアンナは思った。それ自体もすばらしい見せ物だが、それが永遠に続いてほしいと思うのは、ジェームズとこんなふうに時間を過ごす機会がこれで最後になると確信しているからだ。それはとても、とても悲しいことだった。

悲しみたくない。この最後の時間を最大限に生かして、とりわけ劇的なことが起こったときにジェームズがこちらを向くさまを、二人の視線が交わされるさまを、彼のハンサムな顔を見られることを、今は、今夜は彼が自分のものである感覚を楽しんだほうがいい。

そしてジェームズがほほ笑みかけてくれたとき、あの特別な、アンナにだけ見せる大好きな笑顔を見せてくれたときは、最後にもう一度それを堪能するべきであって、愚かにも目に涙があふれるのを感じるべきではないのだ。

あっというまに公演が終わると、アンナはこの夜の終わりが差し迫っていることを考えたくなくて、まわりの人々とお喋りをすることに没頭した。

しばらくすると、誰もがその場を去り始めた。

これが二人の友情が終わる前にジェームズと会う最後であることを意識しながら、アンナが彼にこのすばらしい夜のお礼を言い、おやすみの挨拶をしようとしたとき、ジェームズがレディ・ダーウェントのほうを向いて低い声で話しかけた。

次に彼はアンナのほうへ向き直り、静かに言った。

「僕が馬車で君を家まで送ることを、レディ・ダーウェントが快く許してくださった。君に大事な話があるんだ」

ああ、来た。

どうしよう。

騒ぎを起こさず、二人のどちらの得にもなりえない形で周囲の注意を引かずにアンナがその申し出を断ることはできない。それに、二人で馬車に乗るのはアンナが両親のことをジェームズに話すのに理想的な状況だろう。

そこでアンナは少し間を置いたあと、一言こう言った。「ありがとう」

馬車に乗ったらすぐにすべてを話し、二人がともに過ごしたすてきな時間のお礼を直接言って、その後ジェームズがアンナをブルートン・ストリートまで送ってくれれば、それですべてが終わる。ジェームズに二度と会えないことに打ちひしがれてはいけない。〈ガンターズ〉とオペラを……そしてあれほどの喜びを……彼と経験できたことに感謝するべきなのだ。

二人がジェームズの馬車の前へ行くと、彼はステップを上るアンナに手を差し出したあと、その手を必要以上に長く握りながらアンナの目を見つめた。ジェームズは唇を軽く結び、薄い笑みを浮かべていて、幸せいっぱいのように見えた。

そのせいでアンナは真逆の気持ちになった。

わざとジェームズと目を合わせないようにしながら、馬車の進行方向を向いたベルベット張りの座席に座ったが、それは今や終わりが近づいているせいで彼を見るだけでつらいのと、自分が彼の求婚を望んでいるとも、承諾するつもりだとも思わせたくないからだった。

座席の真ん中に座り、ジェームズに隣ではなく向かい側に座ってほしいと暗に伝えようかとも思ったが、それでも彼が隣に座ってきて二人が近づきすぎたら困ると考え、土壇場になって右手の隅へ移動した。

ジェームズは背後で馬車の扉を閉めると、案の定アンナと同じ側の座席に座り、アンナのほうへ体を向けた。

アンナは床からジェームズへと視線を上げ、彼の顔に浮かんだ表情に息をのみそうになった。その表情はあまりにも……そう、愛情がこもっていた。彼はただこちらを見ていて、まるで彼の全存在がアンナに、アンナだけに集中しているかのようで、その印象のあまりの強さにアンナは息もできなくなるところだった。自分が醜聞から生まれた子供でさえなければ。父が母を捨てたように、ジェームズが自分を捨てることはないと信じることさえできれば。ジェームズに話さなくてはならない。馬車が出発し、誰にも会話を聞かれないことが確信できたらすぐに話すのだ。

そのとき、馬車がまだ動く気配すら見せていないときにジェームズが手を伸ばし、アンナの両手を取って言った。「アンナ」

「まあ」アンナは言った。「ジェームズ」違う、これは適切な言葉ではない。ジェームズの口調はとてもロマンティックに聞こえ、アンナの口調も同様だった。だが、それは間違っている。「ジェームズ、私……」

「アンナ、君にとても大事な質問があって、僕はこれ以上待てる気がしないんだ」ジェームズが少しアンナに近づき、二人の膝が触れ合った。

アンナは自分がこのすべてを終わらせるつもりであることを心に刻みながらも、彼に触れられるとそれだけで体の中がとろけてしまい、それはひどく愚かなことだった。

馬車が前へ動きだすのを感じ、ブルートン・ストリートへ戻るまでどのくらいかかるか考える。そう長くはかからないだろう。

ジェームズは身を乗り出してアンナの唇に軽くキスし、アンナは彼に手を伸ばして彼を引き寄せ、もっと深くキスをしたくてたまらなくなった。でも、だめだ。そんなことをしてはいけないし、ジェームズがあとで後悔するのが明らかな言葉を口にする前に止めなくてはならない。

アンナは身をよじって少し後ろへ下がり、言った。「ジェームズ、だめ、私……」今すぐ彼に話さなくてはならない。

「ごめん。もちろんそうだね。こんなことをしてはいけない……今はまだ」

アンナにそれ以上反応する隙を与えず、ジェームズは腰を落として片膝をつき、アンナの両手を改めて握ったあと、それを裏返して左右の手のひらに順番に強く唇を押し当ててから言った。

「アンナ、親愛なるアンナ、僕と結婚してくれますか？」

ああ！

だめ。

だめよ。

アンナは今この瞬間、世界で最も幸運な女性だった。

だが実際には、最も不運だと感じた。

今すぐ言わなくてはならないことがたくさんあったのに、こう言うのがやっとだった。「ああ、ああ、ジェームズ」

ジェームズはアンナの両手にもう一度キスしたあと、手の甲を上に戻して自分の胸へ引き寄せ、急にしゃがれた声で言った。「それは……承諾してくれたと思っていいのかな？」

ああ、まずい。これは本当に、本当に恐ろしいことになった。

アンナは目を閉じた。少しの間、ただ受け入れられたらいいのにと思った。だが、どこかの時点で両親のことを話さなくてはならない。それに、男性とはそういう生き物であるため、ジェームズは間違いなく事実を知ったとたん婚約を解消するだろう。今話したほうが、二人のどちらにとっても良い。

アンナは深く、震える息を吸い込んでから、両手を引っ込めようとした。

「本当にごめんなさい」その言葉はほとんどささやきのように発せられた。まるで声がまともに機能しなくなったかのようだ。「私はあなたと結婚できないの」

ジェームズは一瞬凍りついたあと、アンナの手を放し、つかのま下を向いてからゆっくり立ち上がり、背後の座席に、アンナの反対側に座った。

二人の間の空間が急に広大に感じられた。

「本当にごめん」おぞましい沈黙のあと、ジェームズは恐ろしくしゃがれた声で言った。「僕が勘違いしていたのだろう。てっきり……要するに……いや、もちろんだ。その……もちろん君に答える義務はなけど、その理由をきいてもいいかい？」彼の声も、態度も、怖いくらい力をなくしているように思えた。

アンナは今までジェームズのこんな姿を見たことがなく、恐怖を感じた。さっきまでのジェームズはいつでもとても大きく、強く見えた。彼は実際に大きくて強いのだが、体だけでなく心も大きく強かった。あらゆる状況の主導権を握っていて、自信に満ち、力強く見えた。

自分の言葉がジェームズを落ち込ませたのだと思うと恐ろしく、その理由が彼でなく自分のせいであることをどうしても説明しなくてはならなかった。

ジェームズに理由を話すことなく求婚を断ることを一度でも想像していたのが信じられなかった。現実には、ジェームズを愛していないと彼に思わせてしまうのは耐えられなかった。誰であろうと、貧民だろうと公爵だろうと、自分は愛されない人間なのだと思わせてはいけない。

「もちろん理由は話すわ」アンナは言い、その声が震えていることで自分を嫌悪した。

深く息を吸う。

「私はあなたと結婚できるような女性ではないの」まともに声が出せると思えるようになると、アンナは言った。「公爵の妻にふさわしくないのよ」頬に涙が滴るのを感じ、それを手で拭った。「どんな女性……淑女も、あなたと結婚できるのはとても幸運だということを言っておきたいわ。あなたが夫にふさわしくないわけではないの。私が妻にふさわしくないことがすべてなのよ」

「アンナ。違う」ジェームズが座席から立ち上がり、アンナの隣に戻ってきた。「それは違うよ」片腕をアンナに回して自分のほうへ引き寄せ、反対側の手で、アンナの顔を勢いよく流れている涙をごく優しく拭いた。

アンナは盛大に鼻をすすって言った。「違わないわ」

「違う」ジェームズはさらに近くへアンナを引き寄せ、額にキスした。「絶対に違う。君は面白くて、優しくて、興味深くて、頭が良くて、すばらしくて、もちろんとてもきれいだ。男性が妻に望む性質をすべて備えている」

アンナはさらに強く鼻をすすったが、もはや何をしようと涙を止めることはできなくなっていた。これ以上すばらしい褒め言葉は思いつかなかった。もちろん、アンナはジェームズが思っているような人間ではないため、すべて偽りの状況で与えられた褒め言葉だ。

ジェームズはもう一度アンナの涙を指で拭ったあと、アンナのあごをつまんで自分のほうへ顔を向けさせ、唇に唇を近づけてきた。

アンナは至福の数秒間、ジェームズにキスを返すことを自分に許したあと、少し顔を引いて言った。

「だめよ、あなたはわかっていない、こんなことはできないわ」

「ごめん。もちろんだ」ジェームズはアンナに腕を回したままだったが、もうキスをしようとはしなかった。

「あなたに話さなくてはならないことがあるの」アンナはもう一度息を吸い、再び目の下を拭ったあと、ジェームズの腕の中で肩をいからせた。「あなたはすばらしい人よ。あなたと一緒にいる時間は本当に楽しかった」

「ありがとう。僕もだ」

「そのことはどうしてもあなたに伝えたかったの」

アンナは今すぐジェームズに話さなくてはならなかったが、その言葉がなかなか出てこなかった。

「僕も君と一緒にいる時間がとても楽しかった」ジェームズにほほ笑みかけられ、アンナは心がひび割れそうになった。

ジェームズが再び手を伸ばしてくると、アンナは彼の腕の中に引き寄せられることを、自分に回された彼の腕の力強さを、自分の体に触れる彼の体の感触を最後に一度だけ味わうことを自分に許した。永遠にこのままでいられたらどんなにいいだろう。

ジェームズにしがみつき、彼の胸に顔を埋《うず》めていると、彼が信じられないほど低く響く声でこう言うのが聞こえた。「アンナ、愛してる、本当に、本当に」

「私も愛してる」アンナはささやいたあと、だめだとわかっていながら自分を抑えられず、顔を上げてジェームズの顔を見た。

二人がキスをするのは避けられなかった。そこには情熱が、炎があり、アンナの側にはこれから起こるとわかっている事態への悔恨と悲しみがあった。

二人は性急に激しくキスをしたあと、両手が互いの体を探り当て、すばやく服を脱がせ始め、道中はさほど長くないのだから急がなくてはと互いに言い合った。

たちまち二人とも熱くなってあえいでいて、ジェームズの指と舌の巧みさがとてつもない快楽を生んだ。アンナは彼に今回こそ、最後に一度だけ、全部してほしいと懇願しそうになったが、正気が、少なくともごく少量のそれがその衝動を上回った。

二人が笑い、キスしながら、互いの服を少しは慎み深い状態へと戻していると、ジェームズがもう一度言った。「君を心から愛しているよ」彼がこのあと聞きたくないに決まっている事柄を聞かされることを思うと、その声ににじむ幸福感と笑いにアンナは胸を引き裂かれそうになった。

そう思ったことで、理性が戻ってきた。

「ジェームズ、私たちはこんなことをしてはいけなかったの、私はこんなことをしては……本当にごめんなさい。話さなくてはならないわ」そう言っている間に、アンナは馬車が止まるのを感じた。「でも、着いたみたいね。今すぐ話さないと」

「御者は扉を開けないよ。だから好きなだけここにいられる」ジェームズは今もほほ笑んでいて、彼を包んでいる幸せの泡をアンナが破裂させようとしているとは思ってもおらず、アンナがさっき求婚を断ったのは乙女らしい困惑からだと思い込んでいるのが明らかだった。

「単刀直入に言うわね」アンナは言った。「もっと遠回しな説明から始めようと思っていたのだけど、そのせいで今のようなことが起こったのだし、それは本当に二度と起こってはならないことだから」

ジェームズは目を細め、笑みを消して言った。

「というと？」

アンナはジェームズから一瞬目を逸《そ》らしたあと、再び視線を合わせた。

「私の父は祖父の第二馬丁だったの。母と父は恋に落ちて駆け落ちした。それは大きな醜聞になって、祖父は母を勘当し、それ以来二人は二度と会うことがなかった。私たちは田舎で静かに、少し貧しい暮らしをしていたの」

ジェームズは眉をひそめて首を横に振り、まるでアンナの言葉をすぐには理解できないかのようだった。「それは……ええと……」

「先に言っておけば良かったわね。でももっと悪いことがあるの、もしそんなことがありえるならだけど。私は両親の駆け落ちから六カ月後に生まれた。とんでもない醜聞になったわ。祖父は母を勘当した。母の友人たちの中には、私のすばらしい名づけ親レディ・ダーウェントを始めとして友達でい続けてくれた人もいるけど、ほとんどは離れていった。それだけでは収まらず、私が九歳くらいのときに父が私たちのもとを去ったの。父は今カナダに住んでいるわ。母が亡くなったときに手紙を書いたけど、何の興味も示さなかった。私が父を失ったと言っていたのは、父に捨てられたという意味だったの」アンナはジェームズをじっと見つめた。公爵を。彼の顔は仮面のようになり、何の感情も表れていなかった。

「これでわかったでしょう」アンナは続けた。「私はアムスコット公爵と結婚できるような女性ではないの」

ジェームズは押し黙っていた。アンナから腕を離して座り、両手を膝に置いて、ただ馬車の床を見つめていた。

アンナはひどい寒けを感じ、ドレスが今も少し乱れていることを恥ずかしく思った。つい数分前はなぜあんなふうにジェームズに触り、彼に触らせることができたのだろう？　今やそれはただ汚らわしく、恥ずかしいことのように感じられた。

これこそまさに、母が妊娠して実の父親に拒絶されたとき、その後生活が苦しくなって夫に拒絶されたときに経験したことなのだ。

アンナの中のごく小さな一部が、ジェームズなら出自など気にしないと言ってくれることを期待していたのだと今になって気づいた。だが当然ながら彼は気にするし、アンナを拒絶しようとしている。男性とはそういうものなのだ。

ひどく長く感じられる時間が過ぎ、ジェームズが顔を上げると、その目が不快なほど険しくなっているのがわかった。

「君は僕に嘘《うそ》をついたのか」彼は言った。

アンナは身がこわばるのを感じた。ジェームズがアンナの誠実さをどう思うかが自分にとっては重要なのだと気づいた。もっと広い意味では、男性が女性をどう扱うか、特権を持つ人々が特権を持たない人々をどう扱うかが重要だった。

自分がしていないことを非難されるわけにはいかない。確かに出自は望ましくないが、嘘はついていないない。「いいえ、嘘なんかついてない。確かに私はあなたの舞踏会にレディ・マリアのふりをして参加したけど、そのときはあなたに嘘をつくつもりはなかった。知ってのとおり、あれはただの愚かななりすましだったの。それ以来、あなたにはいっさい嘘はついていない。私は幸運にもレディ・ダーウェントの援助を受けられているけど、それがなければ社交界に居場所を作れない貧乏な家庭教師で、それ以外の何者かのふりをしたことは一度もないわ」

ジェームズの唇が険しく結ばれた。「僕がどういうつもりかはわかっていたはずだ。それなのに、何も言ってくれなかった」

「その言われ方は不当だと思う」アンナは言った。「私はあなたが今週の前半にレディ・キャサリン・レインズフォードと公園で馬車に乗っているのを見たの。それでどうしてあなたが私との結婚を望んでいると思えるの？」

「僕が彼女と馬車に乗っていたのは、母の差し金だ。僕が選んだわけじゃない。それに、君と僕はそのときすでに親密になっていたじゃないか」

「あなたの外出がお母様の差し金だなんて私にわかるはずがないでしょう。それに……」アンナの声は急に、ジェームズの怒りの不当さに対する怒りで震えだした。「私たちが親密になったことであなたが求婚する気になったのを私が予想すべきだったと言うなら、あなたこそすぐにその求婚をするべきではなかったの？」

「君がもっと早く話すべきだったんだ」ジェームズは繰り返した。

アンナはジェームズをにらみつけた。急に見知らぬ人を見ている気がした。

本当に人生最高の時間を一緒に過ごし、たった今自分に求婚した見知らぬ人。

いや、ジェームズは実際にはアンナに求婚したのではない。ほかの誰か、彼が自分の花嫁にふさわしいと思っていた女性に求婚したのだ。非の打ちどころのない生まれで、悲しくも経済的に困窮したものの、背景に少しも醜聞がない女性に。

このおぞましい会話を続けても何の意味もないだろう。

しかも正直に言って、ジェームズがこれほど理不尽なことを言える人であるなら、これ以上自分が彼にどう思われようと気にもならない。というのも、男性の愛情はつねに条件つきであり、簡単に失われるものであるというアンナの不安が正しかったことがこれで証明されたからだ。

「さようなら」アンナは言った。「ありがとう、この……」これをすてきな晩と呼ぶことはできなかった。始まりは最高だったが、最後は最悪だった。

「ありがとう」何はともあれ、ジェームズがアンナをオペラに招待したのは親切な行為だった。

「降りるのを手伝わせてくれ」ジェームズは硬い口調で言った。「失礼」

ジェームズが扉の取っ手に手を伸ばすと、一瞬彼の腕がアンナの腕に触れ、今では互いに触れること自体がひどく気まずくなってしまったことに、アンナは泣きだしそうになるのをこらえた。

ジェームズは馬車の外へ出ると、アンナがステップを下りるのを手伝うために腕を差し出した。アンナは彼の腕に二本の指をごく慎重に置いて、つまずく危険がなくなったとたんそれを離した。今やどんな形だろうとジェームズに触れるのは大きな間違いのような気がした。

「改めて、ありがとう」アンナはめいっぱい堅苦しい口調で言った。

「どういたしまして」ジェームズは少しも心のこもらない調子で言った。「おやすみ」

アンナはうなずいたあと家への階段を上り始めた

が、とつぜん凍りついた。

ジェームズは……いや、今ではそのようななれなれしい呼び方ではなく〝公爵〟と呼ぶべきだろう。公爵はとてつもなく腹を立て、おそらく傷つき、今もアンナがわざと自分をだましたと思い込んでいるように見えた。もし彼がほかの誰かにアンナの秘密を話し、それがパントニー家に伝わって、職を失ったらどうすればいい？

アンナはジェームズがいるほうを振り返った。

「公爵様」

彼はすぐにこちらを向いた。「何だい、ミス・ブレイク？」

こんなことをしなくてすめばどんなにいいかと思う。だがこの働き口は必要であり、プライドはのみ込まなくてはならないのだ。

「私は家庭教師の仕事に打ち込んでいて、このような出自ではあっても生徒たちを指導できるだけの教育を受け、知識を持っているわ」アンナは言った。「もしこの職を失えば、私は困窮してしまう。あなたがこのことを……そして、私たちがしたこともいっさい、誰にも言わないと約束してくれるとありがたいの」

「もちろんだ」ジェームズは極度に口数が少なかった。「そんなことは夢にも思わない」

「ありがとう」今感じている衝動のままに泣きだしてしまわないうちに、家の中に入って寝室へ上がらなくてはならない。「では、おやすみなさい」

「おやすみ」

これですべてが終わった。

12

ジェームズ

ジェームズは父と二人の兄が亡くなったときは泣いたが、それ以外で最後に目に涙を浮かべたのがいつだったかは思い出せなかった。

今、アンナ……ミス・ブレイクがほっそりした背中をぴんと伸ばして階段を上がっていく姿を見ていると、胸にこみ上げるものを感じた。泣き叫ぶことに膨大な時間を費やすのがいとも簡単に思えた。

今夜は人生で最も幸せな夜の一つになると思っていた。だが、実際にはこれだ。本物の悲しみ。

ジェームズは唐突に二歩前へ踏み出した。謝ることなく、アンナを家の中へ入らせてはいけない。ジェームズはアンナを嘘《うそ》つき呼ばわりした。だが、アンナの言うとおりだ。彼女は嘘はついていない。あの瞬間のジェームズはアンナに嘘をつかれた気がしたが、実際にはついていない。ジェームズは絶望の深さから非難の言葉を浴びせるという恐ろしい行動をとっていた。

「アンナ」ジェームズの声は低く、自分の耳にもせっぱつまって聞こえた。

アンナは一瞬凍りついたあと、ごくゆっくり振り向いた。

「何？」

「本当にごめん」アンナがいつ向きを変えて家の中へ入ってもおかしくない気がして、ジェームズは急いで言葉を発した。「君が嘘をついたと責めたことを謝りたい。嘘をついていないことはわかっている。僕たちの……関係の大部分を僕が先導したこと、君が始めのうちは僕の意図を察していなかったことにも気づいている。それにもちろん、君は僕が意図を明らかにした直後に真実を話してくれた。僕が最初に……するべきではなかったことをしたあとすぐに意図を明らかにしなかったことを謝らなくてはいけない。僕は何もかもを申し訳なく思っているし、僕たちがともに過ごしたすべての時間を心から楽しんだことを伝えておきたかった」この状況を改善しようとして、自分がとりとめなく喋《しやべ》り続けていることに気づく。「愛してる」ジェームズはそう結んだ。

「私も愛してる」アンナは言った。「あなたの幸せを願っているわ。さようなら」

ジェームズが目を見張って愕然《がくぜん》としながらも、頭の中は奇妙に凍りつき、自分が次に何をするべきか、何を言うべきかを考えられず、その場に立ちつくしている間に、アンナはこちらに背を向けて引き続き階段を上っていった。

アンナが背後で玄関のドアを閉めると、ジェームズは彼女に出会うまで自分が望んでいたかどうかもわからなかった人生のまだ見ぬ章の扉が閉ざされたような気がした。

ドアを長い間見つめたあと向きを変え、淡々とした声で御者に歩いて帰ると告げた。

そして、通りを歩きだした。歩くことが重労働に思え、手足が完全に鉛と化したかのようだった。

ああ。たった二十分ほど前には、ジェームズとアンナはキスをし、互いを親密に触っていて、ジェームズはそれを結婚したときの幸せに満ちた完全な愛の営みの前触れだと思っていた。だが今……今、二人は完全にばらばらになり、二人が再び会う理由は何一つ存在しえなかった。

手足同様、心も鉛のように重かった。

まだ家へは帰れない。ジェームズは右ではなく左へ曲がり、メイフェアの街路をあてもなく歩きながら、今の自分の気持ちを理解しようとした。

結婚をしたいとはまったく思っていなかったが、母と妹たちの将来を安定させるためには結婚して相続人を作る必要があった。

結婚する必要があっても妻のことは愛さないと心に固く決めていて、それはこれ以上の喪失を経験するかもしれない立場に自分を置きたくなかったからだ。

今すぐ結婚しようとしていたのはひとえに母と妹たちの面倒を見るためだった。妻が背景にあのような醜聞を持つ人物であれば、ジェームズの家族もその醜聞に巻き込まれてしまう。それが妹たちの結婚のじゃまになったらどうする？　その結果、妹たちが家庭教師になったり、望ましくない結婚をしたりするはめになったら？　例えば、妹の一人がレディ・マリアのように貧しい牧師補と恋に落ちたら？　そうなれば、その妹はもう強力な男性に守ってもらえなくなるため、義姉の背景に醜聞があった場合、面倒な立場に立たされるのでは？　もしジェームズがアンナと結婚して息子をもうけたあと、兄たちのように若くして、息子がまだ未成年のうちに死んだら？　社交界はアンナを幼い公爵の摂政役として受け入れてくれるだろうか？

女性にとって人生はひどく困難であり、あれほどの悲しみをあれほど立派に引き受けてきた母のみならず、五人もの妹たちに幸せな人生を歩ませることは重大な責任だ。

妹の誰一人として、家庭教師をせざるをえない状況に追いやるわけにいかない。

アンナが家庭教師をしているのも耐えがたい。アンナが悲しんでいるのも耐えがたい。彼女は大泣きしていた。打ちひしがれているように見えた。

ジェームズはアンナにひどい態度をとった。彼女を嘘つき呼ばわりした。嘘などついていないのに。

アンナはジェームズにわざと誤解させることすらしていない。ジェームズが自分に結婚を申し込むつもりであることを、アンナは最近になるまで予想できなかったはずだ。アンナの体面を汚すのが明らかである行為を二人でしたことが求婚の動機なら、なぜすぐに求婚しなかったのだろう？　求婚するべきであることにジェームズがとつぜん気づき、気づいたとたんアンナを愛しているゆえに喜んで求婚しようと思ったことを、なぜアンナが知りえただろう？

　少なくともジェームズはアンナに謝った。だが妻ではない高貴な女性としてはならない行為を、彼女とした事実は変わらない。アンナが高貴な女性なのは確かだ。祖父が伯爵なのだから。彼女はそのことをジェームズに言わなかった。父親が馬丁だと言っただけだ。アンナはいかなる形でも自分自身を守ろうとはしていなかった。

　恋に落ちたくないというジェームズの思いは正しかった。これはあまりにもつらい。

　だから、きっとこれが最善の道なのだろう。アンナにそこまでみじめな思いをさせているのでない限りは。

13

アンナ

翌朝目覚めたアンナは、オペラに行ったときのきれいなドレスのままベッドに横たわっていて、頭は金属製のやっとこで締めつけられているかのように痛く、口は寝ている間に羽根布団の中の羽根を食べたかのようにぱさぱさだった。

乾燥した目をしばたたきながら、家の中をやみくもに歩いて寝室のドアを背後で閉めた瞬間泣き崩れたことを思い出した。つらい会話とみじめな気持ちを頭の中で何度も反芻《はんすう》したあと、やがてドレスを着替えないまま眠りに落ちたのだ。

自分はあまりに純朴だったとアンナは思った。夜の早いうちは確かに、ジェームズが結婚を申し込んでくれて、そのうえ両親にまつわる醜聞は問題ではないと説得してくれることを期待していたのだ。だがもちろん醜聞は問題であり、もちろんジェームズ……公爵はそれを無視できない。アンナの祖父は母を見捨てた。アンナの父は母にとって良い夫ではなかった。男性は女性に自分が守っているよりも高い基準を守ることを期待し、女性がその基準に達しなければ、多くの場合は本人に落ち度がないにもかかわらず支えようとはしない。

実際のところ、今問題が表に出たことで友情という茶番が終わってくれて、アンナは運が良かったのだ。

だが、心はひどく痛かった。頭と同じように。

アンナは今朝、本当に子供たちの指導をしたくなかった。本当に何もしたくなかった。だが何かしなくてはならないのであれば、給料がどれほど高くても、顔に笑みを貼りつけてほかの誰かの子供に規律と知識を教え込むよりは、大きな岩の陰を這《は》い回《まわ》って身を隠すほうがましだった。

アンナは普段より少し遅れて朝食に行く準備を整えた。レディ・パントニーは親切にも、最初からアンナに家族と一緒に朝食をとるよう言ってくれている。鏡を見ると顔はいつになく青ざめ、練習した笑顔には悲しいくらい本物らしさがなかったが、誰もそれに気づかないことをアンナは願った。

トーストと紅茶を何とかのみ込むと、食べ物と飲み物はいつでも気分を良くしてくれるという古い格言が完全な戯言《たわごと》だったことを知った。今は吐き気しか感じない。この吐き気の原因が疲労なのかみじめさなのか、あるいはその両方なのかはわからないが、それはまずい事態だった。

二時間かけて計算を教え、文字を書く練習をさせると、吐き気に加えて頭痛がひどくなったが、やることがあれば一人きりで考え込まずにすむためありがたかった。

午前の後半、アンナは子供たちとともにいつもどおりハイド・パークへ散歩に出かけ、よく周囲を歩いている池に着くと、新鮮な空気のおかげで気分がましになったのを感じた。頭が少しすっきりしてきたし、木や鳥を見ていると、一人の男性だけが人生ではないことをはっきり思い出した。自分はまた幸せになるし、自力で良い人生を築くのだ。何しろこの働き口を見つけられたことが幸運であり、レディ・ダーウェントとマリアという良き友人がいることが幸運なのだ。

ブルートン・ストリートへ戻るころには、まだひどくみじめではありながらも、子供たちと一緒にいることを楽しみ、自分は本当にこの状態から回復できると確信する程度には立ち直っていた。

家庭教師の役を演じるときに着る茶色のウールのペリースを脱いでいると、執事のモーカムが言った。

「レディ・パントニーが図書室でお話ししたいことがあるそうです」

アンナは下を向いてボタンを外していたが、執事の声がとても冷ややかで妙な感じがしたため、驚いて顔を上げた。彼の顔に浮かぶ表情を見ると、息をのみそうになった。モーカムはいつも父親のような雰囲気でアンナに接し、いつもほほ笑みかけてくれるし、助言をくれることも多いが、今は少しも笑っておらず、無礼とも呼べる目つきでアンナを見つめていた。

アンナは冷たい恐怖が全身に広がるのを感じながら執事を見つめ返した。いったい何があったのだろう？

「ありがとう」アンナは言ったが、声が少し震えたのがわかって恥ずかしくなった。軽く身震いしたあと声を発すると、ありがたいことにさっきより力強い声が出た。「すぐに行くわ」

「それがいい」モーカムは言い、アンナはその無礼さにあえぎそうになった。

一分後、実際にはモーカムの態度の変化に恐怖を感じていたが、彼に怯《おび》えてなるものかと自分に言い聞かせるために、あえて時間をかけて図書室に入った。

「ドアを閉めてちょうだい」レディ・パントニーは書き物机の向こう側に立っていた。アンナがドアを閉めると、彼女は机の前の椅子を示して言った。

「座って」

アンナは今や恐怖のあまりひどく取り乱し、頭が内側から爆発しそうな気分で椅子に座った。

レディ・パントニーも座り、体の前で両手を組んだ。

「とても残念なことなのだけど」彼女はそう切り出した。そこでしばらく黙り込み、アンナはごくりと唾をのんだ。

きっと家庭教師が不要になったのだ。だがそれなら、なぜモーカムがあれほど横柄にふるまうようになったのだろう？　もっと同情的な態度になるはずではないか？

「知ってのとおり、私はあなたの仕事ぶりにとても満足しているの」レディ・パントニーの声がつまった。「子供たちはあなたのことが大好きだし、私もそう。でも……」彼女は再び言葉を切り、アンナは急に目に溜《た》まった涙をまばたきで追い払おうとした。何らかの理由で解雇を言いわたされようとしているのは明らかだった。だがアンナには仕事が必要で、これはアンナが望めるほかのどんな仕事よりも良い。

「問題は……」レディ・パントニーは咳払《せきばら》いをした。

「つまり……」組んでいた両手をほどき、指先を突き合わせたあと、また両手を組んだ。「私は不当なことをしたくないと思っているの」

〝では、私をこのまま雇ってください〟アンナは心の中で叫んだ。外面的には無表情を保ち、泣かないようにすることに集中した。

「ミセス・クラークが昨夜あることを聞いてしまって、それを私に伝える義務があると思ったからと今朝話してくれたの」

アンナは全身が極度の寒けに覆われていくのを感じた。

レディ・パントニーは唇を引き結んだあとに続けた。「あなたが昨夜遅く、玄関前の階段でアムスコット公爵と、あの方と何らかの形で親密な関係を持っていることがうかがえる会話をしていたというのよ」

ああ、まずい、これはまずい。ミセス・クラークはパントニー家の家政婦だ。彼女に具体的に何を聞かれたのだろう？　馬車から降りたあと、どんな話をしていただろうか？　ああ、どうしよう。こうなったのは、アンナが自分たちの間に起こったことを誰にも言わないでとジェームズに懇願したからだ。何と愚かだったのか。あるいは、ミセス・クラークが聞いたのはジェームズの謝罪だったのかもしれない。いずれにせよ、アンナが彼と一緒にいたことが愚かしいほどに軽率だったのだ。

アンナは何も言えず、首を横に振った。

「これが何かの間違いだと言える？」レディ・パントニーは続けた。

「それは……」アンナは嘘《うそ》をつきたくてたまらなかった。自分が嘘をついたところで困る人が一人でもいるだろうか？　そうは思えない。自分は優秀な家庭教師だ。子供たちのことを気遣い、きちんと教育していると思っている。自分は堕落した人間ではない。いかなる形でも子供たちに悪影響を与えることはしない。嘘はつきたくないし、レディ・パントニーほど良くしてくれた人に対してはなおさらだ。だがジェームズとの関係を否定したところで、誰が傷つくだろう？　とはいえ、ミセス・クラークが実際にはでっち上げていないことをでっち上げたと言ったら、彼女に迷惑がかかる。何と言えばいいのだろうか？「私……」

「ミス・ブレイク！　あなたがためらったことで答えがわかってしまったわ。ミセス・クラークの勘違いだと言ってくれることを期待していたのに。私、どうしたらいいのかしら」レディ・パントニーはその言葉どおり、ひどく動揺したように両手の指をより合わせ、目を潤ませていたが、アンナはおそらくそれとは比べものにならないほど取り乱していた。

深く、震える息を吸い込む。泣き崩れるわけにも、何も言わずにいるわけにもいかない。レディ・パントニーが聞いてくれるなら、自分の状況を理にかなった言葉で説明しなくてはならない。そうすれば、彼女がそれでもアンナを解雇することはほぼ確実でも、少なくともアンナを永遠に悪く思うことはないだろう。

「私は社交シーズンの始めに、彼のお母様が開いた舞踏会で公爵に出会いました」アンナは言った。

レディ・パントニーはその先を聞きたがっている様子でうなずき、彼女が説明を聞くのを拒否するはずがなかったのだとアンナは思った。公爵にまつわるゴシップなら何でも興味津々だろうから。といっても、アンナはレディ・マリアになりすましたことを含め、どんなゴシップも提供するつもりはなかったが、自分の汚名をすすぐために全力を尽くそうと思った。万が一に備えて。両親に関する詳細を自ら話すつもりはないが、それは自分にとって何の得にもならないし、誰にも関係ないことだから、そして運が良ければミセス・クラークもその部分は聞いていないかもしれないからだ。

もしミス・クラークがそれも聞いていたら、家庭教師を続けるためには、ロンドンから遠く離れた場所で働き口を見つける必要があるだろう。たいていの家族が望むのは、少なくとも自分たちと同程度の家柄で、ただ自分たちよりずっと貧しいだけの家庭教師だからだ。

話を続けなくてはならない。

「舞踏会で私たちは二度ダンスをし、しばらく話をしました。その後、ご存じのとおり公爵は私を〈ガンターズ〉に、そしてオペラに誘ってくれました。昨夜、オペラのあと公爵は私を家まで送ってくれて、私たちは……」アンナは今にも言葉につまりそうになった。「ちょっとした意見の相違があり、友人関係を解消したのです」

「ミセス・クラークはあなたと公爵が交わしていた言葉を説明しているときに、あなたたちが何かを一緒に〝した〟という印象を受けたと言っていたわ」

「いえ、それは――」

「彼女がそれを聞いて使用人に質問したところ、多くの者が怪しんでいると答え、あなたと公爵には根強い噂《うわさ》があることを教えてくれたそうよ。その噂では、あなたは公爵と……情を交わしていて……おそらくひそかに婚約したのだろうと言われていると」

アンナはつかのま目を閉じた。

「私は心配なの」レディ・パントニーは言った。「たとえあなたが不作法なことは何もしていなかったとしても、これで人々はあなたに疑問を抱くようになり、それが私と娘たちにまで及ぶようになるのではないかと。だから私は慎重にならなくてはいけないの」

「つまり」アンナはゆっくり問いかけた。「人々が言っていることが単なる噂だとわかっても、それが真実である場合と同じ対応をしなくてはならないと思っていらっしゃるのですね？」

レディ・パントニーは長い間アンナを見つめたあとうなずいた。「ええ、そうしなくてはならないだろうと思っているわ。家族のために。それが私たちが住む世界なの。私の地位はどんな醜聞にも持ちこたえられるほど高くはないから」

アンナはうなずいた。もちろんレディ・パントニーは娘たちの将来のことを考えなくてはならないし、少しでも醜聞がつきまとう家庭教師は雇えないだろう。

そしてもちろん、その醜聞は事実だ。しかもレディ・パントニーはアンナの両親のことも、これからアンナにつきまとう可能性のある醜聞の規模もまだ知らない。

レディ・パントニーは少し間を置いてから続けた。

「ミス・ブレイク……アンナ、私はあなたのことが大好きよ。あなたと公爵の間に何が起こったのかはわからない。実は……正直に言うとね、公爵のあなたへの興味が結婚につながることを期待していたの。あなたたちの間に軽率な行為があった場合、公爵は何も失わないのにあなたは職を失わなくてはならないのはとても間違ったことだと思う」鼻をすする。「あなたを辞めさせずにすめばいいのにと心から思うわ。でも、私は家族のことと我が家の体面のことを考えなくてはならないの。使用人は噂するものよ。それがほかの人々の耳に入るかもしれない」

アンナはうなずいた。「わかります」

「アンナ、私にできることはするわ。このことは誰にも言わないし、別の働き口を見つけられるよう紹介状も書く。でも、うちの使用人伝いで噂がついてこないように、ロンドン以外の地域に移るのがいちばんでしょうね。使用人がゴシップを広めるとは思いたくないけど、人間の性質については現実的に考える必要があるから」

「ありがとうございます」アンナは泣いて何も言えなくなる前に何とかそう言った。心から感謝していた。レディ・パントニーが紹介状を書いてくれて、おそらくレディ・ダーウェントからさらに力を借りることができれば、どこかで働き口を見つけられるはずだ。だが、それでも深い、深い悲しみを感じていた。

レディ・パントニーは椅子を押しやって立ち上がり、テーブルのまわりを回って、アンナに両手を差し出した。「来て」アンナが立ち上がると、彼女はアンナを抱きしめた。

アンナは泣くつもりはなく、むしろせいいっぱい泣かないようにしていたが、気づくとレディ・パントニーの腕に抱かれながら彼女の肩ですすり泣いていた。

やがてアンナが体を引くと、レディ・パントニーの頬も涙で濡《ぬ》れているのが見えた。

「本当に寂しくなるわ」レディ・パントニーは言った。「公爵にもこの状況にも怒りを感じる。あなたのことはもう雇えないけど、私という友達がいることは忘れないでちょうだい」

「ありがとうございます」アンナは今も少し鼻をすすっていた。レディ・パントニーの立場はよく理解できた。人は幸運にも良い評判を得られれば、それを必死に守らなくてはならず、レディ・パントニーは三人の幼い娘たちのことも考えなくてはならないのだ。

「あなたが完全に村八分になるのは耐えられない」レディ・パントニーは言った。「田舎にあなたが滞在できる場所を、農家か何かを見つけられると思うの。私があなたの滞在先を手配する間はホテルに泊まればいいわ」

アンナは首を横に振った。「ご親切なお申し出ですけれど、そこまでしてもらうわけにはいきません」

「約束してちょうだい。極貧に陥らないようにするのよ」

アンナはごくりと唾をのんでうなずいたが、その約束を守るのが難しいことはよく知っていた。

14

二日後、ジェームズは馬の手綱を馬丁に渡したあと大股で歩いて家の中へ入り、途中で執事のラムリーとぶつかりそうになった。

「公爵様、何も問題はございませんか?」ラムリーはたずねた。

「ああ、ありがとう」ジェームズは嘘《うそ》をついた。

「お急ぎのようですが」ラムリーは粘った。

生まれたときから自分を知ってくれている使用人がいるのはすばらしいことだ。普段は。だが今のように、時にそれがすばらしくないこともある。ひどくわずらわしいことが。

「特に急いではいない」ジェームズは言い、急いでその場から去った。正直に言うと、この二日間、何もかもをすばやく行っていた。今朝は近侍がたんすに手を触れる前に着替えていたし、貪るように朝食を食べた。ロットン・ロウで馬を猛烈な勢いで走らせた。そして今は手紙をすばやく読んだあと、ジェントルマン・ジャクソンのボクシング場へ行ってこぶしを繰り出すつもりだった。

それはまるで、思考とみじめさとたえず割り込んでくる不安を食い止めるために、物事をすばやく、勢いよく行いたいという抑えがたい衝動があるかのようだった。

けれど、そうしたところで効果はなかった。デスクの前に座ったジェームズはまたもアンナのことを考えていた。腹が立っていたが、それはアンナに対してではなかった。この状況に対してだ。そしてもちろん、自分自身に対して。ジェームズははっきりと自分に腹を立てていた。アンナが恋しかった。そして心配だった。彼女があまり苦しんでいないことを願った。

本当に、アンナが恋しかった。ただ彼女に会い、話をし、言うまでもなくキスしたかった。

何ということだろう。

ジェームズは急いで手紙を処理すると、ジェントルマン・ジャクソンその人と激しくスパーリングをし、その熱烈さに何度か困惑したような質問をされ、その後昼食を貪ったあと、さらにペースを上げて仕事をし、気づくと母の私室で母と一緒に座っていた。

アンナのことをきかれるのはわかっていて、この状況について母と話すことはどうしても避けたかったため、この二日間は母を避けていた。

「さっきまでモルトビー伯爵夫人のお宅へうかがっていたの」母はジェームズに言った。一瞬、膝の上の縫い物へと視線を落とす。「彼女、いろいろな話題について意見がたくさんおありだったわ」

ジェームズは少し身がこわばるのを感じた。アンナのことはいっさい話したくない。アンナが第九代ブルーム伯爵の孫娘であることを母に一言も話していなかったのは幸いだった。

「あなたとミス・ブレイクのことをきかれたの」母はなおも刺繍《ししゅう》に視線を落としたまま続けたため、ジェームズが母の目の表情を見ることはできなかった。「私はもちろん、ミス・ブレイクはあなたの知り合いで、レディ・ダーウェントの名づけ娘で、それ以上のことは知らないと答えたわ」

ジェームズは何も言わなかった。

「ほかの人たちも彼女のことをきいてくると思うの。あなたがミス・ブレイクに関心を示していることはオペラを観《み》に行ったときも一目瞭然だったし、彼女と〈ガンターズ〉にいるところも一度ならず見られていると聞いたから」

これこそが、母を避けていた理由だ。

ジェームズは深く息を吸った。アンナの評判がこれ以上汚されないようにするための言葉を発しなくてはならない。彼女がゴシップにまみれてしまえば、職を失うかもしれないのだ。

ジェームズがアンナに関心を示していることは、確かに一目瞭然だった。母に対してそのことを認め、アンナが求婚を断ってきたのだと思わせなくてはならない。いや、それは事実だ。だが……アンナが両親の話をしたとたんジェームズが彼女の前から去ったことを、本当にそう表現していいのだろうか？　アンナに求婚を承諾してもらうための努力もしなかったくせに？

いや、それはあとで考えればいいことだ。

「確かに僕はミス・ブレイクを口説こうとしていた」ジェームズは言った。「でも残念ながら、彼女は僕との結婚を望まなかったんだ」

「何ですって？」母は刺繍を取り落とし、顔を上げた。「それはミス・ブレイクに結婚を申し込んだということ？」

「そうだね」

「私に話してくれなかったわね」

「母上、僕はもう大人だ。親と、むしろ誰とも話したくない事柄もあるよ」

「あなたはミス・ブレイクに求婚して、彼女はそれを断ったということ？」

「そのとおり」

「正気の若い淑女がどうしてあなたの求婚を断るの？　あなたはハンサムだし、すばらしい男性だし、公爵なのに」

それは、アンナが礼儀を重んじる、思慮深い若い淑女だからだ。さらに、正直でもある。彼女はジェームズがこれほど気にした場合に備え、もう引き返せないところまで婚約期間が経《た》つまで両親の情報を伏せておくこともできたのだから。

両親のことを聞いたとき、ジェームズはなぜそこまで気にしたのだろう？

ああ、そうだ。その醜聞が母と妹たちに与えるであろう影響のためだ。

だが、アンナはどうなるのか。もしジェームズが彼女の体面を汚していたら？　いや、実際に汚した。誰も知らないだけだ。だが、自分は知っている。

「ジェームズ？」

「ごめん、母上」なぜアンナがジェームズの求婚を断ったのかときかれていたのだった。「ミス・ブレイクは単に僕と結婚したくなかったんだと思う。とても親切な申し出だと感謝してくれて、とてもありがたいけど自分たちは合わないと思うと言われた」

「公爵夫人の人生が家庭教師に合わないとはどういうこと？」

「きっと彼女は……」ジェームズはごくりと唾をのんだ。「きっとミス・ブレイクは愛のための結婚をしたいんだろう。母上がしたみたいな」

「そう」母の目は怒りのあまり閃光《せんこう》を放っているかのようだった。「あなたを愛せないってどういうこと？　ミス・ブレイクがあなたより優れた男性を見つけられるはずがないのに」

「母上、それは偏見だと思う」ジェームズは母が間違っていることを知っていた。ジェームズより優れた男性であれば、アンナとの間にこのような事態を引き起こさなかっただろう。仮にこのような事態を引き起こしたとしても、自分の家族にとって醜聞になるような行動は避けながら、アンナに対して正しい行動をとる方法を見つけ出していただろう。

「私は間違っていないわ。あの若い女性は明らかに頭がどうかしている」

「母上！」

「謝らないわよ。息子の前で自分の気持ちを話せないなら、誰の前で本心を言えばいいの？」

ジェームズはうなずいた。確かにそうだと思った。

「あなたがあまり取り乱さないといいのだけど。ミス・ブレイクがどんな家族の出なのかは知らないけど、淑女であることは明らかだし、もし彼女があなたを幸せにしてくれるというなら、私は喜んで彼女を家族に迎え入れたわ。彼女があなたを拒んだのならきっと何か理由があるんでしょうし、それが最善の道なんでしょう。あなたと知り合いたい若い淑女はほかにもたくさんいるわ」

「そうだね」ジェームズは気のない返事をした。もちろんいるだろう。ジェームズは公爵なのだ。だが残念ながら、自分がアンナに対するようにほかの女性を好きになる……愛することは想像できなかった。それに、愛のための結婚は望んでいないものの、ほかの女性と時を過ごすこと、ほかの女性と愛を交わすことも想像できなかった。

「今は落ち込んでいるようね」母は首を振った。「残念だったわね、ジェームズ」

「ありがとう、母上。心配してくれて。でも、彼女の話はしたくないんだ」

「二度と触れないようにするわ」母は言ったが、そうならないことはほぼ確実だった。「気晴らしに、伯爵夫人が教えてくれたほかの噂《うわさ》を教えてあげるわね」

「そうやって不快な噂が広がるんだよ」

「ジェームズ。あなたは私の息子よ。私もあなたもこの話をこれ以上広める必要はないけど、人は誰かに話さなくてはいられないものなの」

とたんにジェームズは罪悪感に襲われた。母がどれほど父を、兄たちを恋しがっているかは知っていたし、母がジェームズと話をしたがるのは当然だ。

それに、母の言うとおりだ。ジェームズには気晴らしが必要だった。

「全部話して」ジェームズは言った。

「ここからもわかるように」母はゆうに十五分間、ジェームズがしばらく聞いたことがないくらい、その複雑さに戸惑うような逸話を続けざまに話したあと、ようやく結論を言った。「ミス・ブレイクのような若い淑女はめったにいるものではないの。もちろん特筆すべき家族の出身ではないけど……」祖父がブルーム伯爵である点でも、両親が醜聞を起こした点でも、母の言い分はまったくの見当違いだった。

「立ちふるまいがきちんとしているし、とても美人だわ。それに、ブライズ侯爵が女優と結婚できるのなら、あなたも無名の女性と結婚できるはずよ」

「第一に、ミス・ブレイクは僕との結婚を望んでいない。第二に、侯爵の結婚も世間に認められてはいないだろう?」ジェームズはたずねた。

「認めない人もいるでしょうけど、本人が無視していれば忘れてもらえるわ。彼はブライズ侯爵なのよ、ジェームズ」

ジェームズは母を見つめた。本当に……そうなのか? 今やその可能性は低そうだが、仮にアンナが求婚を受け入れてくれて、ジェームズが彼女と結婚することを決めた場合、いずれ社交界はジェームズを許したような状態になるのか? ひいては、母と妹たちに悪影響を与えることもないのか?

「立派な男性が地位の劣る女性と結婚した例はたくさんあるわ」母はそう続けた。「相手の女性がとても淑女らしい人であれば、不適任とされる部分は次にちょっとした醜聞が起これば簡単に忘れてもらえるものよ」

「母上がそこまで実際的だとは思わなかった」ジェームズは言った。「僕の花嫁候補のリストを作っていたときは家柄にこだわっていたじゃないか」

「そうよ。でも……」母は言葉を切ったあと、刺繍を脇にある小さなサイドテーブルに置いた。「こっちへ来て、隣に座ってちょうだい」

ジェームズは立ち上がり、ソファの母の隣に、母が腹をすかせたライオンだった場合と同じくらい消極的に座った。

驚いたことに、母はジェームズの両手を取った。「私はあなたに幸せになってもらいたいの」母は言った。「あなたが公爵の地位を継ぐことになるとは思ってもいなかったことも、想定外の大きな責任の重みを背負っていることもわかっているわ」少しためらったあと、ジェームズの手をぎゅっと握る。「私……あなたがミス・ブレイクといるところを見たの。彼女はきっと名家の出ではないでしょうけど、ソフォノーラが、レディ・ダーウェントが身元を保証している。あなたも知ってのとおり、私はソフォノーラと親しくつき合ってはいないけど、彼女を上流社会の一員でないと言う人はいないわ。とにかく、ミス・ブレイクと一緒にいるときのあなたは……幸せそうで、気楽そうで、はしゃいでいて……恋しているように見えたの」

母が話し終えるころには、ジェームズは気まずさのあまり体をよじりたくなっていた。誰かと、ましてや母親とこのような会話をすることに耐えられる人がいるだろうか？　家政婦や執事にお節介をされるよりもきつい。

「悲しいことに」ジェームズはいつ母に握られた手を放してもらえるのだろうと思いながら言った。「さっきも言ったとおり、ミス・ブレイクは僕との結婚を望んでないんだ」

「それは本当に残念だし、ミス・ブレイクはとても愚かだと思うし、私は彼女にひどく腹を立てているわ」母はまだジェームズの手を放そうとしなかった。

「やめてくれ。ミス・ブレイクに腹を立てる理由なんてない」ジェームズは自分が一瞬でもアンナに腹を立てたことが信じられなかった。

もし自分がアンナに出自のことは気にしないと言い、彼女が求婚を受けてくれるなら、自分は彼女と結婚したいのだろうか？　もちろん、誰にも見られていないとはいえアンナの体面を汚したのだから、結婚はするべきだ。だが、自分はそれを望むだろうか？　誰かを深く愛することが、相手を失ったときに恐ろしい苦痛を味わうリスクをはらんでいても？

ジェームズは今も息子の手を握っている母に目をやり、とつぜん母の喪失に対して圧倒されるほどの痛みを感じた。自分自身の喪失に対しても。

「本音ついでに」ジェームズは言った。「きいてもいいかな？　母上は自分がまた同じことをすると思う？　父上とまた結婚すると思う？　父上を失った今でも？」

母は長い間ジェームズを見つめたあと言った。

「馬鹿げた質問だわ、私には子供たちがいるんだから。でも、もしあなたたちがいなかったとしても、もしもちろんそうするでしょうね。私はお父様とあのような時間を過ごせてとても幸運だったし、その期間が短かろうと幸運だもの。何も変えようとは思わない。ジェームズ……あなた、誰かを愛したあとその人を失うことを心配しているの？」

「それは、その……」ジェームズはとつぜん、母に胸の内を打ち明け、母と話をし、アンナのことをすべて伝えることができればいいのにと思った。だが母がすでに巨大な喪失を経験し、すでにあまりに多くの心配事を抱えていることを思うと、それはできなかった。それに、母は明らかに父と兄たちの喪失が何らかの形でジェームズを損なったのではないかと心配している。確かにそうなのだろうが、母がそのことを知る必要はない。

「いや」ジェームズは言った。「そうじゃない。僕とミス・ブレイクの関係は実際のところ、僕が彼女をそれなりに好きになって結婚を申し込んだけど、それに伴う諸々《もろもろ》を考えると彼女は公爵夫人にはなりたくないと思ったということだ。そして夫になる人に対して持ちたいと思っているほどの愛情を、僕に対しては持てなかったということだよ」いとも簡単に口から嘘が飛び出すのは少し恐ろしかったが、母を守らなくてはならないとジェームズは思った。

唐突に、頭をすっきりさせるために散歩に行きたくなった。

「散歩に行くけど、一緒に来るかい?」ジェームズはたずねたが、それは礼儀からで、本当は一人になって考えを整理する時間が欲しかった。

「散歩は大歓迎だし、明日あなたに時間があるなら一緒に行きたいけど、今日はシビラと新しいマフを買いに行く約束をしているの。とても重要な任務なのよ、わかるでしょう」母はジェームズに向かって目をきらりとさせ、頬にキスした。

ジェームズは母にほほ笑み返し、立ち上がった。

「では、これで失礼するよ。夕食のときにでもまた会おう」

まもなくジェームズは家を出て、エネルギーがすべて思考に回されたかのように、あてもなく通りを歩きだした。

急にすべてがごく単純なことに思えてきた。

自分は公爵だ。アンナの祖父は伯爵だ。アンナの両親は醜聞を招いた。だが、アンナはふるまいも、人格も、何もかもが高貴な女性だ。さらに重要なことに、優しくて高潔だ。かなりの美人でもあるし、自分は彼女と一緒にいるのが大好きだ。実際、アンナのすべてを愛している。そして母が言っていたとおり、公爵であることの強みの一つは、その地位のおかげで一世代前の醜聞を超越できることだ。妹たちには多額の持参金を持たせられるから、それが家柄と合わされば、もちろん誰であろうと本人が選んだ相手と結婚できるだろう。

そして本当は、そのことは最初から明白だった、いや、明白であるはずだった。

自分はそれを言い訳に使ったのだろうか？

傷つくのが怖かったから？

ぞっとするようなふるまいをした。ひどくおぞましいふるまいを。

ほかの誰かが知っていようといまいと、そして誰も知らないことは確信できているが、それでもジェームズはアンナの体面を汚した。だから彼女に求婚するべきだったのだ。自分がアンナと結婚したいかどうかは関係ない。

でも実際に自分はアンナと結婚したいのだと、次の角を曲がって木にぶつかりそうになりながらジェームズは悟った。アンナとできるだけ長い時間を過ごしたいし、彼女を幸せにしたいし、彼女の面倒を見たい。もし時間に限りがあるなら、その時間をアンナと過ごせるのはやはり幸運だろう。

だが、もしジェームズがこのようなふるまいをしたあとでもアンナが愛してくれたとして、ジェームズが父や兄たちのように早死にしたらどうする？

母によると、それでもジェームズと一緒にいることはアンナにとって価値があるということになる。

そして実際的な話をすれば、それでもアンナは困窮した家庭教師でいるよりは公爵未亡人になったほうがずっと良い暮らしができる。

足取りが速くなっていることにジェームズは気づき、その足はジェームズをブルートン・ストリートへと運んでいった。

そう時間がかからずそこに着くころには、ジェームズはほとんど走りだしていて、その姿はひどくみっともなかった。

ノッカーをドアにたたきつけながら、自分がアンナとまた会えることを思って実にまぬけな笑みを浮かべているであろうことを意識していた。

　自分はジェームズと結婚してもいいのだと、アンナに納得してもらえるといいのだが。もちろん、アンナが結婚を望めばの話だ。もしかすると、アンナは望まないかもしれない。もしかすると、彼女はジェームズを愛していないかもしれない。もしかすると……。

「こんにちは。ミス・ブレイクにお会いしたい」ジェームズはドアを開けてくれたばかりの執事に言った。

「ミス・ブレイクはもうこちらでは働いておりません」執事の冷笑ぶりは異様だった。

　普段のジェームズなら執事を厳しく叱責するところだが、今はそれよりもアンナの身に何があったのか、なぜこの男がこれほど軽蔑的な話し方をしているのかというほうが気になった。

「レディ・パントニーはご在宅だろうか？」ジェームズはたずねた。

「確かめてまいります」すると、あろうことか、またもあの冷笑が浮かんだ。ジェームズがこのような態度をとられることはめったになく、それが気に入らなかった。それに、この男がジェームズにこのような口の利き方をするなら、アンナにはどんな口調で話していたのだろう？

　とても贅沢《ぜいたく》な装飾が施された応接間で待つ間、アンナの身に何が起こったのかを考える時間ができたため、彼女のことがますます心配になった。

　執事の冷笑が示すのは、アンナが何らかの疑いをかけられてここを去ったことだ。ジェームズはそれが自分と無関係であることを切に願ったが、考えれば考えるほど……。

「こんにちは」レディ・パントニーの笑顔は感じが良かった。彼女がどれほど寛大な雇い主であるかをアンナから聞いていたため、そのことに驚きはなかった。

「こんにちは」ジェームズは世間話をする気にはなれなかった。「ミス・ブレイクにお会いしたくてうかがったのですが、彼女はこちらの仕事を辞めたと聞きました。ミス・ブレイクが病気になったのではないことを確かめ、新たな行き先を知りたいのですが」

「それは……」レディ・パントニーは肩越しに振り返ったあと、数歩歩いてドアを閉め、暖炉のそばの椅子へ向かった。「お座りになってください」

ジェームズはうなずいて暖炉前の反対側の椅子に座り、少しいらいらしながら待った。

「私はミス・ブレイクのことが大好きです」レディ・パントニーは口を開いた。「辞めたあとの彼女のことも心配しています」

「辞めた理由をうかがっても?」

「それは……そうですね。少々気まずいですが、ミス・ブレイクのために率直に申し上げたほうがいいでしょう。我が家の家政婦があなたがた二人の会話を耳にし、メイドもお二人が何かとても……熱いふるまいをしているのを見たのです。私は娘たちと家族全体の評判を守るために、ミス・ブレイクを雇い続けることができませんでした」

くそっ。アンナにそこまでの迷惑をかけてしまったのか。アンナが自分に事情を話してくれれば良かったのにと思う。連絡をとることができたのはわかっている。だが、ジェームズにいっさい迷惑をかけたくなかったのだろう。

ああ。アンナが職を失うみじめさに耐えていると思うとつらくてたまらない。それに、今はどこにいるのだろう？　アンナだけでなく自分たち二人の、ジェームズとアンナの軽率さのせいで、彼女が知り合い全員に村八分にされていたらどうする？

「ミス・ブレイクが今どこにいるかおききしてもい

いですか?」

「申し訳ありませんが、あなたには教えないとミス・ブレイクと約束したのです。でも、今のところ彼女は元気で無事であることは保証します。手紙のやり取りをしていますから」

ミス・ブレイクとの約束を破らないというレディ・パントニーの意志は揺るぎなく、ジェームズはその後ほどなくして彼女の家をあとにした。

ジェームズはレディ・ダーウェントの邸宅へ直行した。アンナの居場所を知っている人がいるなら、それは彼女の名づけ親以外ありえない。

レディ・ダーウェントは留守だった。

「ミス・ブレイクがこちらにご滞在ではないか?」

ジェームズはたずねた。

「私はお会いしておりません」その執事は嘘をついているのかもしれないし、事実を言っているのかもしれなかった。彼は無表情を作る技を鍛え上げていた。

「レディ・ダーウェントがいつ戻られるか知っているか?」

「存じ上げません」

「待たせてもらう」ジェームズはきっぱりと言い、ホールにあった凝った彫り模様のオーク材の椅子に座って、家に入ってくる人は誰も見過ごさないようにした。

椅子は硬く、午後は長く、考え事は不快だった。ジェームズはアンナのことがひどく心配で、とてつもない罪悪感を覚え、彼女に会いたくてたまらなかった。アンナが名づけ親のもとにいなかった場合、どこにいるのかを考えるのも耐えられなかった。だが、考えてしまった。

やがてレディ・ダーウェントが帰宅すると、彼女が一人きりなのを見て途方もない落胆を感じた。アンナと一緒ではないかと思っていたのだ。

「公爵様」レディ・ダーウェントは言った。「興味深いこと」手袋を執事に渡す。「私の談話室へいらしてちょうだい」

ソファに腰を落ち着けると、レディ・ダーウェントはにこりともせずに言った。

「お会いできてとても嬉《うれ》しいわ。お座りになって」

「ありがとうございます」ジェームズはレディ・ダーウェントを見た。どれほど〝僕のアンナはどこだ?〟と率直に叫びたくても、何か社交辞令を言う努力をしたほうがレディ・ダーウェントとうまくやれるような気がした。「お元気ですか?」

「元気よ、ありがとう。少しいらいらしているのは認めるけど」

「いらいら?」ジェームズは自分がルールを把握しきれていないチェスの勝負が始まった気がした。

「ええ、いらいら」レディ・ダーウェントはそう言ったあと押し黙り、彼女らしくないそのふるまいに、自分に話させるためにわざとそうしているのではないかとジェームズは思った。

警戒さえしていれば、レディ・ダーウェントの望みを叶《かな》えたところで失うものはないと判断する。

「いらいらしているとのこと、お気の毒です。僕も少しいらいらしています」

レディ・ダーウェントは片方の眉を上げた。

ジェームズは単刀直入に切り出すことにした。

「僕はあなたが名づけ親を務めているミス・ブレイクを愛しています」ジェームズは言った。「レディ・パントニーから僕たちの友人関係が理由で彼女の雇用を打ち切ったと聞きました。すぐに僕はミス・ブレイクのことが心配になり、彼女が元気で安全な場所にいることを願いました。ぜひとも彼女と話をして、僕が愚かだったこと、どれほど彼女を愛しているかを説明したいとも思っています」

レディ・ダーウェントは考え込むようにうなずいた。「なるほど」一生懸命考えているように見える。「そういうわけで、ミス・ブレイクの居場所を教えていただけると大変ありがたいのですが」

「私があなたに教えられるのは」レディ・ダーウェントはゆっくりした口調で言った。「アンナが無事で元気なことと、私が彼女に会ったこと。そしてあの子がこれからも無事で元気でいられるよう手を尽くすつもりでいることよ」

「ああ、良かった」ジェームズは言った。

「ええ」

ジェームズは自分を値踏みするように見ているレディ・ダーウェントを見つめて待った。アンナの居場所を知っているかという質問はすでにしているし、彼女が同じ質問を繰り返すことを評価する女性だとは思えなかった。

「あなたとアンナは私たちがオペラに一緒に行った晩に加え、〈ガンターズ〉を二度訪れたと聞いているわ。私から見ると、あなたがたはかなり親しくなったようだったわね」

「はい。僕はミス・ブレイクを愛しています」ジェームズはもう一度言った。

「それで？」

「それで、彼女と結婚したいと思っています」

これは若い淑女の父親に娘に求婚する許しを得るのと同じようなことに思えた。あまり楽しい経験ではない。レディ・ダーウェントの鷲《わし》のような目で見られると子供のように身をよじりたくなるし、アンナへの愛を本人以外の誰かに宣言するのは実に妙な感じがした。むしろアンナに、自分がどれほど彼女を愛しているかきちんと伝えていただろうか？　確信は持てなかった。

ジェームズは咳払《せきばら》いした。「そういうわけで、ぜひともミス・ブレイクともう一度会うチャンスが欲しいのです。あなたなら居場所をご存じではないかと思いまして」

「私が会ったとき、アンナは頑張って隠そうとしていたけれど、ひどく落ち込んでいたわ。自分の避難場所をあなたには言わないと約束してほしいと頼まれたの」

ジェームズはうなずいた。くそっ。

「私はアンナとの約束を破れないわ」レディ・ダーウェントは言った。「あの子には信頼できる誰かが必要だから」急所への一撃だったが、ジェームズがそう言われるのは仕方のないことだ。もっと明晰《めいせき》に思考しなくてはならなかったし、このような事態を招いてはいけなかったのだ。

「僕はミス・ブレイクに、僕が信頼できる人間であることを証明したいんです」ジェームズは言った。

「それは、先ほど言ったように彼女と結婚したいからで、僕が彼女を愛していて、彼女を幸せにするために全力を尽くしたいからです」

「すてきな言葉ね」レディ・ダーウェントがようやく認めてくれた。「あなたがもう一度、正式に求婚できるようにしたいけど、約束は破れないわ。そうねえ……考えさせて」

そう言うとレディ・ダーウェントは座ったまま考え込み、その間ジェームズは足を床に打ちつけたり、〝それで、どうなった?〟と叫んだりしないよう必死にこらえた。

やがてレディ・ダーウェントは言った。「あとであなたに手紙を送るわ」

それだけか? レディ・ダーウェントが自分に手紙を送る? もし送ってこなかったら?

ジェームズはレディ・ダーウェントを見た。残念ながら、これが彼女がジェームズにできる最大限であることが明らかだった。

「ありがとうございます」ジェームズは歯を食いし

ばりすぎないようにしながら言い、立ち上がってその場を辞した。

レディ・ダーウェントの手紙は、ジェームズがバークリー・スクエアに戻ってまもなく届いた。急に不器用になったかのような指で封筒から手紙を引っ張り出したが、レディ・ダーウェントが書いているのはこれだけだとわかった。

〈私は明日の午前十一時に書店のハッチャーズへ行くので、そこであなたとお会いできればと思います〉

いらだちは途方もなかった。レディ・マリア・スワンリーに、あなたの友達は今どこにいるのかとききに行ったほうが良さそうだ。ジェームズは玄関のドアまで半分戻ったところで思《おも》い止《とど》まった。これ以上のゴシップの種を作ってはならない。少し待ち、レディ・ダーウェントが明日、今日よりも興味深い何かを教えてくれることを願うしかない。

翌朝、ジェームズは約束の時刻の十分前に〈ハッチャーズ〉に着き、レディ・ダーウェントを見逃さないよう細心の注意を払った。

この店を最後に訪れたのは、アンナのために本を買いに来たときだった。

本当に、どこにいても何を見てもアンナを思い出す。

ああ、アンナが恋しい。

彼女のユーモアが。

頭の回転の速さが。

笑顔が。

アンナと一緒にいるとき、自分が完全体になり、幸せで、まるでそれ以外にいるべき場所がないような気持ちになることが。

アンナが大丈夫であることを、心の底から必死に願った。

そこに立ってアンナのことを考え、心配していると、彼女がどこにでも見え始め、自分の目の前にいるような気がすることに気づいた。

この調子では、赤の他人をアンナだと思い込んで話しかけてしまうだろう。

例えば今この瞬間、一人の小柄な女性が通りをこちらへ向かって歩いてくるのが見えると、何らかの理由で……おそらく彼女の動き方のせいでアンナが強く想起され、今にもその女性がアンナだと思い込みそうになった。

その錯覚が強すぎて、彼女を見つめずにいるのが難しいほどだった。

特に彼女が近づいてきたことで、髪の色がアンナと同じとわかってからは……。

しかも……ジェームズは目を強くしばたたいた。

それは確かにアンナだった。

アンナだった。

アンナがジェームズのほうへと、ピカデリーを歩いてくる。

15

アンナ

アンナは今朝、〈ハッチャーズ〉へもどこへも行きたい気分ではなかったが、名づけ親には恩があったし、家の中でふさぎ込んで今後の自分を憂えているよりは外に出て少し歩いたほうが身のためでもあるため、この外出に誘われると行くことに同意した。

当初の提案では二人で一緒に店へ行くことになっていたが、土壇場になってレディ・ダーウェントが自分は少し疲れていて、このあとの予定がつまっていることを考えて朝は休む、でもジェーン・オースティンの『ノーサンガー・アビー』をどうしても買いたいから、もしアンナが代わりに買ってきてくれればとてもありがたいと言ってきた。

アンナは漠然と、自分ではなく従僕に行かせればいいのではないかと思ったが、レディ・ダーウェントはアンナに用事を作ってくれようとしているのかもしれない。家の中でじっとして、運命の分かれ目とありえたはずの別の未来に考えを巡らせていても幸せになれるはずがないため、レディ・ダーウェントの判断が正しいのは明白だった。

もちろんアンナ自身も書店に並ぶ本を見て回れるし、それは楽しいだろう。読書はいつでも自分の問題から気を逸《そ》らすのに役立つ。

読書に集中できて、大柄な公爵が頻繁に思考に入り込んでこない限りは。

アンナが通りの先の書店を見ながら近づいていくと……。

またも公爵が思考に入り込んでくるのがわかった。

想像にふけっているせいで、建物の外に立つ大柄な男性が簡単にジェームズに見えてしまうのだ。

でも……これは想像なのか、それとも、本当に彼なのだろうか？

そんなはずがない。

でも、あの身長と広い肩幅、ハンサムな顔と黒っぽい豊かな髪。

それは……ジェームズだった。

間違いなく、ジェームズだった。

彼の装いはいつもどおり上品で、簡素だが仕立てが完璧な濃い色の上着と、とても魅惑的に脚に張りつくブリーチズを身につけていた……アンナの愚かな脳は、なぜ今この瞬間にそんなことを考えるのだろう？　そして彼の足元は、目を見張るほど光沢のあるブーツだった。

だが、ジェームズの表情とたたずまいはいつもどおりではなかった。まったく動かず、ほとんど凍りついたようになって両手でステッキを握りしめ、目はこちらを見つめ、口は少し開いていた。

アンナは自分もこれほど仰天していなければ、驚きを具現化したようなジェームズの表情を見て笑っていたかもしれない。アンナがジェームズに会うとは思っていなかったのと同じくらい、彼もアンナに会うとは思っていなかったように見えた。

しばらくの間、アンナは思いがけず狐《きつね》に出くわした鶏のようにパニックで頭が働かなかったが、やがて気を取り直し、このまま歩き続けて店に入ればジェームズを見なかったふりができるだろうかと考えた。もちろん、胃がむかつき、今にも失神しそうなことは否めないが、少し座ることができればすぐに回復するはずだ。

あるいはただ回れ右をしてしばらくほかの場所へ行ったあと、ジェームズが帰ったと思えるころになってから引き返してきてもいい。

だが、アンナがまだどうすればいいか考えているうちにジェームズが言った。「おはよう」

何と。

「おはよう」アンナの声は明らかにいつもと違っていた。

「おはよう」ジェームズはもう一度言ったあと、首を横に振った。「どうやら頭が混乱しているようだ。今のは君に言った二度目の〝おはよう〟だ」彼の悲しげな笑みはあまりに魅力的だった。

アンナは自分の口元も少しほころびかけていることに気づき、それは今も間違いなくジェームズに腹を立てていることを思えば妙だった。だが、その気持ちを表に出すつもりはなかった。なけなしの威厳を保とうとした。

「あら、二度もおはよう《グッド・モーニング》を言ってくれてありがとう」アンナは頭上の雲を指さした。「そんなに良い朝《グッド・モーニング》ではないけれど」話題にしたいことがほかに何もないときに天気の話をするのはつねに良い手だ。あと少し天気に関連したやり取りをすれば、店の中へ入り、ジェームズに会ったことを忘れる努力ができるだろう。

「いやいや、最高に良い朝だよ。君に会えたおかげで良い朝になった」

「まあ！」本気？ ジェームズはまるでアンナと戯れの会話をしているように見える。それがこの状況における普通のふるまいだろうか？ 絶対に違う。

行かなくてはならない。ジェームズとは本当に話したくないのだ。いや、正直に言えば彼と話はしたいが、そうすればいっそうみじめになるだけだ。

「あなたに会えたのはとても嬉《うれ》しかったけど、私は忙しいの」アンナはジェームズの脇をすり抜けて店の入り口へ向かい始めた。

「僕はレディ・ダーウェントとここで会うことになっている」アンナが彼の前まで来たとき、ジェームズは言った。「ここで待ち合わせしようと言われたんだ。君も彼女と合流する予定かい？」

アンナは歩調をゆるめて止まった。「私は……ええと。いいえ、レディ・ダーウェントは来ないわ。あいにく今朝は少し疲れているから、私に本を買ってきてほしいと頼まれたの」アンナは顔をしかめた。「ここで会おうと言われたのはいつ？」

「昨日の夜、ここで今朝十一時の待ち合わせを指示した手紙を受け取った」ジェームズは懐中時計を見た。「ちょうど今だ」

アンナは顔をしかめた。「忘れっぽい人ではないのに」ゆっくり言う。

「そうだな」ジェームズは同意した。「僕とここで待ち合わせしたことを忘れるとは考えにくい……」

「しかも私にこの店へ一緒に行こうと誘ったあと、直前になって自分は疲れているから行けないけど、もうすぐ雨が降りそうだからと私にすぐ出るよう言ったことを思えば」アンナが続きを言った。

首を振る。

レディ・ダーウェントはアンナが名づけ親の家にいることを誰にも、特に公爵には言わないと約束してくれた。

実際にそのことは言っていないようだ。代わりにこの待ち合わせを計画した。でも、なぜ？　そんなことをして何になるのだろう？

何にもならない。意味がない。しかも困ったことに、アンナの目にはまたも涙がこみ上げていた。

「お互いにわかっていると思うけど」アンナは何とかそう言った。「私たちが話をすることに何の得もないわ。私は失礼させてもらうわね」店のドアへと足を踏み出す。

「レディ・ダーウェントが僕たちが会うよう仕向けたことには、もっともな理由があるんだ」ジェームズは言った。

アンナは再び足を止め、ジェームズを振り返った。

「僕は昨日の午後、レディ・ダーウェントのもとを訪ねた」ジェームズは続けた。「君は彼女の家に滞在しているんだね？　そのことは教えてもらえなかった」

「ええ、そうよ。誰にも言わないよう私が頼んだの」

ジェームズはうなずいた。「きっとレディ・ダーウェントは僕たちを会わせたかったけど、君の信頼を裏切りたくはなかったんだろう」

「そうね」アンナはきかないほうがいいとわかっていたが、きかずにはいられなかった。「あなたがレディ・ダーウェントのもとを訪ねた理由をきいてもいい？」

「それは、君に話が……」ジェームズはあたりを見回した。「ここで話すのはまずい。僕と一緒に歩いてくれないか？」

アンナは強く心惹《ひ》かれた。だが、今までにも彼に心惹かれ、そのせいで大きな代償を支払わされた。まだ少しは自分の評判が保たれている場合に備え、今はそれを慎重に守らなくてはならず、どんな男性とも、とりわけジェームズとは一緒にいるところを人に見られてはいけないのだ。

「いいえ、やめておくわ」アンナはドアに向かってさらに一歩踏み出した。「レディ・ダーウェントに頼まれたおつかいをして、それが終わったら帰るつもりだから」

「実は、僕も本を買いたいと思っているんだ」

「本当に、私は話をするつもりはないの」アンナはジェームズに言った。その口調は少し弱々しく、それは正直に言うと、ジェームズに帰ってほしくはなかったからだ。

「レディ・ダーウェントはまさにそういうつもりだったんじゃないかな」

「レディ・ダーウェントはすばらしい人だけど、つねに正しいわけではないわ。あなたも私もすでに気づいているとおり」

だが、レディ・ダーウェントが正しいことは多かった。

ジェームズはドアを押し開け、アンナにほほ笑みかけた。

アンナは呆《あき》れ顔《がお》をしてみせたあと、店内に入った。

ジェームズの目には何か途方もないことを言おうとしていそうな表情が浮かんでいる。だが、店内ではそこまで途方もないことは言えないだろう。人に聞かれるリスクがあるし、ジェームズ自身はそう簡単にどぎまぎしないだろうが、アンナをどぎまぎさせることを望んではいないはずだ。だから、ジェームズと話すことに危険があるとは思えない。あるならほんの少しだ。

店内に入ると、そこが最高の場所であることがわかった。できることなら別の機会に、ジェームズの存在で気が散らないときにぜひまた来たい。

「ここへ来るのは初めてかい？」アンナが店内を見回していると、ジェームズがたずねた。本が並ぶたくさんの棚を見つめるのは、ジェームズを見て、この馬鹿げた会合が終われば自分たちの人生は再び分かれるというみじめな事実に思いを馳《は》せるよりずっと楽だった。

「ええ」

「すばらしい場所だろう？　僕でさえ……知ってのとおり、熱心な読書家ではない僕でさえ、ここに魔法があるのはわかるんだ」

「そうね」

「ここへは何の本を買いに？」ジェームズはたずねた。

「レディ・ダーウェントからリストをもらっていて、私も好きな本を一、二冊買っていいと言われているわ、もちろん彼女の厚意で」

「自分用にはどの本を買うつもり？」

「わからないわ。選ぶには少し時間がかかるんじゃないかしら。たぶん、お喋《しゃべ》りもしないほうがいいと思う」アンナはジェームズに、自分が会話を促していると思われたくなかった。

店の奥へとさらに数歩進む。

ジェームズもついてきた。

何人かの客が本や棚から視線を上げ、二人を見た。

「そろそろ私から離れたほうがいいんじゃないかしら」アンナはささやき声で言った。「私たち、気づかれているわ。これ以上ゴシップの種になりたくないの」

「もちろんだ」ジェームズもささやき声で答えた。

「それにもちろん、僕と無理やり一緒にいてもらいたいわけじゃないし、そもそも君について中へ入ってきたのが間違いだったかもしれないから、もし今すぐ僕に出ていってほしいと言うならそうする。でもその前に、僕から大事な話をさせてもらえないか？」

「言うべきことはすべてお互い言ったと思うけど」悲しいけれど事実だ。

ジェームズはアンナのほうへ身を乗り出し、ささやき声のまま耳元で言った。「君を愛している」

アンナは凍りついた。

「何ですって？」かなり大きな声が出た。

「しいっ」複数の声が重なった。

「君を愛しているんだ」ジェームズがささやき声で繰り返す。

アンナは彼を無視し、二つの本棚の間の通路をすたすたと歩いた。急に脈打ちそうなほどのいらだちを感じた。なぜそんなことを言ったの？　なぜこんなふうに私を苦しめるの？　なぜ今も私についてくるの？

「帰ってちょうだい」アンナは肩越しに鋭くささやいた。

「僕と結婚してくれないか」ジェームズはささやき返した。

アンナがぴたりと足を止めると、ジェームズが背中にぶつかってきて、アンナは今にも倒れそうになった。

アンナが転ばないよう、ジェームズが左右の二の腕をつかんで支えた。

アンナは体勢を立て直すと、くるりと向きを変えてジェームズと向かい合った。とつぜん頭の先から爪先まで熱で、憤怒《ふんぬ》の熱でいっぱいになった。

「そのことは」アンナはジェームズの胸を指で突いた。「もう話し合ったでしょう。返事を忘れたなら言うけど、お断りよ」

「君はその理由を、ご両親が醜聞を起こしたからだと言っていた」

「しいっ」誰かが言った。

「すみません」ジェームズは言った。「僕は醜聞なんて気にしない」ささやき声になって言う。「僕がそれを気にしたのは、妹たちのことが心配だったからだ。でも、そんなのは馬鹿げていると気づいた。僕は言葉では言い表せないほど君を愛しているし、もし君も僕を愛してくれるなら、人生の残りの日々を君とともに過ごし、君を全力で幸せにすることに費やしたいんだ」

「いいえ」アンナは言った。

「いいえって、何が?」

「いいえ、私はあなたと結婚しない」

「その人と結婚しなさいよ」棚の裏側から一人の女性が言った。

「ふん」アンナは彼女に言った。

「外に出たほうがこの話をしやすいんじゃないかな?」ジェームズがささやいた。「ここでこんなふうに求婚するつもりではなかったんだ」

「あなたの求婚が台なしになったのはお気の毒だけど」アンナはその言葉に心がこもっていないのが伝わることを願った。「私はあなたと一緒に外へ行きたくないの」

「ねえ、お願いだから行ってちょうだい」本棚の裏側の女性が懇願した。

ジェームズがアンナに向かって口だけ動かした。

「お願いだ」

「もう……」

「もし君が良ければの話だ」ジェームズはとつぜん言った。「君がしたくないことは何も無理強いしたくないから」

「そうね」アンナは答えたが、裏切り者の脳の一部が、ジェームズがどれほどいらだたしく迷惑であっても、とてつもなく優しくて礼儀正しいふるまいをせずにいられない人でもあることに思いを馳せた。

大小にかかわらず人生に関する決断を女性にさせるという発想がある男性はそう多くない。

「さようなら」アンナはずっしりと重いみじめさがのしかかるのを感じながら、その言葉を発した。

アンナと同じみじめさを顔に浮かべ、ジェームズが返事をしようと口を開いた。

彼が言おうとしたことは聞こえなかった。二人がいる通路の端に勢いよく現れた女性に遮られたのだ。

「アムスコットじゃないの！」その女性は言った。

「レディ・フォーテスキュー」ジェームズは軽く頭を下げた。

「私が本棚越しにあなたに話しかけていた女よ」彼女は言った。木工錐《きり》のようなまなざしをアンナへ向けて言う。「あなたが誰なのかは知らないし、今は紹介する時ではないと思うの。私がこっちへ来たのは、あなたは本当に彼の言うことを、ここよりもましな場所で聞くべきだと言いたかったからよ。あなたを愛し、結婚したがっているのが誰だかわかった今、彼の申し出を受けないなんて正気を失っていると言わざるをえないわ。もちろん、大きなお世話であることはわかっているけど」

さっきまでレディ・フォーテスキューがいたのと反対側の本棚の裏から、しいっという声が聞こえた。

「そうね」彼女は両手で追い払うような仕草をした。「さあ、二人ともお行きなさい」

「僕はぜひとも君と二人きりで話をする機会を持ちたいと思っている」ジェームズはレディ・フォーテスキューに追い払われても動じた様子はなく、少しも動かずに言った。「でも、君がいやだと言うなら理解する」

アンナの信念としては、これ以上ジェームズと話したくなかった。だが、それと同じくらい話したい気持ちもあった。

信念のせいで、ジェームズは何を言いたかったのだろうと永遠に思い悩むことになるのは馬鹿げている。

それに、すでにジェームズのせいでひどくみじめになっている。これ以上みじめになるとは思えない。

「すぐにすむなら」アンナは言った。

「実に賢明だわ」レディ・フォーテスキューが同意した。「さあ、すぐに行って、私たちに静かに本を選ばせてちょうだい。もしこれが良い結果につながらなくても、このことは誰にも言わないから。もし良い結果が出たなら、あなたがたの結婚式に貴賓として招待していただきたいわ」

このような状況でありながら、アンナは口角が少し上がるのを感じた。レディ・ダーウェントとレディ・フォーテスキューに交流はあるのだろうかと考える。強引さという点で二人はいい勝負だろう。

「覚えておきます」ジェームズは目で自分の背後を示し、アンナはうなずいた。「では、失礼します」

そして二人は店を出ていき、その間ずっとレディ・フォーテスキューに見られていることを、アンナは背中に突き刺さる視線で感じていた。

外に出ると、雨が降っていた。

「もう、まったく」ジェームズは悲しげにほほ笑んでアンナを見た。「この天気が僕たちの会話の行く末を暗示しているのでなければいいけど。貸し馬車を捕まえよう。それでいいかい？」

「私は歩くほうがいいわ」アンナはすでにペリースの襟の中が濡《ぬ》れていることを意識しないようにした。「レディ・フォーテスキューに会話を聞かれた時点で、あなたの評判には傷がつくわ。私たちが一緒に馬車に乗れば、事態はもっとひどくなる。私のほうはかなり慎重にならなくてはならないし」

「僕の評判のことはいいんだが、君の評判に関しては君の言うとおりだ。すまなかった。では、君さえ良ければ歩こうか？」

「ありがとう」

二人がピカデリーを歩きだすと、ジェームズが言った。「君に僕の評判について指摘されたことだし、僕が言おうとしていることの一つをまず言うよ。君が喜んで僕の話を聞いてくれるならだけど」

「〝喜んで〟という言葉に当てはまるかどうかはわからないわ」アンナは慎重に言った。「でも？」

「でも、あなたが私に言いたいことがあるなら、どうぞ言ってちょうだい」正直に言うと、ジェームズが言いたいことを聞きたくてたまらなかった。

雨が強くなってきた。

「あそこへ行かないか？」ジェームズはアンナを大きな木が並ぶほうへと誘導した。雨が強すぎて、アンナには木の幹がとても太いことしかわからなかった。

木の下に入ると雨には濡れにくくなったが、雨宿りができているとはとても言えなかった。

「大雨のいいところは、誰にも気づかれずにすみそうなところね」アンナは今では全身びしょ濡れになっていた。これは体があまり丈夫でない人なら体調を崩す種類の天候だ。しかも、雨がすっかりやむまでには三、四時間かかりそうだといういやな予感があった。

「確かに。それはいい」ジェームズは咳払《せきばら》いをした。「僕が言いたいことを聞くと言ってくれてありがとう。今は雑談をするときではないと思う。雨と、その、すでに僕たちの間に起こったことの両方が理由で」

「同意見よ」アンナは足を踏み鳴らしたい気分だった。「それで、あなたが言いたいことって何?」

「そうだな。僕はむしろ雑談ばかりしていた」

「今もそうだわ」

ジェームズは笑った。「ごめん。ああ。そうだな。確かに」

ついにアンナの堪忍袋の緒が切れた。「もう。いい加減にして」

「ああ。もちろんだ。ええと、君に一つ大きなメッセージを伝えたい」

「どんなメッセージ?」アンナはたずねた。

「僕は君を愛しているし、もし君が僕との結婚を承諾してくれたら世界一幸せな男になれるだろう。メッセージはほかにも小さいのがいくつかあって、それらが組み合わさってこの大きなメッセージを作っている。続けてもいい?」

「ええ、確認してくれてありがとう」実際には、まったくありがたくはなかった。とにかくさっさと続きを話してほしかった。

「僕は自分が何を言っても聞いてくれるごますり屋たちと長い時間を過ごしていて、それは単に僕が公爵だからだ」ジェームズはアンナが驚くようなことを言いだした。「だけど、君には無理に僕の話を聞かせたくない。もし君が喜んで聞いてくれるなら本当に嬉しいけど」

アンナはうなずいたが、危うく呆れ顔を作るところだった。いらいらする会話の歴史において、自分が言いたいことを言うのにこれほど時間をかける人がいただろうか?

「つまり」ジェームズは言った。「僕は今朝、君に会うとは思っていなかった。だから、話す内容を用意できていない。きちんと用意しておくべきだったと心から思っている。用意していないせいで、僕の思考の道筋が要領を得なかったら申し訳ない」

アンナはこれ以上我慢できなくなった。「とんでもなく要領を得ないわ」ジェームズに向かって言う。

ジェームズはうなずき、悲しげにほほ笑んだ。

「ごめん。これは僕の人生で最も重要な会話で、誤解を生んではいけないと思っているんだ」

アンナは黙って両眉を上げた。

ジェームズは笑ったあと、再び真剣な表情になった。

「では、始める」彼は言った。「君は僕の評判のことに触れたね。さっき言ったように、僕はごますり屋に囲まれている。それは僕の地位と財産が理由だ。そして最近母にも言われたんだが、僕が結婚する人の両親がもし一世代前に醜聞になるようなことをしていても、僕の前でその話をする勇気のある人はいないだろうし、そのことが母や、僕が評判を深く気にかけている妹たちに影響を与えることはないだろう。それが妻に影響を与えることもない。なぜなら、そうなることを僕が許さないからだ」ジェームズは急にとても傲慢に、とても公爵らしく見えた。

「どうかしら……」アンナは返事をしかけた。

「というと?」

「わからないの」この醜聞が本当にジェームズも彼の家族も破滅させないのなら、アンナは彼と結婚するべきだろうか？　結婚できるのだろうか？

わからない。オペラの晩、ジェームズは求婚したあと、あっというまにアンナの前から立ち去った。なぜすぐに、自分たちは結婚するべきだとアンナを説得しようとしなかったのだろう？　ジェームズもアンナの祖父や父と同じで、困難を前にしたり、アンナに飽きたりすると、毅然《きぜん》とした態度が崩れるのだろうか？

ジェームズがアンナの思考を遮った。「今のは最初に言うべきことではなかったかもしれない。今思えば、もちろん違っていたとわかる。自分が何を言うのか準備しておけば良かったと思うよ」深く息を吸う。「今、言うべきだったのは……そして、君に結婚を申し込んだときに言うべきだったのは、僕は怖いんだということだ」

「怖い？」アンナは困惑して顔をしかめた。

ジェームズを見上げると、彼がごくりと喉を動かし、唇を引き結ぶのが見え、アンナは急に彼に腕を回して自分のほうへ引き寄せ、彼を悩ませている何かは大丈夫だと言いたくなった。もちろん表面上は、簡単に救貧院送りになりうることがわかっているアンナのほうがジェームズより怖いものはずっと多いが、大きな特権を持っていれば恐怖を感じずにいられるわけではないし、もちろんジェームズはごく最近に何人も近親を亡くしている。これもそのことに関係しているのかもしれない。

「僕が怖いと思ってきたことはたくさんある。知ってのとおり、父は早死にしているし、兄たちも若くして死んだ。僕自身にとっても、母と妹たちのことを考えても、父と兄二人を亡くす痛みはとても大きかった。あんな痛みは二度と味わいたくないし、ほかの誰かにあのような痛みを味わわせたくもない。

だから僕には、誰かを愛することは危険に思えるんだ」

アンナはゆっくりうなずいた。

「君を愛することに関しては、僕は今、君なしで生きること、君を恋しく思うこと、君を心配することは巨大な痛みを感じることだとわかっている。だから身勝手にも、君と結婚したいんだ。ただ、僕は自分が父や兄たちと同じように若くして死ぬこと、残された君に大きな痛みを味わわせることを心配している。とはいえ、僕が君に差し出すことになるのは、率直に言えば夫としての僕自身だけではないと思うんだ。もし実際に僕の身に何かが起きたら、君はアムスコット公爵未亡人になるし、運が良ければ次期公爵の母親にもなるから、君の将来は安定するはずだ」

「それがあなたの求婚の理由？」アンナはたずねた。「哀れみ？　慈善？　職を失った今、私の将来を安定させること？」

「違う。違うよ。もちろん違う」ジェームズはいらだたしげにも見える様子で言った。「僕は君に大金を用意してあげられる。君を雇うこともできる。君に家を買い与えることもできる。匿名で買えば、その買い物は何の醜聞も生まない。僕はあらゆる手段で君の将来を安定させることができる。だからもし君が結婚したくないと言えば、僕はもちろんそれを受け入れるし、君の経済的な支援だけさせてほしいと懇願するだろう。でも君の将来が安定することは、僕が君と結婚することの幸せな副作用でしかないんだ」

「まあ」

理解しなくてはならないことがたくさんある。

しばらく考え込んだあと、アンナは言った。「私も怖いわ」

ジェームズはうなずき、アンナの顔をじっと見たが、何も言わなかった。

「私もあなたと同じで誰かを失うことが怖いけど、それは人はみんなそうだと思うし、私が学んできたのは、幸せはそれが見つかった場所でつかみ取るのが賢明だということ」

「それが賢明なのは同意する」ジェームズは体の前で指のつけねが白くなるほど強く両手を握り合わせ、強いまなざしをしていた。

「でも」アンナは続けた。「私は自分の自立を男性に委ねることも怖いの。祖父は母を勘当した。父は私たちを二人とも捨てた」

ジェームズがはっきりと唾をのんで言った。「それは理解できる。君が僕のそばにいれば心と安全は守られると全力で請け合うけど、それを君に納得してもらう方法がわからない。もしかすると……無理か。でも、僕は君を愛している。だから……」彼の声はしゃがれ、生々しく聞こえた。

アンナは黙ってジェームズを見つめた。

「僕は……」ジェームズは言葉につまり、再び唾をのみ込んだあと続けた。「僕が幸せになるには君が必要だと思っている。どうしても君と結婚したい。君を愛している。君の笑顔を愛している。君の笑い声を愛している。君が僕を大笑いさせてくれるところを愛している。君の優しさを愛している。君がひどく腹を立て、誰かを……僕を厳しくやり込めてはいけないと葛藤しているように見えるとき、首を傾《かし》げて唇を引き結ぶところを愛している」

アンナは笑い、そのあと鼻をすすった。

「僕は君のことで知っている何もかもを愛している」ジェームズは続けた。「そして君のことをできる限り知ることに生涯を費やすチャンスがもらえるなら、言いようもないほど幸運だと思っている。僕は決して君を見放したり、捨てたりしない」

アンナは鼻をすすって涙を押し戻し、理由はわからないがとつぜん、ジェームズは祖父とも父とも違うのだと悟った。

　当然ながら、すべての男性が同じではない。例えば、パントニー家がそうだ。サー・ローレンスが愛情深い夫であることは見ればわかる。マリアの両親も幸せな結婚生活を送っている。祖父と父のことはアンナが不運だっただけなのだろう。

　そしてジェームズと出会ったことで、アンナの運は上向いてきたのだ。

「どうしましょう」アンナは言った。

「僕は心から君と結婚したい。そしていつまでも君を愛し、守りたいんだ。今までの人生でこれほど確かな思いを抱いたことはない」

　アンナは鼻をすすると同時にほほ笑んだ。

　二人で木の下に入ってから初めて、ジェームズの顔にも笑みが浮かび始めた。

　彼は組んでいた両手をほどいてアンナの手を取り、優しく引き寄せたため、二人の距離がぐっと近づいた。

　そしてジェームズはびしょ濡れの地面に片膝をつき、通りがかった人がいれば丸見えになる状態で言った。「アンナ・ブレイク。言葉にできないくらい君を愛している。僕の結婚の申し込みを受けていただけますか？」

　穏やかなときは険しいハンサムで、笑うととても感じが良くなるが、つねに力強い印象を与えるジェームズの顔は今、無防備な希望としか言いようのない表情を浮かべていた。それはアンナが人の顔で見たことのあるどんな表情よりも美しかった。

「私、あなたの顔を愛してる」アンナはささやいた。

　ジェームズはその愛《いと》おしい顔を少ししかめたあと、両眉を上げた。

「あなたのことも愛してる」アンナはジェームズに言った。

ジェームズはなおもひざまずき、アンナの両手を握ったままでいた。

「あなたのそばで毎日を過ごせる以上にすばらしいことは想像できない」アンナは言った。

「あまりじれったがっているように聞こえなければいいんだが――」

「ぜひともあなたと結婚したいわ」

「ああ、最高だ。ありがとう」ジェームズはアンナの左右の手に順にキスしたあと立ち上がり、ブリーチズ越しに太腿の筋肉が美しく収縮するさまを見せつけたあと、アンナを腕の中へ引き寄せた。「言葉では言い表せないほど君を愛している」

そう言うと、そのまま舗道の上で、木の下で、雨の中で、アンナにどこまでも徹底的に、どこまでもはしたなくキスし、それは本当にすばらしかった。

エピローグ

一八二七年のクリスマス、湖水地方

アンナ

アンナは目の前の姿見に映った自分を眺め、首を傾《かし》げた。

ジェームズが背後に現れた。「きれいだよ、いつもどおり」アンナのウエストに両腕を回し、頭のてっぺんにキスする。

アンナは彼に触れられたときにいつも感じる快い震えを楽しんだあと、彼の手に手を重ねて言った。「急がないと」

「本当に？」ジェームズは腕の中でアンナの向きを

変えて自分のほうを向かせ、あごの下に指を一本かけて顔を上に向かせて唇にしっかりキスをした。

それから再び、飢えたように、アンナを欲しているかのようにキスをした。昨夜肌を重ねたばかりで、今夜の舞踏会のあともまた一緒にベッドに潜り込むだろうというのに。

アンナは一階へ下りて客に挨拶したほうがいいとわかっていたが、キスが深くなっていくにつれ、ジェームズの首に腕を回し、しっかりと彼を引き寄せずにいられなかった。

なおもキスを続け、舌でアンナの舌をもてあそんでいたジェームズはとつぜんアンナを抱き上げて数歩歩き、部屋の中央のベッドに腰かけてアンナを膝の上にのせた。

アンナの首のつけねの感じやすい肌へと唇を這《は》わせながら、ジェームズは言った。「この衣装が大好きだ」そして指を巧みに動かすと、アンナの身頃がとつぜんゆるんだ。彼が片手で胸をつかみ、反対側の手でスカートをたくし上げると、アンナは身をよじって彼のこわばりに体をすりつけられるようにした。

「私もあなたの衣装が好きよ」ファラオのチュニックをめくり上げるジェームズに、アンナは言った。

「君は」数分後、ジェームズはアンナの中に入り込みながら、うなり声の合間に言った。「最高に色っぽいクレオパトラだ」

「ありがとう」アンナは何とかそう言った。「ああ、ジェームズ」

その後、ジェームズは互いに落ち着くまでアンナをしっかり抱きしめていた。

やがてアンナは立ち上がって言った。「ジェームズ！　お客様がもう来ているはずよ」

ジェームズは仰向けになり、両手を頭の下に入れてアンナを見た。

「君が気をつけてくれないと」ジェームズは言った。「僕はしばらくの間、一階へ下りられなくなってしまう。君はとんでもなくみだらに見えるよ、僕の美しい公爵夫人」

アンナはウエストに残っているクレオパトラのローブ以外は完全にあらわになった自分の体を見下ろした。

「本当に」ちっちっと舌を鳴らす。「一階にはお客様がいるのよ。何十人も」

今日は二人の結婚十周年記念日で、ジェームズは子供たちと一緒に湖水地方を訪れ、クリスマス期間をそこにある地所の一つで過ごせるよう取り計らった。それはアンナの長年の夢だったが、定期的に妊娠していたため今まで叶《かな》えることができずにいた。二人は客を大勢招待していて、その中にはもちろんレディ・ダーウェント、マリア、今や大きな教区を受け持つ牧師になった夫クラレンス、三人の子供たち、そしてアンナたちと堅い友情で結ばれることになったパントニー一家がいて、今夜はクリスマス舞踏会が開かれることになっていた。

「僕たちがいなくても、レディ・ダーウェントが喜んでお客さんを迎えてくれるよ」

「確かにそうだけど、それでも私たちが行かなくては」アンナはジェームズに誘惑されてこれ以上愛の営みが始まる前にベッドから飛び下り、服を着始めた。

「僕は世界一幸運な男だ」ジェームズは体を起こして言った。「男が望みうる最高の妻と、五人の完璧な子供たちがいるんだから」二人には男の子が四人と女の子の赤ちゃんが一人いて、その全員に上流階級らしからぬ溺愛ぶりを見せていた。

「私も世界一幸運な女だわ」アンナはジェームズに過去の悲劇を思い出させたくなかったため、今までその事実を口に出したことはないが、今や彼は二人の兄より何年も長く生きていてすこぶる健康だった。そしてジェームズは女性が望みうる最高の夫で、完全に信頼できること、アンナの祖父や父とはまったく別の種類の男性であることを、その行動と言葉で繰り返し証明してきた。もちろん、すばらしい話し相手で、とてつもなくハンサムであることは言うまでもない。

互いにもう一度唇に延々とキスをしたあと、アンナはジェームズをきっぱり押しのけ、髪をなでつけて直し、パーティへ下りていく準備ができたと宣言した。

二人が屋敷の大階段を下りると、騒々しい話し声と、困惑しそうなほど鮮やかな色の衣装の群れに迎えられた。二人は自分たちが初めて出会ったジェームズの母親の舞踏会でアンナがレディ・マリアになりすましていたことにちなんで仮面舞踏会を催すことにした。

アンナは仮面をつけて言った。「衣装を秘密にしておいて、お互いを見つけられるかどうかやってみれば良かったわね」

「そんなことをしても意味がない。僕は君に初めて会った瞬間から、君の本当の素性を知らないのに君を知っているような気がしたんだ。君がどこにいても、どんな扮装《ふんそう》をしていてもわかるよ」

「私も同じだわ」

二人がほほ笑み合ったところで、レディ・ダーウエントとジェームズの母親が近づいてきた。二人の淑女は今では意見の相違を水に流して仲良くしている……普段は。

ところが……何ということだろう。

ジェームズを見ると彼は目を丸くしていて、自分も同じ表情をしているのだろうとアンナは思った。

「お二人……とも……すてきですね」ジェームズは

二人の淑女に向かって言ったが、その声は笑いでかすかに震えていた。

「ありがとう」二人は声を揃《そろ》え、にこりともせずに言った。

アンナはこの状況に正面から向き合うことにした。

「お二人とも本当に華やかで、エリザベス女王は最高の女王だったと広く見なされているし、お二人とも最高の淑女だから、今夜の扮装としてエリザベス女王はどちらにもふさわしいわ。エリザベス女王は何人いても困りませんからね」

「もしそうなら」レディ・ダーウェントは言った。

「とても幸運なことだわ」自分の背後の室内を示す。

すると、何たることか、そこには大勢のエリザベス女王がいた。

「私のほうが上等な宝石をつけている自信があるけど」レディ・ダーウェントは大きすぎるささやき声でアンナに言った。

「私のほうがウエストが細い自信があるわ」ジェームズの母が息子に、ささやき声にする手間すら省いて言った。

ジェームズは大笑いし、アンナは二人の淑女の腕を片方ずつ取って言った。「飲み物を取りに行ったあと、ダンスが始まるまで少し座りましょう」

ほどなくしてマリアと合流した。彼女もやはりエリザベス女王の格好をしていた。

どのエリザベス女王も少しも嬉《うれ》しそうではなかった。

アンナはうろたえ、両手を大きく打ち鳴らした。

「そろそろダンスが始まるんじゃないかしら」

三時間後、自分たちは仮装しているのだから誰も気づかないと言うジェームズに、今は何とも魅力的な白髪が混じってはいても、これほど頭髪が豊かで肩幅が広い男性はこの室内にいないからみんな気づくと指摘しつつ、アンナは足が痛くなるまで上流社会の慣習に反して夫と三度も踊り、おおっぴらにいがみ合っているエリザベス女王たちと夕食をとったあとに少し休憩していたところ、室内で最もハンサムなファラオが近づいてきた。

彼は深々とおじぎをした。「クレオパトラ。どうか私と外へ出て散歩していただけませんか?」

「喜んで」十年一緒にいたあとでも夫の声を聞いただけで体に震えが走るのは、本当に信じられないほどの幸せだった。

舞踏室の端のドアから屋敷の裏手沿いのテラスへ出ると、アンナは別の種類の震えを感じた。テラスの下の芝生は湖からその向こうの森へと続いていて、その芝生全体が今、まるでお伽話《とぎばなし》のように満月に照らされていた。

「凍えそう」アンナは甲高い声を出した。

「確かに」ジェームズはアンナに片腕を回して自分のほうへ引き寄せた。「君に貸せるコートもジャケットも着ていないから、君を温める方法はこれしか思いつかないんだ」

「うーん、それはすてきだけど、やっぱりとても寒いわ」

「確かに温かい上着なしで外に出るのは寒すぎる」ジェームズは同意した。「どうだろう、家の外を回って勝手口から中へ入り、誰にも気づかれずに寝室へ上がるというのは……」

「とても良い考えね」アンナは賛成した。

十分後、二人は爪先立ちで寝室へ入り、二人とも笑いをこらえようとするせいで鼻を鳴らしそうになった。

そしてドアが背後で閉まりきっていないうちに、ジェームズとアンナは抱き合った。

「知ってのとおり、僕は君に初めて会った瞬間から結婚のことを考えていた」キスの合間にジェームズは言った。「ほとんど一瞬のうちに君をとてつもなく愛してしまったのに、日が経《た》つごとにその愛が深まっていく。なぜそんなことが可能なんだろう？」

「それは私も同じよ」ジェームズに快楽のあえぎ声を引き出されながら、アンナは言った。「私のすばらしい夫でいてくれてありがとう。愛してるわ」

「僕も愛してる」

そして二人は結婚の最初の十年を祝う晩を、最高にすばらしい形で過ごした。

ハーレクイン®

夢の公爵と最初で最後の舞踏会
2025年2月5日発行

著　者	ソフィア・ウィリアムズ
訳　者	琴葉かいら（ことは　かいら）
発行人	鈴木幸辰
発行所	株式会社ハーパーコリンズ・ジャパン 東京都千代田区大手町 1-5-1 電話 04-2951-2000（注文） 0570-008091（読者ｻｰﾋﾞｽ係）
印刷・製本	大日本印刷株式会社 東京都新宿区市谷加賀町 1-1-1
装丁者	AO DESIGN

ISBN978-4-596-72126-6 C0297

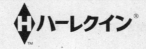

ハーレクイン・シリーズ 2月5日刊 発売中

ハーレクイン・ロマンス

愛の激しさを知る

アリストパネスは誰も愛さない 〈億万長者と運命の花嫁Ⅱ〉	ジャッキー・アシェンデン／中野　恵 訳	R-3941
雪の夜のダイヤモンドベビー 〈エーゲ海の富豪兄弟Ⅱ〉	リン・グレアム／久保奈緒実 訳	R-3942
靴のないシンデレラ 《伝説の名作選》	ジェニー・ルーカス／萩原ちさと 訳	R-3943
ギリシア富豪は仮面の花婿 《伝説の名作選》	シャロン・ケンドリック／山口西夏 訳	R-3944

ハーレクイン・イマージュ

ピュアな思いに満たされる

遅れてきた愛の天使	Ｊ Ｃ・ハロウェイ／加納亜依 訳	I-2837
都会の迷い子 《至福の名作選》	リンゼイ・アームストロング／宮崎　彩 訳	I-2838

ハーレクイン・マスターピース

世界に愛された作家たち
～永久不滅の銘作コレクション～

水仙の家 《キャロル・モーティマー・コレクション》	キャロル・モーティマー／加藤しをり 訳	MP-111

ハーレクイン・ヒストリカル・スペシャル

華やかなりし時代へ誘う

夢の公爵と最初で最後の舞踏会	ソフィア・ウィリアムズ／琴葉かいら 訳	PHS-344
伯爵と別人の花嫁	エリザベス・ロールズ／永幡みちこ 訳	PHS-345

ハーレクイン・プレゼンツ作家シリーズ別冊

魅惑のテーマが光る
極上セレクション

新コレクション、開幕！

赤毛のアデレイド 《ハーレクイン・ロマンス・タイムマシン》	ベティ・ニールズ／小林節子 訳	PB-402

※予告なく発売日・刊行タイトルが変更になる場合がございます。ご了承ください。